栄光一途

雫 井 脩 介

幻冬舎文庫

栄光一途

プロローグ

今、小松崎が来て、すべてを教えてくれた。

けれども、私には信じられない。そんなことがあるのだろうか。実際、私は自分の眼で見たことさえ信じられないのだ。

すべてを知っても、それは何の光明をももたらさない。今となっては私にできることは何もない。私はもう動くこともできないでいる。

いったい、私は何を見て、何を見なかったのだろう？　何に心を砕いていたのだろう？

なぜあんなことが起こってしまったのか……。

ああ……。

頭が混乱している。

思い出そう。

私にできることがあるとすれば、それはただ過去を振り返ることだけだ。

そう、あの頃に戻って。

あの頃……私はまだ留学帰りの浮かれた気分のままだった。そして、気の重い仕事が始まった。

その頃、あの子は禁断の木の実を手に入れたのだ。

帽子。

あの子は……。

駄目だ。あの子の姿が浮かんでこない。

信じられないという思いが先に立って……。

殺傷本能のかたまりとなった人間としてしか見えてこない。

シンジという名の……。

仕方ない。それならそれでいい。

彼がなぜあんなことをしてしまったのか、それを考えていこう。

私は今、そうすることしかできないのだから。

さあ……。

1

シンジは流れの中にいる。

人の流れ。

次から次へと商品に目を移し、歩を進める買い物客の流れ。デパートの中……。

シンジはその流れに逆らい、立ち止まっている。

売り場に陳列された一つの帽子を見ている。プロ野球の人気球団、東京ローズの赤い帽子だ。額の位置にTRの黄色いロゴが縫いつけられている。

古くさいデザインだ……。

シンジは思う。

だが、別に構わない。そんなことはさしたる問題ではないのだ。この帽子が欲しかった。

沈んでいた気分がざわざわと波立ってくる。

この帽子をここで見た瞬間からだ。

赤い帽子を手に取り、ゆっくりとかぶってみる。

いい感じだ。

相応《ふさわ》しい。

しっくりとくる。

これに決めよう……。

2

「はい、先生」

畳の上で車座になっている選手の一人が手を挙げる。確か高校生の松谷《まつたに》……加奈《かな》だ。

「はい、松谷さん。何？」

「メンタルトレーニングとイメージトレーニングっていうのは違うんですか？」

間の抜けた口調に、周りの選手から失笑が洩れた。

松谷は思わずバツが悪そうな顔をする。

「すいません。初歩的な質問で」

「いや、いい質問よ。みんなの中にも混同してる人は多いでしょう……」

私は松谷をフォローしながら、ホワイトボードを選手たちの前に引っ張ってくる。ペンで二つの円を並べて描き、「メンタル」「フィジカル」とそれぞれ記し、真ん中に二つの円を結びつけるようにもう一つ円を描いて「イメージトレーニング」と付け加える。

「いいですか、皆さんもよく聞いておいて下さい。メンタルトレーニングとイメージトレーニング。この二つは並列の関係ではなく、縦の関係として憶えておくこと。

メンタルトレーニングというのは身体的なトレーニング、いわゆる普通のトレーニングに相対するもので、精神面全般の強化を総称するものです。プレッシャーに負けないようにするだとか、気合で相手を圧倒するだとか、諸々の課題はこのメンタルトレーニングの対象となるわけ。ですからイメージトレーニングというのもメンタルトレーニングの傘の中に入るんですね。

ただイメージトレーニングというのはメンタル面もさることながら、実際のパフォーマンスにも極めて密接に関わってくるものなんですよ。例えばあなた方が技をかけるとき、よく『隙がある』とか『隙がない』といったことを言いますね。この場合、相手に隙があるかどうかは技をかけずに見極めるでしょう。相手の足の位置だとか重心の位置、腰の引き具合、組手の位置や力の入れ具合、上体の向きを確かめて、技をかけられるかどうかを判断するわけです。

このときにですね、我々は瞬間的にあるいは無意識のうちにイメージトレーニングに似たことをやってるんですよ。つまり技をかける前に一度イメージの上でかけてみて、見事にかかればこれは『隙があるぞ』ということになって、初めて技をかけると。で、このとき無意識に湧くイメージというのは、過去の練習や試合においてかけた技が経験という名のもとに蓄積され、そこから瞬時に引っ張り出されてくるんです」

松谷は口を半開きにしながらも、しきりと頷いている。理解しているのか、いないのかは何とも分からない。

「というわけで、過去の経験を判断力という力に置き換える作業をスムーズにさせようという練習が『イメージトレーニング』ね。方法としては、頭の中で試合をシミュレーションしたり、得意技を何回も何回もイメージしたりするということになる……。

いいですか。分かりやすく言うと、メンタルの要素として気力、集中力、判断力の三つがあるとするなら、イメージトレーニングはまず判断力、そして集中力についてもある程度のカバーができる重要な練習です。ほかのメニュー同様、真面目に取り組むこと。

じゃあ、同クラスで相手を見つけて始めて下さい。組むだけですよ。あとはイメージでね」

私は一息つきながら、「身動きしない柔道」という、はたから見れば笑ってしまいそうな光景を見守る。打ち込みというのは相手を投げずに技の入り方を何度も繰り返す稽古だが、彼女たちにはイメージ打ち込みというのを指示したので、組んだが最後、誰も動かなくなる。笑い出す選手がいないところを見ると、それなりに真面目に取り組んでくれているらしい。

「足さばき。膝の角度。腰の入り。引き手。釣り手。チェックしながらイメージする。うまくイメージできない人はスピードダウンして、イメージできる人はスピードを上げていくこと。

　技は単発で終わらない。崩し技から勝負技。勝負技から寝技。必ず連絡技としてイメージしていく。そうすると、相手を崩したのに次の技が出ないなんてことも、なくなってくるわよ」

　東京は靖国神社の北に位置する市ヶ谷大学の武道場は、かなり年季の入った建物だ。一階のこの柔道場は、長年猛者《もさ》たちの汗を染み込ませた板張りの壁が黒光りしている。去年張り替えたという畳だけが不自然なほど新しい。道場の前方にあたる壁には大きな額がかけられていて、「求道《ぐどう》」という字が大仰に書かれている。この大学出身で現在全日本柔道連盟の強化部長を務める野口久《のぐちひさし》がしたためた書である。

　女子が静かなイメージトレーニングをやっているので、二面のほとんどを男子選手が打ち込みに使っている。低いかけ声が道場内に充満している。

ゴールデンウィークを利用した全柔連の男女合同強化合宿は四日間の予定で行われている。今日はその最終日だ。強化合宿といってもこんな数日間で何ができるというものでもない。要はトップエリートを集めることによって選手同士に刺激を与えるのが目的であり、同時に選手の体調や仕上がり具合をコーチ陣がチェックするという場なのである。

なにぶん、今年は四年に一回の日本柔道界晴れの舞台が待っているのだが、四月に行われた全日本選抜体重別選手権及び全日本女子選抜体重別選手権では有力選手が軒並み敗れてしまい、代表選考が先延ばしになっている。今年から六月に行われることになった白鳳杯というのが選抜選手による体重別の総当たり戦になるようで、代表の発表はその結果を踏まえてというのが全柔連の考えである。

選手とすればわざわざ気合を入れてもらわなくとも、という思いが強いかもしれない。練習なら所属の学校や実業団でやっていたほうがはかどるからだ。だからというわけではないが、ともすれば義務的になりがちな稽古に、私のような変わり物好きが留学先で憶えてきた新しい練習法などを披露することは、案外貴重なのだと思っている。別に斬新な練習ではない。ほかのスポーツで普通に取り入れられているものばかりだ。それを私なりに柔道流にアレンジしているだけだから拒絶されることもない。もっとも、あっと驚かせるようなトレーニング理論は、披露したくとも仕入れてきていないというのが本当のところではあるのだが。

フランスの国立スポーツ・体育研究所《INSEP》で一年半、アメリカの各種スポーツ施設で半年の留学生活。全柔連の肝いりで遣唐使を気取ったまではよかったが、いかんせん語学力に限界があった。先進の科学的トレーニングとやらは文字通り見てきただけ。あげく、柔道少女としてただひたすら畳の上で過ごしてきた青春を取り戻すかのごとく、二年間たっぷり遊んでしまったのである。

何しろ語学の中途半端な大和撫子ほど、あちらでモテる存在はない。自分でもルックスはそれほど悪くはないと思っているのだが、学生時代の私は「マッスル篠子《しのこ》」だの「筋肉少女帯」だのと呼ばれ、男っ気のまるでない生活を送っていた。男子選手を投げ飛ばそうものなら、陰険な眼でジロリと睨《にら》まれたりしたものである。

ところがパリではどうだ。柔道の腕前はそのまま尊敬の対象となり、

「君は東洋の神秘そのものだ」

とか、

「君は柔道と笑顔という二つの武器を持っているね」

などという歯の浮くような台詞《せりふ》を、濡れた瞳で私を見つめながら言うのである。

思い出すだけでニヤけてしまう。

ミッシェル。フランク。ともにＩＮＳＥＰ《インセップ》で学ぶトレーニングコーチであり、将来はフラ

ンスのスポーツ界を支えるであろうエリートだった。

ロスでは現役水泳選手のリチャードとの出会いがあった。彼と過ごすプールでの時間は楽しかった。もちろん「マッスル・シノコ」などとは言われない。確か「しなやかで宝石のようなボディだ」などと言われたような気がする。

三人ともに、それぞれプロポーズとも取れるような言葉を贈ってくれた。それについてはかなりの未練があったが、コーチとして生きていく人生はやはり捨てがたく、泣く泣く帰ってきた私なのだ。

こうやって汗くさい柔道場に立ち、ドメスティックな顔立ちの面々に囲まれているとき、この春まで続いていた目眩《めくるめ》くような時間を思い出すと、変な浮揚感が私を襲う。

あの夢よいずこへ……である。

選手の一人、角田《つのだ》志《し》織《おり》が私を見ている。ちょっと表情が緩んでしまっていたか。

「はい、やめて」

自分を現実に引き戻すべく、私は笛を吹いた。

「じゃあ十分間休憩します」

そう言い終えるなり、私は志織を手招いた。

「角田さん、ちょっと」

ほかの選手たちはめいめいに道場を出ていく。

志織が私のほうへ歩み寄る。真ん丸顔で愛敬のある顔立ちをしているが、百七十二センチ七十七キロの巨体は百六十二センチ五十五キロの私を覆い隠すほどだ。七十八キロ級の指定選手である。指定選手とは強化選手に次ぐレベルの選手ということだ。

彼女は私の母校である多摩学院大の四年生で、私にとっては所属の教え子にあたる。だから当然気になる。

私の前に立った志織は、私より先に口を開いた。

「先生、心ここにあらずですね」

彼女にしてはトゲのある言い方をする。やはり、思い出し笑いをしっかり見られていたらしい。

「そんなことより、最近内股のタイミングがずれてるような感じがするんだよね。ちょっとチェックしてみようか」

彼女は、私の指摘が心外だとでもいうように、無表情で首を傾《かし》げている。

「突っ立ってないで、やろう、やろう」

彼女の場合、大学に入学した当初は将来のメダリストとして期待され、強化選手にも指定されていたわけで、力は十分持っているのである。私が留学から戻ってみると前より弱くなっていた。伸び悩みもいいところなのだ。

もともと積極性に乏しく気迫が前面に出てこないという欠点がある。私もいまいち信頼されていないようで、あまり指導は請われない。大学一年の頃はもう少し反応のいい子だという気がしていたが……成績が振るわないことが影響しているのかもしれない。

私は帰国してから肩口までに切った髪を素早く束ね直し、首と肩を軽く回した。仕事とはいえ、投げられるのは楽しいものではない。

「さあ、遠慮しないでいいわよ」

無理やり組んでおいてハッパをかける。

志織はようやくやる気になったようで、私の右袖と左奥襟を取ると、いきなり右半身に構えてきた。二歩、三歩と動きながら強力なパワーで引きつけてくる。彼女はそのままタイミングを計って身体を寄せ、右足を跳ね上げた。

私は難なくそれをかわしていた。

彼女はバランスを崩した体勢を立て直しながら、私をちらりと窺った。

「うーん、あのね……」

何と言ったものか言葉を探してしまう。重症だ。

「上体と、腰から下がうまく連動してないのよね。引き手のタイミングや肩の回転が早過ぎるから、いざ足を跳ね上げる頃にはもう上体が伸び切って前に流れちゃってるのよ。じゃあ、もう一回やってみて」

志織は理解したのかしないのか曖昧な表情で頷き、もう一度技に入った。あまり代わり映えのしない内股を私は再びかわす。

「もうちょっと手前の襟を持ってみようよ。深いとどうしても肩が早く回るんだよね。崩さないうちに技に入っちゃうし」

「でも、前襟だと腰がうまく入りませんから」

志織が反論する。少しふてくされ気味だ。

言いたいことはよく分かる。内股にしろ払い腰にしろ、相手に腰を密着させて投げる技は釣り手の使い方が鍵になる。理想は前襟だが、重量級になるほど腕も長くなるわけで、技をかけるときにつっかえ棒となり邪魔になる。奥襟や背中を取れば自分の釣り手は相手の首の後ろに抜けていく形になるので、身体を回転させやすくなるのだ。

だがこの形は脇が開いてしまうので、終始相手を圧倒していないと逆に相手の技を呼び込む結果となる。また今の彼女のように、身体が突っ立ってパワーがロスしてしまうことにもつながりやすい。どうしたものか……。

「前襟じゃなくていいのよ。横襟でもいいし、肩口でもいいし。引き手はもう少し深くね。

右足はもう少し下げて、左足を出して、あまり半身にならないように。そう、そこで腰を下から上へ回し込むようにね……」

　もともと足腰が強く膝が柔らかい。何とか白鳳杯までに復調すればオリンピックの可能性だってないとは言えない。七十八キロ級はどんぐりの背比べなのだ。

　志織は言われた通りの組み方で私に対峙した。私は彼女の肩の回り方を見ようと顔を上げる。

「ズバッとね。ズバッと」

　彼女は太い腕に力を込めながら、私に身体を寄せる。

　私の重心が崩れるのと同時に、彼女の肩が左に流れていく。

　今度は少しよくなったか……。

　不意に……。

　彼女の左肩に隠れていた柔道場の入口が私の視界に入ってきた。

　白衣を着た外国人の男が二人、立っている。

　その横にいるのは小田島敬《おだじまたかし》……確か全柔連の専務理事だ。

　何だろう？

　そう思いながら私は畳に打ちつけられていた。

3

合宿が終わって、その三日後に再び市ヶ谷大学へ来ることになるとは思わなかった。

昨日、強化部長の野口から理由も告げられぬまま呼び出しを受けた。やんわりとした口調ではあったが、断ることができるはずもない。何の用事か見当がつかないから、あまり気が進まない。留学のレポートはすでに提出してあるし……。内容が乏しいので書き直しでも命じられるのだろうか。

武道場に入り、短い廊下の壁に嵌《は》められている大きな鏡でスーツの着こなしをチェックする。並みの女性より肩幅、腰回りと横に広いのは隠せないが、さすがミッシェルに買ってもらったオートクチュールは身体にフィットしている。化粧も留学中にだいぶ上達した。

ひとしきり満足感に浸ってから、私は柔道場の隣にあるコーチ室のドアを叩いた。

「失礼……」

ドアを開けてギョッとする。六畳ほどの狭くて殺風景な部屋には、野口を始めとして四人のそうそうたるメンバーが小さな丸テーブルを囲んで座っていた。

「……失礼します」

自然と小さな声になる。

何だ、この集まりは？

一番奥に座っているのは全柔連専務理事の小田島だ。歳は六十を過ぎているはずだが、驚くほど若々しい。もちろん選手経歴も華々しいものであっただろうが、年代が違い過ぎて私もよくは知らない。普段、顔を合わせて話す機会などもまったくない。

右隣は強化部長の野口である。太っている以上、下ぶくれは仕方ないが、双眸《そうぼう》は大きく、濃い眉と相まって凜々《りり》しくもある。歳は五十二、三。オリンピック二大会連続金メダルの偉業を成し遂げて「柔道界の至宝」とまで言われた男である。人望も厚い。指導者としての功績も大きく、男子ヘッドコーチ、女子ヘッドコーチとして世界選手権やオリンピックで数々のメダリストを輩出させた。私が全日本の強化選手だった五年前までは女子部のヘッドコーチを務めていたので、私自身少なからずお世話にもなっている。

野口と向かい合うように座っているのは男子部ヘッドコーチの菊原一昭《きくはらかずあき》だ。いかつい顔つきで、目尻に深い皺を刻んだ三白眼は笑顔でも形を変えない。歳は四十四、五というところ。オリンピックでは全試合立ち技一本での金メダル獲得という離れ業をやってのけている。パワー柔道で国際試合を席巻していたヨーロッパの強豪選手たちも、彼と闘うときだけは腰が引けていた。全盛期の強さ、瞬間最大風速では野口を凌駕しているという声も高い。立ち技だけでなく寝技も強烈で、指導は容赦ない。女子選手からは「寝技の鬼」、菊原ならぬ「セク原」と呼ばれ、人望はまったくない。年下に対してわざわざ段位をつけて呼ぶのも鼻につくのだ。

一番手前にこちらに背を向けて座っているのは男子七十三キロ、八十一キロ級担当コーチの若尾昌平《わかおしようへい》のようだ。私が見知った頃からずっと角刈りで、顔だけなら「板さん」として十分通用する。歳は三十代半ばで、彼ももちろんオリンピックの金メダリストである。彼の年代になると、もう金メダルを取るだけで偉業を達成したことになると言っていい。あまり話したことはないが真面目で、表情の豊かな人間ではない。

何だろうか？

彼らの渋い表情からして、楽しい話とは思えない。理由は分からないが、怒られるのかもしれない。

来たばかりではあるが、早く帰りたい。

「そこに座ってくれ」

小田島が空いているパイプ椅子を指差した。私はとりあえずへらへらと作り笑いを浮かべながら、大男たちの座に加わる。

「何か……？」

「ああ……」小田島が口を開く。「望月君は今、強化チームでどんな仕事をしておるのかね?」

「私ですか? 一応臨時コーチとして、女子選手へのメンタルトレーニングの指導をしています。その他、練習相手にもなってますし、気がつけば技術面の指導も……それから合宿があるときは諸々の手配なんかも担当することになってます」

「合宿の裏方仕事は担当を代わってもらいなさい」小田島が言う。

「いいんですか?」

思わぬ命令に半信半疑ながらも、私は小躍りしたい気分になった。この前の合宿も留学後初仕事だったにもかかわらず、講道館が少年大会で埋まっているのをすっかり忘れていて、あわや合宿先がないという失態を犯すところだったのだ。結局、野口の計らいで市ヶ谷大を急遽《きゅうきょ》空けてもらい事なきを得たが、思った以上に大変な仕事なのである。これがなくなれば精神的にもぐっと楽になる。

「それから、ほかの仕事についてもしばらくは後回しにしてほしい」

「え?」私は小田島の言葉の意味を考える。が、分からない。「それはどういうことですか?」

小田島は野口に目配せをする。

「ちょっと野口君が今から話すことを聞いてくれ」

「はあ……」

野口が喉を鳴らした。声がくぐもるほうなので、喋る前に喉を鳴らすのが一つのリズムになっているらしい。

「三日前のことだけどね」

「はい」

「憶えてるかな？」

「何を……ですか？」

「スウェーデンから来ただろう」

「ああ」何を話したいのかは分かった。合宿の最終日にスウェーデンから来たドーピングの検査団のことだ。

「あのドーピング抜き打ち検査。どこが依頼したものか分かるかね？」

「はあ……ＪＯＣですか？」

オリンピックが近いので単にそう思った。

「ＩＪＦだよ、お嬢さん」

菊原が勘の悪い私を責めるように、言葉を吐き捨てた。

何か訳ありの話だと私はようやく気づいた。第一こんな狭い部屋に集うのが怪しい。講道館あたりでは、このメンバーだと目立ち過ぎるからではないか。

オリンピックに近いこの時期に、国際柔道連盟《IJF》が日本チームに対してドーピングの抜き打ち検査をするというのは、政治の絡んだ裏でもあるのだろうか。

「あのとき誰が検査対象に選ばれたか憶えているかね？」野口が訊く。

「確か女子では恩田さん、坂井さん、池山さん、永友さん。男子では山本君、出口君、杉園君、吉住君だったと思いましたけど」

ドーピング検査は一人分でも何万というお金がかかるらしく、抜き打ち検査では数人の対象者が無作為に選ばれることが多いらしい。

「そのメンバーを見て何かおかしいと思わんか？」

菊原が強い調子で訊いてくる。

「みんな強化選手ですね」

「そんなことじゃない」菊原は苛立ったように顔をしかめた。「杉園と吉住。八十一キロの強化選手が二人とも選ばれてるだろう。これをおかしいとは思わんかと訊いているのよ、俺は」

「はあ……でも無作為で選ばれたのなら、そういう偶然もないとは言えないんじゃ……」

「馬鹿か。本当に無作為のわけがないだろう。意図があるんだよ、意図が」

「どういうことですか？」

　私は野口を見る。

「今回の検査はね、当日まで全柔連はおろかＩＪＦ理事の山田先生にも知らされてなかったことだ。それで検査のことを知った山田先生がＩＪＦのある幹部に説明を求めたところ、ちょっと気になる情報が出てきた」

　野口は言葉を選んでいるように、少しの間、視線を宙にさまよわせた。一つため息をつく。

「つまり、日本のある有力男子選手がドーピングに手を染めていると。そしてその選手は八十一キロ級の強化選手であると。そういう告発書がＩＪＦに流れてきたらしいんだ」

「おおかた……」菊原が不機嫌そうに机を人差し指でコツコツと叩く。「ヨーロッパか韓国あたりの理事へ送られたんだろう。政治的に日本に対抗する勢力、日本の発言力を封じたい国のところへな」

「それで抜き打ち検査を画策したってことですか？　だけどまさか……」

「まさか、何だ？」

「いえ、そういう噂が出たからって、日本の選手がドーピングに手を出してるなんて、現実問題としてあり得ないと思うんですけど」

「それだ」菊原が眉間に皺を寄せたまま私を指差す。「日本の柔道界が薬物に汚染されているなんて考えられない。柔道関係者であろうとなかろうと、日本柔道のイメージは『クリーン』であり『清貧』だ。

だが逆に考えてみろ。これがもし噂以上のもので、ドーピング検査の結果クロと判明したら……その衝撃を考えてみろ」

まったく想像もつかない。

「IJFが摑んだ情報は信憑性《しんぴょうせい》が高いんですか？」

「分からん」小田島が言う。「ただ言えることは、IJFは本気だということだ。これを見てくれ」

私は小田島が差し出したB5の紙を受け取った。新聞記事のコピーだ。

成長ホルモン検出装置五輪へ導入

〔ストックホルム6日AP〕国際陸連（IAAF）、国際水連（FINA）などの抜き打ちドーピング検査を代行するスウェーデンのIDTM（国際ドーピングテスト・アンド・マネジメント）の発表によると、このほど同社は新しいコンピュータ解析装置を導入し、ヒト成長ホルモン（HGH）の高精度での検出を可能にした。HGHは禁止薬物に指定されているが検出が難しく、乱用者の横行を心配する声が上がっていた。今夏のオリンピックでもこの検査システムが導入される見込みである。

「これ……もしかして昨日の新聞ですか？」

「そうだ。言うまでもなく、うちの検査サンプルもここに送られる。タイミングが良過ぎるくらいだ」

「それで……どうするわけですか？」

私の問いに対して間が空く。どうやら簡単な答えではないらしい。

「結論から先に言おう」と野口。「幸いオリンピック代表はまだ決まっていない。本来なら白鳳杯の成績まで見て代表を決定する予定だったが、それを繰り上げる。ドーピング検査の結果が公表されるのは四週間後だ。我々はそれより前に代表を発表する。できれば三週間後、遅くとも結果公表の三日前には発表したい。そしてそれまでに杉園信司《すぎぞのしんじ》、吉住新二《よしずみしんじ》について、どちらがクロかを調査し、怪しいほうを落とすことにする」

「怪しいほう？　訊いて確かめるんじゃないんですか？」

「直接訊いたとして、否定されたらあとはもう打つ手がなくなる。ほかの競技でも薬物使用を自ら認める選手はほとんどいない。検査ではっきりクロと出てもそうなんだ。反対に身に覚えがない者にとっては、自分はコーチ陣に信頼されてないのか、犯罪者扱いするつもりなのか、とプライドを傷つけられることだってあり得る。この時期、それもマイナスだ。こういうことは慎重に、秘密裏に行いたい。どちらを落とすかの根拠は推測の域を出なくても仕方ないと思っている」

「そんな適当なことでいいんですか？」

「適当かどうかは望月四段、お前次第なんだよ」と菊原。

「私……？」

嫌な予感がした。

野口が静かに頷く。

「私ですかあ？」突然のことにひどくうろたえ、舌がもつれそうになった。「どうして私が？　私、杉園君も吉住君もよく知りませんし……」

「だからいいんだ！」菊原が一喝した。「第三者じゃなきゃ駄目なんだよ、こういうのは」

菊原の言葉に私ははっとして思い至った。

現場の人間でない小田島は別として、野口は吉住と同じ市ヶ谷大学の人間。菊原と若尾は杉園と同じ関東武芸大学の人間なのだ。学閥が幅を利かす柔道界にあって、この両校は名門として並び立つ存在と言っていい。学閥が邪魔をして彼らだけではどちらも選ぶことができなくなっているのだ。

しかし、だからといって私にできる仕事とは思えない。断ろう。まさか秘密を知った以上、引き受けねば殺されるというのでもあるまい。

「すいません。申し訳ないんですけど……」

「望月君……」

私の言葉にかぶせるように、野口が話し始めた。

「君はあと十年もすれば女子部のヘッドを務める人間だろう」

そんなこと考えたこともない。買いかぶりだ。

「君に調査を任せようと決めたのは私だ。ほかの方々も異論はないと言ってくれた。君には我々に真似のできないフットワークの軽さがあるじゃないか。どういう結果になろうと君だけに責任を負わせるようなことはしない。それだけは約束しよう」

「私は……私自身のことは別に構わないんです。ただ、吉住君でも杉園君でも、私が疑わしいと思って代表から洩れた子が、もしドーピングに関係なかったとしたら……」

「問題ない」菊原が言い放つ。「その場合代表になったやつがクロだということだから、そいつは外されてシロのやつが繰り上がるだけだ。結果的にはクリーンなやつがオリンピックに出るという点では、望月四段の調査結果が当たっていようがいまいが関係ない。要は全柔連が公衆の面前でドタバタ劇を演じて恥をさらすかどうかということが問題なんだ」

　それでも納得できない。

「もし二人ともシロだったらどうするんですか？」

「いいじゃないか」小田島が反応した。「大いに結構。二人は実力的にはほとんど互角だ。どの階級より激戦区で、どちらが代表になっても金メダルを期待できる。二人とも無実ならば、シロと判断されたほうが代表ということでいい。それが運命。神の判断ということになる」

「本当にいいんですか、それで？」

「望月君……」

　黙って聞いていた若尾が、感情の昂《たか》ぶりを抑え切れない口調で私を呼ぶ。

「僕は杉園の大学のOBだが、八十一キロの担当コーチとして吉住にも同様の思い入れがある。僕は……」

　若尾はよく見ると眼を潤ませている。手をブルブルと震わせている。

「僕は断腸の思いでこの話を聞いているんだ。君だけじゃない。誰だって選手を疑いたくはない。こそこそ調べて切り捨てたくはない。小田島先生も野口先生も菊原先生も内心は同じ思いなんだよ」

私は若尾の熱弁を聞いて、胸に何かが込み上げてくるのを感じた。抵抗力がそがれる。駄目だ。断り切れないかもしれない。

野口が身体ごと私のほうを向き、私の眼を見据えた。

「確かにこれは個人を殺し、組織を生かす論理かもしれない。しかし嘉納《かのう》先生が創り、偉大な諸先輩方が築き上げてきたこの柔道というものが一敗地にまみれるのを我々は黙って見過ごしていいのか？　我々は日本柔道を輝かしいまま後世に残すことを任されている立場にある数少ない人間じゃないか。ほかに誰がそれをできるというんだ？」

そうかもしれない。

「望月君……」野口が続ける。「柔道は私の人生そのものだ。私のすべてをここに預けてある」

柔道は人生そのもの……。

「君もそうじゃないのか？」

もちろん……私もすべてここに預けてある。

「はい……」

私の小さな返事はそのまま、任務を引き受ける意思と取られてしまっていた。

「三週間後だ。三週間後に日本柔道の運命が決まるぞ！」

腕を頭の後ろに組んだ菊原が、天井を見上げて一人吼《ほ》えた。私に気合を入れているようでもあり、自分自身に言い聞かせているようでもあった。

4

私の通う多摩学院大学は多摩川の西側、川崎市の丘陵地にキャンパスを構えている。工学部もあれば体育学部もある総合大学だが、その割にはこぢんまりとしていて、学生数は一万人を少し超える程度である。

その大学の研究室棟を私は重い足取りで歩く。昨日引き受けさせられてしまった任務の重さに、朝から気が滅入るばかりだ。

私は自分の机がある深町先生の研究室を通り越して、三つ隣の串田教授の研究室に向かった。運動生理学の串田教授は日本水連につきっきりで不在のときが多く、私の友人である佐々木深紅《ささきみく》が留守を預かっている。身分は私と同じ研究助手である。

廊下に面したドアを開けると、狭い応接の間がある。そこと研究室との間にも一つドアがあり、私はノックすることもなくそのドアを開けた。

「おはよ」

見ると、深紅は机に向かい、コンビニのそばをすすりながら文庫本を読んでいた。ジロリと私を見る。

「これはこれは。柔《やわら》のお篠ではないか」

彼女は流し目を送ったつもりらしいが、眼が大き過ぎて流し目になっていない。

「また鬼平犯科帳読んでるの？　好きねえ」

「ふふふ。鬼平を読んで食べるそばと読まずに食べるそばでは、美味《うま》さが違うんですよ。憶えておきなさい」

朝から鬼平を読みながらそばをすする女など、彼女くらいのものだろう。

佐々木深紅は鹿児島出身の女性剣士である。親戚が薩摩示《じ》現《げん》流の道場を開いているとかで、物心ついたときにはすでに立ち木打ちをしながら林の中を駆けていたらしい。実際、学生選手権で優勝したこともあるほどの腕前なのだ。身長は百五十センチあるかないかで私よりもずっと小柄なのだが、腕も脚もはち切れんばかりに張っていて、見るからにゴムボールのような弾力を感じさせる。

こざっぱりとしたスーツをよく着ているが、どれもクリーム系の淡い色で、その違いは本人以外にはよく分からないと思う。ただ、イヤリングだけはなぜか凝っているようで、つやのいい髪を耳の後ろに流しては、大きなやつをとっかえひっかえつけている。その得意気な顔は何だかおかしくもある。

彼女とは大学の武道系運動部で構成する「多摩学武道会」の飲み会で知り合って以来、大学院、研究助手と進路が似ていることもあって行動をともにする機会が多い。

串田教授の席には、眼鏡をかけた女の子が座っている。ここに来るとたまに見かける堀内《ほりうち》絵津子《えつこ》という学生だ。

「こんな鬼平マニアの女と一緒にいたって、いいことなんかないわよ」

「暇なんですよ。アルバイトでも探そうと思ってるんですけどね」

絵津子は四年生で、深紅と同じ串田教授の弟子入り志願者らしい。物怖じするタイプではなさそうだが、ひょろりとして顔は青白いくらいだ。長い髪を地味に束ねて、化粧っ気もない。ただ鼻筋が通っていて、理知的な顔立ちをしている。まだ二、三度顔を見ただけで、どんなスポーツをやっているかも知らない。

私は視線を深紅に戻す。

「あのねえ、実は訳ありの話があって、ちょっとお知恵拝借なんだけど……」

深紅の大きな瞳がぎょろりと動いた。「ん？　何？　何？」

「うん。ちょっと堀内さん、ごめんね」

私が言うと、絵津子は軽い身のこなしで応接室へ移っていった。なかなかいい歩き方をしている。思わず見とれてしまうほどだ。

「何だ？　プライベートな話？」

「いや、仕事の話」

「だったら別に堀内さんがいたっていいじゃない。口の堅さは保証するわよ」

「駄目よ。全柔連の幹部数人しか知らない大事な話なんだから」

深紅に相談を持ちかけることだけでも悩んだのだ。私一人では何から手をつけていいかも分からず、病気持ちの深町先生にはあまり心配をかけたくないので、結局は彼女しか頼れそうな人間がいなかったのである。

「あのね、まず先にちょっと知識を授けてほしいんだけど」

「何の？」

「ドーピングについて」

私が言うと、深紅は意味のよく分からない感嘆の声を発した。

「お篠、指導者やっててドーピングの知識はなかったわけ？」

私は潔く頷く。「恥ずかしながらね。遠い世界の話と思ってたのよ」

「仕方ないねえ」

と言うなり、深紅は隣の部屋にいた絵津子を大声で呼び寄せた。あっという間で止める暇もない。

「大丈夫よ。私が鬼平であんたが相模の彦十だとしたら、彼女は与力の佐嶋くらい信頼できるから」

そんなふざけたたとえを深紅はしれっと口にする。

「それにそういう話なら彼女、結構勉強してるのよ。堀内さん、ちょっとドーピングについて教えてあげてよ」

「深紅、あんた偉くなったのねえ」

私の嫌みに対しても、彼女のほうは「まあね」とまったく意に介さない様子だ。小さな身体をして姉御肌なのである。

「現在のドーピング検査で禁止、あるいは使用制限されている薬物は、大きく分けて四種類あるんです」

堀内絵津子は資料を見るでもなく、話し始めた。

「一番目が興奮剤。カフェインとかエフェドリンといった類《たぐい》で、よく風邪薬なんかを服用して引っかかるのがこの系統ですね。カフェインは尿中量が定められていて、それを超えるとアウトです。二番目は麻薬性鎮痛剤で、ヘロイン、モルヒネといったものです。三番目はタンパク同化剤。いわゆる筋肉増強剤といわれるもので、ドーピング問題の中心となる薬物です。四番目は利尿剤。これはタンパク同化剤を尿によって体外に排出させる効用があるので禁止されています。ほかにウェイトコントロールをするために利尿剤を使うケースもあります」

「そのほかにも血液ドーピングとかね、挙げたらきりがないけど柔道界の幹部数人が真っ青になるほどの問題が起きるとすれば、やっぱりタンパク同化剤じゃないかな。競技の性質から考えてもね」と深紅。

「タンパク同化剤っていうのはそんなに問題なの？」

「陸上のスター選手がオリンピックで派手に失格してるでしょ。あれ以来ドーピングと言えば筋肉増強剤っていうイメージが出来上がってるからね。中でも七〇年代の後半から知られ始めたメチルテストステロンは合成男性ホルモンといううくらい、もともと体内にはないホルモンだからごまかしようがないのよ。それだけに悪質さが目立つわけ。古い薬だけど、今でも使われてる可能性は十分あるわね。メチルの場合、大会数カ月前に使用をやめて痕跡を消すの。でも抜き打ち検査があるとバレちゃう」

　私はドキリとした。

「これに限らずステロイド系のホルモン剤は女性が男性化する、男性なら攻撃的になるっていう副作用がある。やめたらやめたで反動がきて、男性が女性化する……乳房がふくらんだりする副作用が出てくるし、禁断症状が出て躁鬱反応も現れると言われてる。こういう副作用の存在がドーピングを追放しようという理由の一つになってるからね」

「柔道選手が使うとすればタンパク同化剤だっていうのは、まず間違いないの？」

「たぶんね。それかプラス利尿剤。あるいはプラス興奮剤のブロマンタン。どちらもタンパク同化剤の痕跡を消すために使われるから。だけど今は検査精度も上がってるし、こういう有名な薬はヤバいと思う人のほうが多いと思うけど」

「ヒト成長ホルモンもタンパク同化剤の一種？」

私の質問に、深紅はまた「ほおっ」と嬉しそうに言った。そして絵津子のほうを向く。

「ＨＧＨを忘れてたよ」

「忘れてました」絵津子は悪びれる様子もなく言った。「ヒト成長ホルモン、通称ＨＧＨは興奮剤、麻薬性鎮痛剤、タンパク同化剤、利尿剤に続く五番目、ペプチド及び糖タンパクホルモンに分類されます。造血作用のあるエリスロポエチン、通称ＥＰＯもこの系統に入りますね」

「ＨＧＨはね」深紅が説明を付け足す。「筋肉増強剤の代用として使われる薬で、副作用が少ないと言われてるのよ。ＥＰＯはスキーのクロスカントリー選手あたりの使用が噂されている長距離競技向けの薬ね。どちらも比較的ニューフェイスで、検出は難しいって話よ。だけどEPOは血液検査で検出できるみたいだし、HGHも検出できるようになったって新聞に出てたわね」

彼女は言い終わるなり、私のほうへ顔を寄せた。

「で、誰がHGHを使ったの？」

「まだ分からないのよ。HGHかどうかも分からない」

二人に、昨日お偉方に押しつけられてきた任務について話す。ただ私自身、吉住新二や杉園信司に関する知識は多くない。

吉住は私の現役時代、強化チームで一緒になった期間が若干あるから何度か言葉を交わしたことはある。彼は市ヶ谷大学の大学院生で、私と同じく世界選手権の金メダリストである。私が出場した世界選手権の次の大会で彼がチャンピオンになっている。二年前負傷して再起を危ぶまれたものの、この半年で完全復活してきたということを誰かから聞いた。私の場合は膝を痛めて再起を危ぶまれたが、危ぶまれた通り再起できなかった。そこが彼と私の違いか。

杉園に至っては、関東武芸大の四年生で、ここ一、二年急成長を遂げた注目選手であることくらいしか知らない。ただ、昨年の世界選手権では決勝を鼻骨骨折でリタイアしたため銀メダルに終わったものの、その強さは際立っていたと聞いている。高校時代は無名に近かったらしい。

「吉住新二っていえばさあ、一年くらい前にドーピング検査を拒否しなかったっけ？」

その話は私にとって初耳だ。しかし、絵津子が深紅の記憶を支持した。

「確か何かの国内大会で優勝したんですけど、検査する段になって自ら風邪薬を飲んだって言い出したとか。で、どうせ引っかかるんだからってことで、検査を拒否しちゃったらしいですよ。結局その大会は失格扱いになって半年間の公式試合出場停止の処分を受けたはずですけど」

そんなことがあったのか。吉住はこの半年に怪我から復活したのでなく、一年前に復活していたものの出場停止を食らっていたということか。

「出場停止明けには一度検査を受けるはずですから、その時点ではクリアしてるんでしょうけどね」

だが、半年経った今でもクリアできるとは限らない。何より検査拒否という行為が普通ではない。

「しかし、日本柔道もドン・キホーテだよねえ」

深紅が熱そうなお茶をすすりながら言う。

「何が言いたいの？」

「だってそうじゃない。嘉納先生の創り上げた柔道というものを我々が守っていくとかさあ。国際柔道界でそんなこと期待されてると思ってるのかなあ。結局、柔道を世界に広めたのは嘉納治五郎《じごろう》自身でしょ。時代も舞台も変われば中身も変わる。選手も変わるのよ」

「薬物使用者も出るってこと？」

「そう。スポーツ界がそういう流れなんだから。この場合の『スポーツ』っていうのは『武道』を除いたスポーツの意味ね。柔道は入ってるけど」

「柔道は武道です」

私の言葉に深紅も絵津子もプッと吹き出した。

「じゃあ、あの青い柔道衣は何？　あれでも武道？」

返す言葉がない。やはり柔道衣は白いほうがいいと思うのは、私もドン・キホーテの一人ということだろうか。

「でも青い道衣はスポーツでもないですよね」

と絵津子が言う。深紅が我が意を得たりとばかりに頷いた。

「そう。武道とスポーツの両方を追い求めた結果があれ。中途半端なのよ。やるなら柔道衣の生地から変えなきゃね。新素材を使ってさ、スキーのジャンプスーツくらいの派手さは欲しいわね。で、セパレートのように見えて実はワンピース。柔道を見てて上衣がはだけるくらい見苦しいものはないからね」

「それじゃあ柔道より地味な剣道も派手な格好に変えなきゃ」

私が言い返してやるものの、深紅は涼しい顔で笑っているだけだ。

「剣道はいいのよ、純武道だから。世界征服なんて野望は持ってないしね。地味にやってるからいいの」

言い込められたままではすっきりしないが、深紅のペースに巻き込まれている場合ではない。とにかくこれからどうするかだ。

「いずれにしろ、このまま薬物汚染を黙って見ているわけにはいかないのよ」

私の言葉に深紅も真顔に戻り、頭をかく。

「でもねえ、ドーピングっていうのは難しい問題なのよね」

「どうして？　結局はシロかクロかってことでしょ？」

「そうなんだけどね……押さえておかなきゃいけないのは、ドーピングはその大部分が犯罪じゃないってことよ。犯罪に当たるのはヘロインとかコカインといったものを使ったり、盗みなどの不法な手段で薬を手に入れたりしたときだけ。つまりドーピングというのは禁止規定があるだけで、日本の法律に触れるわけではない。だからね、極論すると、禁止薬物でなければ、あるいは禁止薬物でも検出不可能ならそれは使っていいということなんですよ」

「使っていい？　それはいくら何でもおかしいわよ。薬物で身体を変容させていい成績を残そうというのは、スポーツのあり方として明らかに間違ってるじゃない。そういう考え方を排除する意味もドーピング検査にはあるわけでしょ？」

「スポーツとはこういうものだと論を振りかざしたところで、スポーツ選手全員の賛同は得られないわよ。例えば百メートル走ならスターティングブロックに足をかけてクラウチングの姿勢を取り、レディで腰を上げ、ピストル音でスタートを切り、自分のコースを走る……決め事はこれだけなのよ。これだけを守れば、何を考えて走ろうが一向に構わないし、人格も問われない。スポーツマンシップなんて言葉を知らなくても平気。だからこそスポーツは世界に通用するのよ」

　頭が混乱してくる私を尻目に、深紅の舌は滑らかになる。

「風邪薬を飲んだらドーピングに引っかかるとするよね。けど、そこに含まれている興奮剤がプレイにどれほど影響するのか？　そんなもの影響なんてゼロよ。

　反対に、スケート選手なんかがやる低酸素室での生活やトレーニング。これはかなり人工的な環境を作り上げる手法だし、効果が顕著であると同時に管理を間違えれば身体に害を与える危険だってある。だけどこれはＯＫなんです。なぜかというと禁止されてないから。

お篠の専門であるメンタルトレーニング。中でも暗示や催眠療法なんていうのは心理的な変容を可能にする、言わば心理的なドーピングと考えてもいい。だけどこれはOKなんです。なぜかというと禁止されてないから。この一点でね」

「ちょっと待って。じゃあ深紅はドーピング規定なんて無意味で不要だと言いたいの？」

「違うわよ。つまり現在のアンチドーピングのルールは競技本来のルールと同等のレベルまで整えられていないってことよ。コースを外れて走ったら違反だということは誰でも分かる。でもドーピングの場合、それほど簡単にいい悪いは決められないのが現状なのよ。

これがどういうことを招くかっていうとね、実際アメリカで開かれたあるオリンピックではドーピング違反者が大量に出たにもかかわらず、それは運営委員会によって闇に葬られて何事もなかったかのように終わったと言われてるわけよ。なぜそう処理されたか。ドーピング違反者が大量に出ると大会そのものがダーティなイメージになるから、有力スポンサーが圧力をかけたっていうことよ」

「そんな無力なものなの？」

「そういうこと」

「マリファナが検出されてもメダルを手にした選手もいましたよね」絵津子が言う。「マリファナは『専門家の意見によって制裁を伴うこともある』っていう曖昧な規制対象だったから、処分し切れなかったんですね」

「はあ……」

「そんなもんなのよ。規定そのものが未完成。完成の目処《めど》も立たない。それに、ドーピングに引っかかった選手というのは、まず間違いなくシラを切り通すわね。曰く、身に覚えがない。誰かの謀略だ。検査のサンプル管理が杜撰《ずさん》で問題がある……等々ね。だから真実としてどうなのかは世間には分からない。競技団体ごとの選手への処分もまちまちで、将来有望な選手ほど処分内容が軽減される傾向があるし」

訳が分からなくなってきた。

私はドーピング問題に疎く、その姿をはっきりと摑んでおくために深紅を訪ねた。だが彼女の話から明かされるドーピング問題の姿とは、何ともあやふやで模糊としたものではないか。

私は何から日本柔道を守ろうと思っていたのだろうか。何だか自分がひどく不安定な場所に立っているような感覚に襲われる。そもそもドーピングが悪いことなのかどうかさえ、分からなくなってきた。

「さっきの質問に戻るけど、深紅は、ドーピング検査そのものは必要だという考えなの？」

「もちろん。ただ薬物使用がスポーツ本来の趣旨に反するという理由じゃなくて、あくまで競技者の健康を害するおそれがあるという面から見てのことだけどね。薬物使用で副作用に苦しんだり、死に至ったりした例があるのは確かだし、アンチドーピング規定が不完全なりにも大きな歯止めになってるのは事実だから」

「じゃあ、全柔連が薬物使用の疑いがある選手を極秘調査して、クロに近いと判断した者は代表に選ばない。この考え方もあなたは支持できる？」

「まあドーピング検査の結果が出てから代表を決めても遅くはないと思うけどね。だけどそれさえ、後手に回るということで日本柔道の面子《メンツ》に関わるわけでしょ。だったらしょうがないんじゃないかな。全柔連の考えは姑息だけど理解できるわよ。結局、全柔連そのものが武道にしがみつこうと思ってるわけだし」

深紅は皮肉っぽく笑って、私を挑発するように見た。

「お篠に言ってもしょうがないけど、武道は武術ではなく『道』だからね。薬物使用はその『道』から外れることよ。健康の問題云々とは違うところで、彼らには許せないわけよ。ドーピング違反者は切り捨てる……実に明快な判断じゃない。ただ、杉園や吉住といった選手が柔道を武道だと思っているのかどうかは別問題だけどね」

つまり私は客観的に見ても、理不尽な仕事を押しつけられているのでもないということか。

私はなぜか将来を嘱望されていて、それゆえ徐々に重要な仕事が回ってくる。たまたま今回この仕事が回されただけで、全柔連という組織の性質から考えれば別に異常な仕事ではないということか。

納得いかない。

「あーあ。気が重いなあ。やだやだ」私は深く深くため息をついた。

「ブルーになってますねえ。まるで柔道衣のように」

深紅に感情移入してくれる意思はないらしい。

「そんなに落ち込むことはないのよ。要はこれからドーピング問題を扱うにあたって、シロとクロのボーダーをお篠自身の中で決めておくこと。それができていれば、あとはビジネスライクに対処すればいいんだから」

「でもあんたがさっき、シロかクロかということ以上に難しい問題があるって言ったんじゃない」

「違うわよ。難しい問題があることを知った上で、どこにシロとクロの基準を置くかを考えなさいと言いたかったのよ」

「……どこに置けばいいの？」

自分が非常に馬鹿な人間に思えたが、にわか仕込みの知識だけで導き出せる答えではないような気がした。幸い彼女は下手《したて》に出たり甘えたりする人間には割と親切なのである。

「基準をどこに置くか」深紅がしたり顔で言った。「私のお勧めはずばり単純よ。つまり現在のアンチドーピング規定。IOCの医事委員会が定めた禁止物質と禁止方法を基準にする。それに触れればクロ、触れなければシロ。これでやればいいのよ」

何だ。そんなことは深紅に言われなくてもそうするつもりだった。ドーピングの調査をするわけだから、IOCのドーピング規定に違反しているかどうかで考えるのは当然のことだ。しかし深紅も回りくどい言い方をするものだ。そんな簡単なことなら……いや、そうじゃないのか。

ドーピング規定そのものが不完全で、商業主義とスポーツマンシップの間を揺れている振り子のようなものなのだ。それを認めた上でドーピング規定を絶対的な判断基準にしろと彼女は言っているのだ。

でも考えてみれば、現在の社会の判断基準に完全なものを求めるほうがおかしいのかもしれない。少々不完全でも仕方ない。そう割り切るほかないのだろう。

「ありがとう。何となく分かったわ。で、ついでにもう一つお知恵のほうを拝借したいんだけど」

もう深紅はふんぞり返ってしまっている。

「これからどうすればいいかってこと？」

その通りだ。

「そうねえ。とりあえず吉住と杉園の経歴や成績を調べること。柔道雑誌のバックナンバーから彼らの記事、特にインタビューがあったらチェックする。それから過去一、二年の筋力測定を取り寄せてチェック。心理検査はやってる？」

「うん。私の担当ではないけど、合宿ごとにクレペリンをやってるはずよ」

「じゃあ、その結果も取り寄せてチェック。そして本人との面談。これは生活習慣、競技哲学、自己分析等、いろんな話を聞き出して、そこに薬が入り込む余地があるかどうかを考える。お篠のお得意じゃない？」

「そんなの得意じゃないわよ。検察官の尋問じゃあるまいし」

私の専門はスポーツ心理学であって、一般的なメンタルトレーニングの研究のほか、精神的に不安定なスポーツ選手に対してのカウンセリングや暗示、催眠療法を研究している。深町先生の手法を見様見真似でやっているに過ぎないことも多い。人の悩みなら聞いてやれるのだが、悪意を探り出すような話になると、これはもう応用の範囲外と言わざるを得ない。

正直言って自信がない。

「まあ乗りかかった舟だし私も手伝ってあげるからさ、頑張りなさいよ。ただ時間が限られてるから、もう一人柔道関係で協力者が欲しいわね」

「協力者？」

「そう。お篠の妹分で誰かいない？　大滝の五郎蔵くらい優秀な子。資料の収集にしても柔道に精通してないと、はかどらないでしょ」

「鬼平、佐嶋、彦十に五郎蔵が加わったら、どんな事件でも解決しますね」

絵津子が楽しそうに言う。すっかり仲間に加わる気だ。

「五郎蔵かどうかは知らないけど……」

志織はどうだろうか。杉園や吉住と同じ立場にある一選手にこんな問題へ首を突っ込ませるのはおかしいだろうか？

彼女とはもっと信頼関係を築く必要がある。これはまたとないチャンスではないか。下手をしたらこれまで以上に彼女への指導の時間が取れなくなるかもしれないのだ。問題はむしろ彼女自身の練習に支障が出るかどうかということだけだろう。

はたと思い至る。

代表の目は彼女にあるのだろうか。白鳳杯まで待たずに決まってしまうということは、彼女のチャンスが消えるということではないか……。

そう考えると、また気が重くなる。

5

串田研究室を出て、深町研究室に入る。

「おはようございます」

我ながら張りのない声だ。

分厚い文献の山に囲まれた深町先生が私をちらりと見た。「おはようさん」

何かの原稿を執筆しているらしい。私は先生の後ろを通り、窓からよく陽が射す自分の席にたどり着いて腰かける。串田研究室とはちょうど逆の並びである。あそこは串田教授が窓側の机で、深紅は入口側。どこでも普通はそうだろう。深町先生の親切心からこうなっているが、一ヵ月経っても違和感が抜け切らない。

深町先生はスポーツ心理学の教授であり、柔道選手としての私の育ての親である。催眠療法や暗示といった、スポーツの世界では物珍しい方法を早くから用いていたためか、学界では異端の存在だったらしい。今でも主流ではない。

柔道界においても、その存在はないに等しい。私を育てたことで名前くらいは知られているだろうが、本人が脚光を浴びる場に出たがらないのだ。私が引退した頃から糖尿病を患い、現場を退いている。まだ六十三。老け込む歳ではないだけに残念だ。教え子の私が言うのも変だが、名伯楽だった。大柄な体軀、そしてガラガラ声ながら、口調は人間味にあふれていて物腰も柔らかい。選手をやる気にさせる操縦がうまかった。多摩学の柔道部も今では付属高の柔道部を率いていた新井という中年の男が監督を務め、コーチとして私が道場に入るという形になっている。

深町先生の前にいるとき、私はただの学生である。いや、陽だまりの縁側でおじいちゃんの昔話を聞く子供のようなものかもしれない。尊敬できる人物といえば、人格者で大選手でもあった野口久などもそうなのだろうが、深町先生は別格なのである。

「先生、私の机のほうが広いから使って下さい」

私の机はきれいなものだ。

「いや、私はここで結構ですよ。机の上というのはある意味、自分の頭の中を具現化したものだからね。雑然としているように見えて、本人にとっては案外整理されているものなんですよ」

さしずめ、私の頭の中は学問に関する限り空っぽということか。

「望月君はちょっと疲れているのかね？」

見抜かれている。

「声に張りがないね」

「そうですか……そうかもしれません。強化部のほうで仕事が重なってきたものですから」

「まあ、あまり根を詰めないことですよ。どうですか？　角田さんの調子は」

一瞬、言葉に詰まる。

「ええ。何というか……もう一つフィットしてこないですね」

何だかよく分からない答えになってしまった。

「強化部の仕事も大切でしょうけど、教え子に手が回らないというのもうまくないですからね」

「はい」

その通りだ。代表のチャンスがなくなったなどと私が決めつけるのはおかしい。何が起こるか分からない。指導に手を抜いたり、気を抜いたりしていいわけがない。

「先生」

「何ですか？」

「選手に信頼されるにはどうしたらいいんですか？　指導していても百パーセント浸透しないというか……私は押しつけて教えるタイプではないんで、分かりやすく説明しようとは心がけてるんですが……」

深町先生はにこりと笑って頷く。

「望月君。君の言う通り、口で教えるだけでは信頼関係を築けないことがありますよ」

「口だけというか、実際にやってみせてもいるんですが」

「同じですよ。親身になって教えているつもりであっても、選手がそう取らないことがある。コーチは言うだけでいい。気楽なもんだと選手に思われてしまうことがあります」

「それは……どうすればいいんですか？」

「投げられるんですよ」

「投げられる？」

「そうです。選手を強くしたかったら、あなたが進んで投げられなさい。欠点を指摘されても選手は面白くない。だが人を投げるんだったら、これは面白いんです。投げ切っているうちに身につく技術も多いでしょう。投げられてみなさい。一日百回、毎日毎日投げられてみなさい。あなたの情熱は必ず伝わりますよ」

何という単純明快な回答だろうか。

私自身の悶々とした心理状態を打開するにも、うってつけの方法だ。

今まではたとえそれが指導の相手だろうと、投げられたいと思うことはなかった。だが、今は素直に投げられたいと思う。無性に吹っ切れるという感覚を味わいたいのだ。そうしないと志織への指導も全柔連の任務も、すべてが中途半端になりそうなのだ。

「ありがとうございます」

礼を言う私に一瞬だけ笑ってみせると、深町先生は再び何事もなかったように原稿へと向かった。

6

背中が熱い。左腕も受身を取り過ぎて痺《しび》れている。

道場の隅にへたり込む私に、選手たちが珍しい生き物でも見るような視線を送りながら、帰っていく。

朝の深町先生はどんな根拠で百回という数字を口にしたのだろうか。大した理由はないかもしれない。何となく大きな数字で切りのいいあたりということかもしれない。まさか本当に百回やるとは思わなかったのではないか。

五十回と言ってほしかった。吹っ切るにはそれで十分だった。

多摩学の柔道場は総合体育館の一室にある。一面しかなく、市ヶ谷大の柔道場と比べると明らかに狭い。窓も天井近くにある換気用のものだけである。男子二十人、女子八人というこぢんまりした部ではあるが、熱気だけは充満しやすい。

汗がとめどなく流れ落ちる。

「角田さん」

志織がタオルで汗を拭いながら近づいてきた。

「内股、だいぶよくなったね」

「ありがとうございます」彼女は小さく頭を下げる。「でも先生、大丈夫ですか？」

私の情けない姿を見て、気遣ってくれているらしい。

「私は平気よ。明日もやるからね」

志織は、彼女にしては珍しい笑顔を見せた。

「篠子先生、何だか突然やる気になりましたね」

あまりに鋭い指摘だ。

「それじゃあまるで、今まで私にやる気がなかったみたいじゃない」

「留学前の先生とは違ってましたよ」

志織は私の横に座り、あぐらをかいた。

「違ってたって、どういうふうに？」

「あの頃は触れれば切れるような鋭い雰囲気を漂わせてましたから」

「私が？」

　現役を引退して間もないときだったから、勝負勘などが錆びついていなかったということだろうか。身体のほうは負傷を抱えていたあの頃より動いていると思うのだが、やはり二年間神経が弛緩し切っていたという事実は隠せないらしい。

　ふとパリでの生活が頭をよぎった。あの甘い日々の記憶は、確かに私の刃を鈍らせてしまっているのかもしれない。触れれば切れるなどと思われていたのなら、相当ギャップは大きいだろう。

「今日は一年の頃を思い出しました。私はあの篠子先生に憧れてこの大学に入ったんだって」

「ははは。そんなの初めて聞くわよ」

　私が現役を引退してコーチに転身した年、志織が多摩学に入学してきた。彼女は高校から柔道を始めた口ではあったが、その才能は進路を決める頃には全国に知れ渡っていた。もちろん引く手もあまただったはずだ。その中で多摩学を選んだ理由が私にあったなんて、照れくさくて赤面してしまう。

　私は後世にまで残るような成績や記録を打ち立ててきたわけではない。オリンピックには一度も出場していない。ただ世界選手権をピークとして、全日本体重別や福岡国際、フランス国際やアジア大会など、出場した大会を軒並み制した時期があった。今思い出しても信じられないほど、心技体すべてが充実していた。ニューヒロインとして、マスコミにもてはやされた。

それで調子に乗り過ぎてしまったのか、オリンピックイヤーを目前にした十二月の福岡国際で左膝の後十字靭帯を断裂。すぐに手術してオリンピックに間に合わせようとリハビリを急いだところ、関節に炎症を起こして立つことさえできなくなってしまった。手術とリハビリを繰り返し、丸一年後にようやく復帰したが、ほどなく同じ左の膝蓋骨《しつがいこつ》を骨折。もう気力は残っていなかった。

コーチという仕事は新鮮で、長かったリハビリの疲れを吹き飛ばしてくれた。志織ら若い学生が自分の指導で日増しに力をつけていくのが嬉しく、楽しかった。

一年後に全柔連から留学の話が持ちかけられた。志織たちの指導からしばらく離れなくてはならないという面はあったが、常識的にも断る類の話ではなかった。留学できてよかったとつくづく思う。余韻は長く残っていた。昨日まで……。

「先生が留学を決めたとき、見捨てられたって思ったんですよ」

「そんな……見捨てたなんてねえ……」

「いいえ、確かに見捨てられました」

やんわりした口調ではあるが、真顔である。

私はとりあえず笑ってごまかしながら、冷や汗を拭いた。見捨てたということなどはあり得るわけがないが、あの頃の私は自分のことしか考えていなかったような気もする。

「まあ、角田さんも二年間あれこれ悩んだかもしれないけど、それも決して無駄にはならないわよ」

「そうですね。私も人に頼ってばかりじゃ前に進めないって分かりました」

「うん。言い訳で言うんじゃないけど、結局やるのは自分だからね。私もこれから全力で協力する。でもやるのは角田さんなのよ」

「分かってます。誰かが、コーチは頼るものじゃなく使うものだって言ってました」

「その通りよ。それくらいの気持ちでなくちゃ」

やはり志織とはコミュニケーションが不足していたのかもしれない。二年間の溝は小さくないが、埋める手立てはあるだろう。

「話は変わるけどね……」

道場内に人がいなくなったところで私は切り出す。

「ちょっとね……強化部で難しい仕事を任せられちゃって、誰か手助けしてくれる人を探してるんだよね」

「何ですか？」

私の口ごもった言い方がおかしいようで、志織は笑みを浮かべながら訊いた。

「うん、ちょっとね、微妙な問題なんですよ。簡単に言うと男子の強化選手の適性を細かく調べるっていう仕事なんだけどね。本人に分からないように」

「本人に秘密で？」

「そう。そのへんがちょっと引っかかるかもしれない。まあ基本的には雑誌の記事を集めたりするヘルプが欲しいだけなんだけど、柔道を知ってる人じゃないと務まらないしね。もちろんあなたは自分の練習が大事だから、精神的にも時間的にも余裕がない限りやめたほうがいいと思うけど……」

「先生、私にやらせたいんですか、やらせたくないんですか？」

志織はまた笑う。私も何だかおかしくなって一緒に笑う。

話してしまおう。そうしないと伝わるものも伝わらない。

「実はね、どういうことかというと……」

調査対象が同じ代表候補の人間だけに、彼女にとってはショッキングな内容かもしれない。だが、問題を部分的に隠して彼女に協力を求めても、うまくいくとは思えない。彼女にサポートを頼めないようでは、誰にも頼めやしないだろう。私一人で抱えてしまえば、この大事な時期に、本業に手が回らなくなるおそれがある。ひいては志織にマイナスとなってしまうのだ。

「そんなことってあるんですね、実際に」

私の話を黙って聞いていた志織の第一声はそれだった。

「そうねえ。私もドーピングなんて他人事のように思ってた。いきなりそんな問題任されても戸惑うわよ」

「先生、私でよかったらやりますよ。何でも言って下さい」

「ありがとう。本当に助かるわ」

「その代わり今日のような稽古、毎日つけて下さい」

「それは任せなさいよ」

背中全体にパッドの入ったTシャツがどこかに売ってないだろうか。

「でも先生、代表の選考が早まるとしたら……」

それだ。私を憂鬱にさせるもう一つの問題。彼女の不安を打ち消すため、とりあえず嘘をつくしかない。

「うん。男子と女子では発表の時期が違ってくるかもしれない。女子は特に激戦区が多いから、このまま決まることはないはずよ。チャンスは絶対あるから、ね」

まったく根拠のないことをしゃあしゃあと言ってしまった。自己嫌悪に陥りそうだ。

7

シンジは自分の部屋で鏡を見ている。

東京ローズの帽子を目深にかぶり、少しずつ角度を変えながら何度も見映えを確認する。

そう。やはり帽子は深くかぶったほうがいい。相手の眼は見えなくていい。口元が見えれば十分だ。

いや、こうじゃない。

少し帽子のつばを上げる。そうやっておいて顎を引く。鏡に映っていた自分の眼が帽子のつばに隠れる。

その下に映る口は吊り上がって曲がり、笑いを表現した。

顎を引けばいいのだ。顎を引くことは何をするにも大事なことだ。

ボクサーのように頭を揺すってみる。帽子はまったくずれない。いい感じだ。

右手を前に突き出す。手のひらを前に向けて素早く突き出す。

手首は固定させたほうがいい。指はまっすぐ伸ばすより、若干曲げる程度でいい。指に力を入れる必要はない。手首に力を集中させるのだ。

一回、二回、三回と手のひらを突き出してみる。下から上へ押し上げるような感覚で。四回、五回、六回、七回、八回、九回、十回……。

窓のカーテンを開け、夜の闇をバックにして窓ガラスに自分の姿を映し出す。

次は足だ。

右足を振り上げ、振り上げた倍のスピードで後ろに引く。振り上げて引く。振り上げて引く。

身体が熱い。血液が沸騰しそうな感覚だ。

右足を振り上げて引く。振り上げて引く。

左足を踏み出し、右足を振り上げて引く。左足を踏み出し、右足を振り上げて引く。

次はコンビネーション。

左足を踏み出し、右肩を引きながら肘を畳む。左足を踏み出し、右肩を引きながら肘を畳む。

いい。

左足を踏み出し、右肩を引きながら肘を畳む。

そして、右足を振り上げ、倍の速さで後ろに引く。同時に……。

手のひらを前に向け、右手を突き出す。

身体が熱い。

ぶちのめしたい。

8

「ちわあ」

書類の束を抱えて、串田研究室に入る。今日も串田教授はお出かけらしい。この前と同じように深紅と絵津子がいるだけだ。

先週の水曜に調査指令を受けてから五日が経った。月曜日というのはとかく気持ちが引き締まらないので、明るめのスーツを着たりすることが多いが、今日は深紅を見てがっかりした。彼女も私と同じようなライトグリーンのジャケットを着ているのだ。もちろん彼女のほうは、そんなこと気にも留めない。

「こんにちは」

私の後ろから志織が身体をいくぶん小さくして入ってくる。

「お、もしかして五郎蔵さんですか？」

志織を見るなり深紅が言う。

「何ですか？」

志織が私に怪訝な顔を向けた。

「馬鹿馬鹿しいから知らなくて結構よ」

「椅子がないからそっちに行こう」

深紅の号令のもと、ぞろぞろと入口の応接室に移動する。

「柔道部の角田志織さんです」

志織が私の紹介に合わせて会釈した。

「鬼の平……」

「佐々木深紅さん」深紅のおちゃらけた自己紹介に私は声をかぶせた。「で、こちらが堀内絵津子さん」

志織と絵津子は同じ体育学部の四年生だが、顔を知っている程度で話をしたことはないらしい。

「で、このコピーの束は？」

「この三日間、角田さんに図書館へ通ってもらって集めてきた資料よ」

「ほおお」

深紅が大げさに感嘆してみせる。

志織は連日、練習の前に図書館に通い、新聞や柔道・格闘技関連の雑誌から杉園と吉住の記事を過去五年間までさかのぼって抜き出してきていた。

「私の集めた分はこれ」

「どれどれ」

私は野口強化部長を通して、筋力測定記録を入手しておいた。杉園は強化選手入りした一年半前からの、吉住もアキレス腱を負傷する前一年間と復帰後の分を押さえてある。クレペリン検査の記録は仙台にある大学の教授が実施、管理しているため、とりあえず使用目的を隠して強化指定選手全員のコピーを送ってもらった。

早速我々は思い思いに資料を取り、むさぼるように読み始めた。

杉園信司。

吉住新二。

ここにある記事の山は、この二人の華々しい経歴とそれに対する賞賛の言葉で彩られている。

杉園信司。二十一歳。関東武芸大学四年生。硬そうな頬骨と一重まぶたの細い眼が印象的といえば印象的な選手である。大外、内股、払い腰という王道の技はもちろん、背負いや袖釣り込み腰なども強力で、使えない技はないとまで言われる技巧派である。軽量級並みのスピードが持ち味で、切れ味は一級品とコーチ陣も口をそろえる。関武大の伝統である寝技のねちっこさも持ち合わせているという。

杉園の出身高校は関西の名門、大倭《やまと》学園なのだが、彼自身は団体戦でも補欠でしかない無名の存在だった。三年の金鷲旗でレギュラー選手が負傷し、彼に出場のチャンスが巡ってくる。杉園はそこでポイントゲッターとして活躍、優勝の原動力となった。ただ、インターハイでも個人戦の成績は目立ったものでなく、高校時代は単なるラッキーボーイで終わっていたようだ。

再び彼の運が上昇に転じたのは、関東武芸大進学後、迎えた二年生の初冬だ。吉住新二という同級のエースが不在の中、講道館杯で伏兵として勝ち進み、準優勝の成績を残す。有力選手が序盤で次々と自滅し、当時の記事には各選手の精神的弱さを指摘する声がほとんどで、杉園はまだ注目されるに至っていない。

しかし、この大会後、彼はいきなり強化選手入りを果たした。講道館杯は男子の強化指定選手選抜に重要視されるので不自然ではないが、たぶんに関武大ＯＢである菊原ヘッドの意向が働いたからこそのことであろう。

年が明けた正力杯国際で杉園は優勝。彼が本当の意味で脚光を浴びたのはこの大会を境にしてのことだと思われる。記事には「ニューヒーロー誕生」「新星技冴える」の見出しが躍っている。

　春の全日本選抜体重別選手権。杉園は決勝で怪我から復帰した吉住と対戦。初対決にして早くも次期五輪代表を占う一戦と言われたこの試合は国内戦屈指の好試合となる。

「お篠、ビデオ借りてきたんでしょ？　ちょっと見せてよ」

　深紅は資料読みに飽きたのか、私が全柔連から借りてきたテープに興味を移してきた。全日本選抜体重別、杉園vs.吉住の録画テープである。

　私も見るのは初めてだ。深紅がテープをビデオ一体型のテレビにセットする。決勝まで早送りで飛ばし、ちょうど杉園と吉住が試合場に立って向かい合う場面で再生に戻した。

　試合は二人の激しい組手争いで始まる。

「柔道の試合ってさあ」深紅が言う。「オクラホマミキサーを聞きながら見ると面白いよね」

「はあ？」

　いきなり何たる放言。冷たい視線を送る私と志織をよそに、絵津子だけがプッと吹き出した。

「失礼しました」絵津子が笑いながら謝る。

「今、講道館から特殊部隊が十人くらい出動したわよ」

私は無表情で言ってやった。

「失礼、失礼。作戦中止を告げてやって下さい」

深紅があっさりと降参する。

「この試合は一見の価値がありますよ。私が保証します」と志織。

「あ、角田さん見たことあるの？」

「ええ。これぞ柔道っていう名勝負でした」

「へえ」

二人の組手争いが続く。自分の有利な組手を得るために、取られては切り、切られては取るという攻防を繰り返す。

「組んだ状態で始めればいいのにねえ」

組手争いが退屈なのか、深紅がまた気が散るようなことを言う。

「静かに。今の柔道は組手で決まるって言っても過言じゃないのよ」

吉住の奥襟取りを盛んに嫌う杉園。時計回りとは逆に大きなステップで動く。間隙《かんげき》を突いて先に自分の組手を取ったのは杉園のほうだ。狙い澄ましたように伸びた右手が吉住の前襟を取った。吉住が抵抗しても離さない。

「おお、やっと取ったか……」

一呼吸置いたあと、杉園の上体が不意に沈んだ。深紅の間が抜けたような独り言が終わらないうちに、テレビからアナウンサーの上ずった声が上がる。

「内股！　大外！」

あっと思う間もなく、吉住が尻もちをついている。

杉園が異常に低い姿勢から内股をかけたかと思うと、彼の右足はもう、体重のかかった吉住の右足に外側から絡みついていた。吉住は木の根にでも足を取られたように、後ろ向きに崩れ落ちたのだ。

倒れた吉住は両足で杉園の身体を挟むようにして、防御の姿勢を取る。

「有効！　有効です。杉園、開始三十秒で有効を取りました！」

実況が声を弾ませた。

しかし、何というスピード。内股から大外という大技の連続にもかかわらず、屈み込むほどの低い姿勢を取ることによって、小技の連続のような切れ味を保っている。

「待て」の声が審判からかかり、両者立ち上がって試合が再開される。再び組手争いだ。

「あ、ほら。もう上衣が帯から抜けて、はだけてるよ」

深紅が言う。よほど目障りなのか知らないが、そんなことに気を取られていてほしくない。

「内股！」

実況の高い声。杉園の背中を釣り手に取った吉住が逆襲の内股を放つ。だが、杉園の体勢は崩れていない。

「もう一回！」

吉住、身体を戻すと、引き手と同じ側の前襟を釣り手に取って再び内股に入る。

完璧なタイミング。

「入った……」

私の口から思わず言葉が衝いて出た。一度目の内股を受け切って、杉園の身体が一瞬棒立ちになっていたからだ。

しかし……。

吉住の右足は天井に向かって空を切っている。杉園はまるで予期していたように、身体を開いて吉住の右足をかわしたのだ。さらに彼はバランスを崩した吉住に対して上から抱え込むような体勢を取り、下衣の小股あたりを左手で摑むと、そのまま吊り上げにかかった。

「杉園、すくい投げえ！」

アナウンサーが緊迫した声を上げる。吉住は肩から落ち、続いて脇腹と足を畳に打ちつけた。主審の腕がさっと横に動く。

「技あり！　杉園、技あり！」

信じられないものを見た。人間の身体をフライパン上のホットケーキのごとく裏返してしまうすくい投げという技は、自分の腰を落として全身で相手を浮かせなければかかるものではない。今のは完全に上から相手を吊り上げていた。背筋を始めとする筋力の強さがなければ到底できない芸当だ。あのスピードにあのパワー。復帰間もないとはいえ、世界チャンピオンの吉住がまったく歯が立たない。

「今の、外国の審判なら一本だよね」

深紅が訳知り顔に言う。確かに副審の一人は一本をアピールしていた。微妙なところだ。

それにしてもこの杉園の強さはどうだ。私は吉住に対してはかなり強い選手だというイメージを持っていた。スロースターターで大技に頼るきらいはあるが、実力派外国人選手を相手に回しても堂々競り勝ってくる。極めて実戦的な選手だ。その彼が杉園の前では柔道をさせてもらっていない。

テレビの解説者は、吉住が負傷明けでスタミナ不足であることや、試合勘が戻っていないことを盛んに指摘している。だが、それ以上に杉園の勢いが目立っている。飛ぶ鳥を落とす勢いとはこのことだ。パワーで防御し、スピードで攻める。まさに国際試合向きの選手である。今は試合の流れで経験豊富な吉住にかわされることがあるかもしれないが、杉園の独走時代が訪れるのも遠くはないだろう。

「杉園、大外！」

アナウンサーが絶叫する。杉園が凄まじいスピードで吉住の右側に切れ込み、右足を吉住の右足に絡ませていく。

ああ。

吉住の身体が後ろに反った。右足は刈り取られ、身体を支える左足も畳から浮いた。

決まった。

そう思った。

浮いた左足が畳に着くのを見るまで。

吉住の左足は浮いた地点より五十センチほど後ろに着いた。身体に対して横向きに畳を踏み、そのまま力強くグリップする。

反り返った吉住の上体が、バネ仕掛けが起動したように前傾する。奥襟を摑んだ右腕が杉園の顎を押し上げる。

杉園の顔が驚愕の表情に変わった気がした。

宙に舞う杉園の両足。そして身体も……。

一本。

「おおっとおっ」

深紅が驚きの声を発した。私も声にならない声を上げていた。

杉園はものの見事に背中から畳に打ちつけられていた。

大外返し。

これほど見事な一本は主要大会の決勝戦では、まずお目にかかれない。これに比べたら杉園のすくい投げは、一本どころか有効と判定されてもおかしくない。

「吉住、二分二十七秒、大外返しで見事逆転の一本勝ちです。表情は変わりません。厳しい表情を見せています。しかし嬉しいでしょう。吉住、復活の優勝です」

結局、どういうことだ。なぜこんな大逆転劇が起きたのか。終わってみれば、序盤の杉園は吉住の手のひらの上で遊ばされていたのではないかとさえ思える。最後に杉園から大外を仕掛けた際も、無謀だったとか慢心していたとかの隙が彼にあったとは思えない。

「どうですか？　すごい試合でしょう？　吉住さんのあの大外返しは神業ですよね」

志織がいくぶん上気した顔で我々を見回す。確かにこんな技で大会の決勝を制することができるのなら柔道家として本望だろう。

「いやあ、なかなかですよ。柔道も捨てたもんじゃないねえ」

深紅が腕組みをして偉そうに言う。絵津子も呼応するように頷いたものの、「でも」と口を開いた。

「このあと、吉住はドーピング検査を拒否して失格になるんですよね」

「あ……」

私は志織を見る。志織が頷いた。

「そうですね。確かにこの試合のあと、吉住さんは失格になってます」

急に吉住新二のことが気になり始めた。強化チームで一緒に練習していた頃から知ってはいるが、特に注目していたわけではない。しかし私が漠然と持っていた彼のイメージとは何かが微妙に違っている気がする。

吉住の資料を繰っていく。

吉住新二、二十四歳。市ヶ谷大学大学院生。関東の名門、市ヶ谷大附属高校出身で高校時代からインターハイ個人戦二連覇などを果たし、将来を嘱望されながら大学へと進む。同時期に強化選手入りし、その後は国内大会、国際大会問わず活躍。成長の速度に対して評価のほうが追いつかず、前回のオリンピックこそ出場を逃したが、翌年の世界選手権で優勝、世界チャンピオンに輝く。ちょうど私がコーチに転向した頃のことだから、これは憶えている。

さらに彼は数大会を制するが、私が渡仏して間もなくの頃、左アキレス腱を断裂している。手術、リハビリを経て、杉園と決勝を争ったあの大会が主要大会の復帰戦となった。

左アキレス腱を断裂。

身体を反ってなお杉園の強烈な大外刈りを受け切ったのは、畳を摑んだかのような左足のグリップ力があったからこそだ。

順調というよりは奇跡的と言ってもいい復活である。

筋力測定の数値を見ても、復帰時には両足の筋力の差がほとんどない。いかに激しいリハビリをしてきたか、いかに完全に筋力を取り戻すまで焦らず我慢したか、ということだ。私のように復帰を焦って、再び奈落の底に突き落とされるという愚かなタイプではないということだろう。

彫りが深く、色黒で声の太い男。私の知る限り友人は多くなく、孤独な印象が強い。奥襟を取って大外、内股、払い腰などの大技を打つスタイルにこだわる。寝技は意外に弱点との噂もある。

「角田さんは乱取りで二人と稽古したことあるんじゃない？」

私は志織が彼らと体重的に近いことに気づいて、彼女に訊いてみた。

「ええ、あります」

「どんな感じだった？」

「杉園君の場合はとにかくスピードがすごいんですよ。手加減もありませんしね。何が出てくるか分からない怖さがありますね。吉住さんは風格みたいなものが漂ってますよね。手加減してくれるんですけど、技が重いんです。分かってて投げられちゃうっていうか……」

「王様の柔道だね」深紅が言う。

「そうですね。本当にそんな感じです。超越してますよ、あの人は」

なるほど。奥襟と大技にこだわる吉住のスタイルをもって「王様の柔道」とは、深紅にしてはうまいことを言う。

「堀内さん、筋力的には何か変化ある？」

二人の筋力測定記録を黙々とチェックしていた絵津子に深紅が訊いた。

「杉園なんですけど、各筋力のアップがこの一年半の間にも著しいですね。特に上腕、胸筋、大腿筋あたり、軒並み百三十から百八十パーセントのアップ率です。それにしても彼はほれぼれするような肉体ですよ。体脂肪率十・五パーセント。五十メートル走六秒一。最大酸素摂取量四十九・四ミリリットル／キログラム・分」

「あんた、よだれ出てるわよ」

深紅にそう指摘されて、絵津子は慌てて口元を拭った。その様子を見て深紅が笑う。よだれなどもちろん出ていない。

「変な嗜好があるみたいに言わないで下さいよ」絵津子が深紅を睨む。

「失礼、失礼。で、吉住のほうは？」

「筋力的には復帰後から現在まで平均して百十パーセントのアップ。まあ高止まりの状態ですね。今年に入ってからはほとんどの筋力で杉園のほうが上回ってます。ただ背筋力だけは吉住のほうが高いですね。天性の強さでしょう。ほかは体脂肪率十二・一パーセント。五十メートル走六秒九。最大酸素摂取量四十四・七ミリリットル／キログラム・分。いずれも杉園より劣りますし、目立った変化もありません」

「なるほどね」深紅が頷く。「杉園の場合、うがった目で見れば薬物を使っていると考えられなくもない。そういう変化が筋力、体力のアップ度に出てると。吉住の場合、問題はリハビリよね。それから体力の維持。こういったところに薬物が入り込む余地があるかもね」

確かにリハビリはつらい。単純な運動を繰り返すことの苦痛。思い通りに動かない身体への苛立ち。先行きのまったく見えない不安。もし薬の力を借りることによって、そのつらい期間が短くなるのだとしたら……。

私には分からない。リハビリをしていた当時の私には思いもつかなかったことだから。

「この杉園っていう男、かなり好戦的な性格してるよね」

深紅はクレペリン検査の記録に目を移していた。

「『活動的な傾向が見られ、強気な判断を取りやすい』とか、『自己統制力に乏しく、衝動的な行動を取りがちである』とか……まるでステロイドの副作用みたい」

「吉住君はどう？」

「吉住ねえ。何だ、こりゃ……篠子先生の出番ね」

　私は深紅から書類を受け取る。

「どう？」

「どうって……」

「結構危ないでしょ？」

「危ないっていうか、まあ一貫性がないわね」

　クレペリン曲線が毎回バラバラなのだ。当然、分析内容も違っている。

「でしょ？　躁鬱質なのかね？」

　躁鬱……そうなのかもしれない。バラバラというより波があると言ったほうがいい。作業始めが高く、徐々に落ち込みながら中盤で盛り返し、再度落ち込んで終了直前に上がるといった類型的曲線に近いときもあれば、ほとんどジグザグのような曲線を描いているときもある。「神経質で慎重な傾向が見られる」「自己統制力に優れているが、主体性に乏しく、感情を表に出さない」というような性質と、「積極的である反面、集中力に欠けるきらいがある」「感情の揺れ動きで物事を判断しやすく、衝動的な性質を持つ」といった性質。二種類の性格が内在しているかのようだ。特に後者の性質は吉住の表には現れない一面である。

「杉園がステロイドとすれば、吉住は興奮剤ね」

深紅が無責任な推理を働かせる。だが、その一言で私は吉住の記録に一つの傾向を見つけた。

「分かった。彼が躁傾向にあるのは大きな大会前のときよ」

日付に照らし合わせると、躁傾向にあるのは大会前の合宿中であり、これといった大会のない月の合宿では、おおむね鬱傾向の結果が出ているのだ。

「ほう。なるほどねえ」深紅は私から吉住の記録を奪い、再びそれに見入る。「この吉住っていう男、薬を使ってるか、メンタルトレーニングを積んでるか、どっちかよね」

「まあ、一般論で言えば、試合が近づくにつれて精神的に余裕がなくなり鬱傾向に陥りやすい。彼の場合は逆よね。かなりコントロールされてるような印象は残るわね」

「ふむふむ。だいぶ分かってきましたねえ」

深紅の悟ったような顔つきを見て、私の中で不安が頭をもたげた。

「あんた、直感とか安易な憶測で決めつけないでよ。大事な問題なんだから」

「人間像が分かってきたってことよ。お篠こそ早とちりしないことね」

「先生、相撲は詳しいですか？」

そう訊いてきたのは志織だ。

「まあ詳しいってほどでもないけど」

「千里山《せんりやま》って知ってます？　若い力士ですけど」

千里山なら知っている。最近人気が出始めているという技巧派力士だ。

「その千里山、杉園君と高校時代に柔道部で一緒だったんですって。この対談記事は杉園君の素顔が出てますよ」

「へえ、千里山って大倭学園の柔道部だったの？」

私が受け取るより先に、深紅が志織からコピーを取り上げて読み始めた。仕方なく私は横から覗き込む。

コピーは格闘技雑誌の対談記事だ。


我ら新風の業師《わざし》とならん★春一番友情トークスペシャル（千里山〈夏山部屋〉vs.杉園信司〈関東武芸大〉）

今年の初場所、新入幕ながら変幻自在の技を駆使し二けたの11勝、早くも初の技能賞を手にした千里山達樹。まだ21歳の若き男は今年一気にブレイクしそうな勢いである。その彼が高校時代、名門大倭学園高で柔道に汗を流していた頃、ライバルそして親友として互いに認め合った仲の男がいた。現在、日本男子柔道81キロ級強化選手の杉園信司。彼は今年の夏、オリンピックの表彰台に立っているかもしれない日本柔道の秘密兵器と言われている男である。角界、柔道界きっての技巧派として成長中の二人に、高校時代の思い出から今後の抱負までを語ってもらった。

（進行・本誌記者）

杉園　技能賞おめでとうございます（笑）。
千里山　ありがとうございます（笑）。
——二人ともぎこちないですね（笑）。普段二人で話すように関西弁でいいと思いますけど。
千里山　そうやな。
杉園　いや、俺は東京出身やから。
千里山　「やから」ってなんや、「やから」って（笑）。
——二人は高校時代、大倭学園高校の柔道部に在籍されて、金鷲旗などのタイトルを獲得されましたが、それぞれお互いをどのように見てらっしゃいましたか？
杉園　仲井（千里山の本名）は一年からレギュラーで先鋒を張ってたけど、俺は補欠やったから、羨ましいなと（笑）。その頃は彼も今ほど太ってなかったし（笑）、俺より小さい奴が何でやと思ってた。でも技はめちゃくちゃ切れてたね。あの頃の仲井の小内、大内、小外、大外のスピードや切れは、俺、いまだに超えられへんと思うもん。

――その技の切れは相撲にも生きてますね。

杉園　内掛けなんかは大内刈りそのまんまとちゃうか？

千里山　大内刈りと内掛けは身体の密着のさせ方やタイミングが違うけどな。

杉園　なるほど。相撲は足元が見えんことが多いんやな？

千里山　そう。こっちが頭を付けたときはいいけど、内掛け、外掛けは胸を合わされたときに出す逆転の一手やから、ほとんど反射神経でやってる。だからあまり嬉しい勝ち方ではないんやね。

杉園　嬉しい勝ち方っていうのはどんなやつ？

千里山　頭を付けてからの出し投げ、捻《ひね》り技。それから流れの中での投げ技や切り返し。自分が先手、先手と打って思い通りに決まる勝ちは嬉しいね。

杉園　それはよう分かる。いくらいい技を持っていても、自分が主導権を握ってないと生きてこない。苦し紛れで打った技で一本取るより、思い通りの流れで有効取るほうが価値は高いと思う。

──千里山関は高校時代、杉園選手のことをどう見ていましたか？

千里山　杉園は高校から柔道を始めた口やけど、大倭は僕を含めて中学柔道の全国区が集まってたから最初は全然ノーマークやった。ただ、目付きが悪いやっちゃなあと（笑）。あまり近づかんとこうと（笑）。一年の夏やったかな……初めて乱取りで杉園に投げられたんやけど、こいつニヤリと笑いやがった（笑）。それが一番印象に残ってるかな。それ以降はいつレギュラーに選ばれてもおかしないと思ってた。とにかく負けず嫌いの奴やったね。

──二人はライバルとしてお互いを意識されてましたか？　それとも仲間あるいは友人という意識でしたか？

千里山　ライバルやね。階級は違ったけど。

杉園　（うなずく）

千里山　本当に彼と打ち解けたのは高校を卒業してから。高校時代は二人きりで話をしたという記憶もない。

杉園　結局、うちの学校で一番技が切れてたのが仲井やったから。仲井より切れる技を掛けたいと、俺はそう思ってたわけだから。

──千里山関は柔道を離れて相撲の道に進まれたわけですが、その理由は？

千里山　直接の理由は夏山部屋の大阪後援会長がうちの親父と知り合いだったから。その関係で三年のインターハイが終わった後、親方が家にまでやって来て熱心に誘ってくれた。身体は部屋に入ってからいくらでも大きくなる。お前ほどの運動神経を持ってる奴は見たことないから、絶対関取にしてやると。

杉園　柔道やってても金にならないぞって（笑）。

千里山　言われたけど、それで決めたわけやない（笑）。

——決断は正しかったと思いますか？

千里山　今のところは。柔道のほうはもう杉園に託してるからね。彼を見てると、ああ俺も柔道を続けていたら今頃は五輪に出れるか出れんかいう闘いしてたんやろなと想像できる。だけど柔道を本当に続けてたら、他の可能性についての想像はできないでしょう。そういう意味でも柔道から離れたことは後悔してないし、その分、杉園には期待してるところが大きい。

——プロの世界に入ったことで、今までと違う厳しさを感じたことはありますか？

千里山　柔道から相撲という違う競技に進んだことの戸惑いは確かにあったけど、プロになったからということでの気持ちの変化は特にない。よく「プロとして」とかいう言い方をするけど、僕にそういう考え方はあらへんね。アマチュアにも厳しさはあるし、要は競技者として向上心を持ってること。プロでもアマでも一緒やと思う。

——お互い性格的に似てると思うところ、違うと思うところは？

杉園　技にこだわるところ。

千里山　お互いに業師やね。

杉園　仲井が俺と違うのは冷静なところやな。だから突っ張りを食らっても平気。相撲向きなんや。

千里山　杉園は僕より体温が二度くらい高い感じ（笑）。熱くなりやすいんやけど、頭に血が上ってるわけやない。今の柔道は攻撃姿勢が技の切れ以上に問われるようになってるけど、その面でも杉園は先端を行ってると思う。相撲に勝って勝負に負けるなんて言い方があるけど、杉園は柔道にも勝負にも勝てる選手。

——お二人とも今年は大事な年になると思いますが、最後に抱負をお聞かせ下さい。

千里山　とりあえず来場所勝ち越すこと。これからは悪くても勝ち越しだけは、というわけにもいかなくなるはず。近いうち、多分今年中にも壁にぶち当たるんじゃないかと思う。それをいかに乗り越えていくか。

杉園　意外な線かもしれないけど、筋力をもっとアップさせたい。仲井を見てても思うけど、パワーに支えられて初めて可能になるという技がかなりある。だからパワーはあって困ることはない。それからオリンピック。出られるかどうかはまだ分からへんけど自信はある。出ることになったら、もちろん狙うのは金だけです。

　——どうもありがとうございました。


「暑っ苦しい対談だねえ」

私が読み終わるのを待って深紅が言う。

「寒い時期に出た雑誌だからいいんじゃない」

コピーの中央には杉園と千里山が笑顔で肩を組んでいる様子が写っている。確かにビジュアル的にもかなり暑苦しい。

「誰が読むのかね、こんな対談」

深紅はシャープペンで、対談の文末すべてに（笑）マークを書き入れたりしている。

「私たちが読んでるじゃない」

「そりゃそうだ」

深紅は（笑）マークの書き込みに飽きたらしく、コピーをテーブルに置いた。

「吉住の対談記事はないの？」

「対談はないですけど、インタビューならありましたよ」と絵津子。「世界選手権優勝時のはお祝い記事で参考にならないと思いますけど……ええと、これが今年のやつですね」

彼女は紙の山から一枚を取り出した。

吉住新二　捲土重来（インタビュアー大里幸長）

「オリンピックを前に吉住が戻ってきたことは、男子柔道にとって非常に大きい」。全柔連の野口久強化部長が話すように、吉住新二は柔道界の誰からも期待されている。三年前の世界選手権チャンピオン。本来ならエースとして男子柔道を引っ張っていかねばならない男である。だが、ここ二年は左アキレス腱断裂、ドーピング検査拒否による半年間の公式大会出場停止処分など、苦しい選手生活を余儀なくされていた。昨年末に行われた講道館杯日本体重別選手権大会での優勝は、ようやく世界の吉住が第一線に復帰したことを意味する。オリンピックまで待ったなし。吉住に現在の率直な気持ちを聞いてみた。

――公式試合から長い間遠ざかっていましたが、現在の体調は？

吉住　いいですね。負傷した箇所もまったく不安がなくなりました。

――事実上の完全復帰となりました講道館杯は圧倒的な強さを見せつけて優勝しました。

実際のところ自信はありましたか？
吉住　試合に出ていない期間も練習に関しては何の障害もなくやってました。スケジュール通り充実したメニューをこなしてきたので、本大会でもそれなりの柔道ができるとは思ってました。
――杉園選手が出場していなかった点が物足りなかったのでは？
吉住　今回は対戦がありませんでしたが、オリンピック前までにいずれ対戦する機会があると思うので、楽しみはそれまで取っておきます。彼とは公式試合では一度対戦しただけですが、強力なライバルだと思ってます。強化合宿では相手をする機会も増えているので互いの手の内は分かっているし、かなり難しい試合になるかもしれません。
――あなたが杉園選手を破った昨年の全日本選抜体重別選手権での一戦は、短い時間の中にも二人の技の応酬が凝縮された素晴らしい試合でした。しかし、その試合後、ドーピング検査の拒否という誰も予想しなかった結末。これにより半年間の公式大会出場停止という重い処分が科せられたわけですが、あなたにとってこの出来事はどんな意味があったと思いますか？
吉住　この件に関してはまったく弁解する余地はないと思ってます。負傷後、初の主要大会ということで、当初あの大会には出場するだけで目的のほとんどを達成したといってもいいくらいの気分でいました。まさか優勝するとは思ってなかったんですね。で、軽率だったんですが、前々日あたりから風邪を引いて咳がひどく睡眠が取れない状態だったものですから、子供の時分から愛用していた葛根湯を飲んで寝たんです。風邪のときには一番信頼している薬だし、眠れない状態の判断力では、まあいいか、となって（笑）。

当日優勝してしまってから、初めて困ったことになったと思いました。とにかく日本柔道からドーピング違反者が出るとなったら、相当大きな問題になるだろうと思ったんです。風邪薬といってもその通り信じてもらえるか分からないし、第一、市販の風邪薬や葛根湯は飲むなと言われてたんで言い訳にならない。じゃあいっそのこと検査を受けるのをやめようかと。結果も分かってるし、それで検査をやるのは無意味だから。もちろん失格になることも、何らかの処分が下りることも覚悟して会場をあとにしました。

まったく浅はかでしたね。検査拒否というのはスポーツ選手としての義務を放棄したということ。出場停止処分は当然だし、今後はこんなことがないように自己管理に気をつけたいと思います。

――負傷によるリハビリ、そして出場停止処分と、試合に出られない期間が長かったわけですが、こういった経験があなたの柔道に与えた影響というのはありますか？

吉住　とにかく焦っても仕方がないので、我慢強くいこうと考えてました。基礎体力も鍛え直すことができましたし、メンタル面でいえば技の一つ一つに対する集中力なども向上したように思います。

——野口強化部長や菊原監督、若尾コーチ、市ヶ谷大の落合監督らから、どんなアドバイスを受けていますか？

吉住　この一、二年は先生方にも迷惑をかけっぱなしで、大変申し訳なく思っています。折に触れ温かい言葉をかけて励まして頂き、感謝しています。期待されていることは十分分かってますので、頑張らなければと思います。

——最後にこの夏に向けて一言お願いします。

吉住　あとは結果で見てもらうしかないと思ってます。体調はいいので楽しみにして頂きたい。

——ありがとうございました。

寡黙な男。吉住新二にインタビューしたあとの感想である。無駄な話は一切せず、質問に対してポツリポツリとゆっくり考えながら話す。一流選手のインタビューを取ると、しばしば彼らの内から噴き出してくるようなエネルギーに圧倒されることがあるが、彼の場合それを感じることもない。

だが、彼と眼が合ったとき、ふと私は自分のエネルギーもろともその眼に吸い込まれそうな感覚にとらわれた。もしかしたら彼は一流選手の域を超えつつあるのでは……そんな気がするのだ。その答えは夏に出るだろう。


「うう、さむーい」深紅は読み終わると絵津子にコピーを投げ返した。「一気に凍えたよ」

「何が言いたいのよ」

私は彼女の過剰な反応に眉をひそめる。

「スポーツライターって、どうしてこうなのかねえ。無味乾燥な会話をキザな文章で飾ってさあ。やだやだ」

「別にライターの力量を問題にしてるわけじゃないでしょ」

「もちろんこの吉住も問題よ。相当硬い仮面をかぶってるわね。能面のまま喋ってる感じ」

「そうかなあ。あの子は普段からこんなもんよ。確かに明るいタイプではないけど」

「いやいや。ちょっと一筋縄ではいきそうにないねえ」

「本音が出てないってこと？」

「それよ。本音か嘘か分からない箇所が三つくらいあっただけで、あとは仮面の告白ですよ」

「じゃあ、逆に訊くけど、本音か嘘か分からないっていう箇所はどれ？」

「一つは風邪薬を服用したという点をムキになって説明してるところね。実際そうだったのか、あるいは違うのかよ。ほかの記事を見ても風邪薬が拒否の理由だというのは吉住本人が自発的に言っただけのことで、本当に風邪薬だったのかどうかは誰も確認していない」

「もっと違う種類の薬だった？」

「そう。例えば興奮剤とかステロイドホルモンといった確信犯的な薬物。これだと検出されたときの衝撃度は風邪薬とは比べ物にならない。リハビリでステロイドを使い、まだこの時期身体から抜け切っていなかったとかね」

薬物使用を隠すための拒否。筋肉増強剤なら出場停止二年は固い。拒否なら長くて半年、五輪に間に合う。そこまで計算したのだろうか。

「それから？」

「『日本柔道からドーピング違反者が出るとなったら、相当大きな問題になるだろうと思った』と、この極めて冷静な認識と、結果会場からバックれたという短絡的な行動が一致してこないのよ。かなり頭が混乱してたのか。それともそんな行動を取るしかないほど孤独な人間なのか。あるいは『日本柔道から』云々は事後思いついた言葉でしかないのか……」

孤独なのではないか……私はふとそう思った。仮面をかぶっているのかどうかは知らないが、彼は進んでコーチ陣とコミュニケーションを取るというタイプではない。孤独というイメージが強い。

「あと、『メンタル面で技の一つ一つに対する集中力が向上』云々ってところ。これはこの通りだとすると、やっぱりメンタルトレーニングを取り入れてるってことでしょうね。言ってみればクレペリン検査の結果を裏づけている言葉ね」

資料を見ているわずかな時間のうちにも、私の中にあった吉住新二像はどんどん形を変えていく。若手の吉住君という昔のイメージのままでは見逃してしまうこともあるだろう。私に、このスポーツライター以上に吉住の内面に近づくような芸当ができるのだろうか。

9

シンジは夜の渋谷を歩いている。

人が多い。話し声。足音。車のエンジン音。何が耳障りというのでもなく、すべてが不快な音の塊となり、神経を逆撫でする。

若いカップルが前を通り過ぎていく。二人とも笑顔で楽しげに歩いている。まるで別世界の人間のようだ。

シンジは自分が透明人間であるかのような感覚にとらわれた。

吐き気がしてくる。

駅から遠ざかる方向へ歩いていく。弾むように賑わう通りも一本、二本と奥に入っていくと、ただネオンと街灯だけがまばらにあるに過ぎない静かな世界が広がっている。

シンジは好んでそこを歩いていく。

人を探しながら歩く。別に誰というわけではないが、若い男が相応しい。テレビで見るような、長い髪を染めて顔を黒く灼き、たるんだ服を身にまとっている……このような街を当てもなくさまよっている……物心がつく頃にはすでに努力することをやめ、その後はひたすら快楽だけを追い求めて生きている……そんな男であれば誰でもいい。駅前に立って見渡せば、その手の人間はいくらでもいる。ただ人けのない場所にいる人間となれば、こちらから探し出さねばならない。

ある狭い通りをかなり歩いたところでシンジは立ち止まった。

場所は分からない。渋谷と表参道の間だろうが、まだ渋谷のほうが近いだろう。

三十メートルほど前に男が二人、明かりの下に座り込んでいるのが見えた。何かの店の前である。何の店であるかは分からないが、知りたいとも思わない。目立つ看板はなく、扉も閉まっている。ただ明かりだけが灯っている。

虫けらが二匹いる。二人の男が虫けらに見える。明かりに群がる虫けらだ。

シンジはゆっくりと二人に近づいていく。やはり若い男だ。金色の髪。だぶだぶの服。一人のほうがいいが、二人でも仕方ない。

シンジは自分がかぶっている帽子のつばに手をやった。東京ローズの野球帽。鏡の前でやったように少しだけ目深にかぶり直す。

二人の男がシンジを見た。もう距離は十メートルも離れていない。シンジはなおも近づく。手前の男が立ち上がった。それに続き、後ろの男も緩慢な動きで立ち上がった。

シンジは顎を引き、帽子のつばを落として二人の顔を視界から消す。手を伸ばせば身体に触れるところまで近づいて止まる。

「何か用か？」

手前の男が言った。背丈はシンジより少し低い。後ろの男のほうが背は高い。だが、どちらも華奢《きゃしゃ》な身体つきをしている。手前の男は酔っているのか、もともとそういう喋り方なのか、巻き舌でろれつが回っていない。

「ここは貸し切りなんだ。向こう行け」

シンジは深呼吸を一つする。

「聞いてんのか？　お前、頭がおかしいのか？　それとも何か踊れんのかよ。ここで踊ってみろ。そうしたら入れてやるよ」

手前の男が拳でシンジのみぞおちを小突いた。後ろの男がファッファッと空気を吸い込むように笑う。

「ほら踊れよ。早くしねえと痛い思いするぞお」

手前の男が下からシンジの顔を覗き込もうとした。

ちょうどシンジの身体にエネルギーが溜まった瞬間だった。

シンジは左手で男の右腕を摑み、左足を大きく踏み出す。

男の表情はまったく見えない。視界の外だ。続けざまに右足を前へ振り上げ、同時に右肩を引き、肘を畳む。

畳んだ肘は速度を増して上方に伸びる。手のひらは開き、男の顎を捉えた。男の顎がガクンと上がる。

シンジは振り上げた右足を引き戻す。途中で男の右足の重みを感じるが、スピードは緩めない。一気に引き戻す。

男の身体から抵抗力が消滅した。宙に浮いているのだ。

大外刈り。一本。

男は後頭部からアスファルトに落ちていった。鈍い音が一瞬ののちに、闇に吸い込まれた。

「てめえ、この野郎！」

後ろにいた男が突進してくる。

シンジはそれを回り込んでかわした。そして男の足がもつれて転びそうになっているところに間合いを詰め、肩を摑んで起こしてやる。両腕で右肩を引っ張ってやると、男の重心はもう右足一本だけにかかっていた。

シンジは右足を振り上げ、男の右足を刈る。それだけでよかった。右手で顎を突き上げるまでもなく、男は勝手に後頭部から落下していった。

一本。

この男も鈍い音を残して動かなくなった。耳を澄ますと小さな呻き声が聞こえる。虫けらの鳴き声だ。

シンジは通りを見回す。誰もいない。確認して歩き始める。

ぶちのめした。

ぶちのめしてやった。

シンジは歩を速め、やがて走り始めた。

――なぜ、そんなことをするのだ。

シンジはその問いに答えようとはしない。ただ興奮している。

血がたぎっている。身体が熱い。

帽子のつばを少し上げ、後ろを振り返る。虫けらたちは死んだように動かない。もしかしたら死んでいるのかもしれない。

そう考えると、また身体が熱くなった。

――なぜ、そんなことをしてしまったのだ。

10

市ヶ谷大に来るのも強化合宿を含め、この二週間で三回目となる。道順も意識することなく、我が大学のように自然と歩が進んでいく。今日はパンツスーツに低めのヒールという出で立ちなので、歩きやすいことも手伝っている。ただ、気はあまり進まない。吉住との面談というものがどのような形になるのか、皆目見当がつかない。勉強のためについていきたいという志織の申し出を受けておくべきだった。正直、一人では心細いのである。

教員棟で野口に軽く挨拶して武道場に回る。市ヶ谷大学の武道場はキャンパスの一番奥にある。地上三階、地下一階という建物は古さこそ隠せないものの、それが伝統を感じさせる結果となっている。柔道場はこの武道場の一階にある。柔道部員は男子のみで約五十人いる。全員が高校時代にインターハイや金鷲旗を賑わせた精鋭たちで、スポーツ推薦により集められているという。

汚い運動靴が並ぶ中へヒールを脱ぎ捨て、入口で一礼する。監督の落合研一《おちあいけんいち》が「求道」の書の下で部員の練習を見ている姿が目に入った。

窓が開け放たれて風通しはいいが、汗くささは多摩学柔道部の比ではない。部員たちのしわがれたかけ声と荒い息遣いが途切れる間もなく道場内に響きわたっている。

吉住がほかの部員と同様、打ち込みに精を出しているのを横目で見ながら、私は壁伝いに回り込んで落合の横までたどり着いた。

「こんにちは。多摩学の望月です」

落合は巨体を微動だにせず、仏頂面のまま頭だけを少し動かした。彼は強化部コーチの若尾と同年齢で五輪の銅メダリストだが、若尾に輪をかけて地味なイメージがある。

「突然お邪魔して申し訳ありません。実はですね、野口先生からお聞きしておられるかもしれませんけど、オリンピックが近いということで、強化選手の所属先での練習状況や体調、あと精神的な面、いわゆるカウンセリングっぽいことも含めて把握するためにですね、こうやって回らせて頂いてるんです」

「はあ」

まるで怪しい訪問販売のごとき不明瞭な私の説明に、落合は気の抜けたような返事をした。

私は構わず畳みかける。

「それで吉住君なんですけど、できたら二、三十分、面談する時間をお借りしたいんですが。もちろん練習後でも構いませんけど」

落合は私に返事をする代わりに、時計を一瞥《いちべつ》し、大きな声を上げた。

「吉住！」

11

市ヶ谷大学には武道場からそれほど離れていないところにカフェテラスがある。この大学での合宿中にはたびたび利用することもある場所だが、教室棟から離れているためか利用者もあまり多くはない。私はここを面談の場所に選んだ。落合から例のコーチ室を使うように勧められたが、あんな密室で面談したところで吉住がどれだけ心を開いてくれるか甚だ疑問なので、遠慮することにした。

カフェテラスにはサークルの集まりらしきグループが二組いた。私はそこから少し離れた一角に陣取ることにした。円形のテーブルに椅子が四つ。一つを隣のテーブルに移して、三つの椅子を三角形ができるように配置する。こうすれば吉住と真向かいに座らずに済むから、無駄な緊張感が生まれることもない。我ながら涙ぐましいほどの気の遣いようである。

カウンターで紙コップに入った烏龍茶を買い、テーブルにそれを並べたところで吉住がやってきた。下は柔道衣のままだが、上衣はトレーナーに替えてタオルを首にぶら下げている。

「どうぞ、座って。ごめんなさいね、練習中に」

吉住は顎をツンと突き出すようにして頷くと、烏龍茶を一気に喉に流し込んだ。そして彫りの深い顔を私に向けて、視線を寄越す。

「望月さんは男子も担当してるんですか？」

私はにこりと微笑んで答える。

「うん。今回のは言ってみれば家庭訪問みたいなものでね。技術的な難しい話をするんじゃなくて、むしろ精神的なことね。今の時期、そういうケアも大事だからっていう話が上のほうで出てね。リラックスした中でちょっと話をして、またこれから頑張るぞと思ってもらおうってことなのよ。そういうことは、ほら、菊原先生なんかじゃできないでしょ」

「それで望月さんが？」

「そうなのよ。私の場合、大学でスポーツ心理を研究してるわけだし、何か還元できるものがあればと思って」

　吉住は納得したのか、それ以上尋ねることはしなかった。

「まあ吉住君はホステスでも相手するつもりでリラックスして、ね……ちょっと騙されて入ったところのホステスかもしれないけど」

　私は自分で言いながら吹き出した。彼も口元あたりが動いているのだが、笑っているとまでは言えない。ただ、機嫌が悪い様子でもない。

「吉住君、左のアキレス腱はもう大丈夫？」

「もちろん。一年前に治ってます」

「そう。そりゃよかった。私は留学してであとから知ったんだけど、切ったときは大変だったみたいね」

「自分でやったことですから」

「練習中に？」

「ええ、ランニングで。インターバルをやっててダッシュにかかるときにブチッと」

「そう」

　私は何度も頷き、共感の意を表した。

「私も靭帯を切った経験があるけど、リハビリってつらいんだよね」

吉住も小さく頷いた。私は続ける。

「自分の存在価値を疑っちゃうでしょ。今まで柔道を生活の柱にして生きてきて、強くなるためにいろんなことを犠牲にしてきたのに、その自分が柔道をやっていないことが許せないのよね。やってるのはリハビリであって柔道ではない。もっともっと練習して技を磨いてまだまだ強くなれる時期だと思ってるのに、ひたすらマイナスをゼロに戻す努力をしてるだけ。私は結局ゼロにも戻らなかった。吉住君はよく我慢したわ」

私は問いかけるような笑みを送って、さらに言葉を継いでいく。

「長い月日をかけて確実によくなってるはずなのに、不意に痛みが襲ってくることもあった。どうしてって思ったり、どうなるんだろうって思ったり。絶望と不安よね。人にも会いたくなくなる。

それを越えるとようやく先が見えてくるのよね。そうすると今度は気がはやるわけ。それに負けたら一からやり直し。私は負けた時点で気づいたけどね」

「僕も同じですよ」吉住は呟《つぶや》いた。「ただ僕はゼロに戻して復帰するんじゃなく、プラスで復帰したかった。どうせなら復帰したときに、吉住は怪我を克服して一段と成長したと言われたかったんです。それに僕はオリンピックまでに復帰できればいいと思ってました。だから焦りやはやりも少なかったんでしょう」

　私は大きく唸《うな》って感嘆してみせる。

「じゃあ復帰後は最初から自信がみなぎってたのね。あの全日本体重別。ビデオで見せてもらったけど、いい試合だったわ。あの大外返しは一生に一回取れるかどうかっていう一本よね」

「そうですね。自信はありました」

　自信はあった？　雑誌のインタビューでは、出場することが第一の目的で、風邪を引いていて優勝は考えてなかったと言っていた。

「若尾先生や落合先生もあれでホッとしただろうね」

　ドーピング検査の話は吉住のほうから切り出させたかった。

「でもあの大会、僕は失格になりましたから」

　吉住はあっさりと私の意図する流れに乗った。

「ああ、そうだったみたいね。ははは。吉住君も時折予想もつかないことをするのね。確か、ドーピング検査を拒否したとか」

「拒否したっていうか、勝手に帰ったんです」

「検査があること知らなかったの？」

「もちろん知ってましたけど……」

「忘れてた？」

「……まあ……忘れてたというか……」

答えるまでの時間が長くなってきた。

「鬱陶《うっとう》しかったとか……？」

吉住は答えず、ただ紙コップをいじっている。

「どうでもよかったとか……？」

「……そうですね。そのときはさして重要な問題じゃないように思えた。気がついたら会場を出てたという感じでした」

「身体の具合が悪かったのかな？」

「別にそういうわけじゃないんですけど、本当に気がついたらとしか言いようがないですね」

「うーん。そうか、そうか」つまり風邪薬云々も若尾あたりに吹き込まれた辻褄《つじつま》合わせだったということだ。そして……。「ちょっとした興奮状態だったわけね？」

「まあ、そういうことだと思います」

ちょっとしたどころではない。もしそうなら、かなりの興奮状態だったと言わざるを得ない。

「そう……吉住君でもそんなことがあるのね。私も優勝したあと表彰台に上がってるときの記憶が抜けてることがよくあったわ」

「そうですか」

共感してやっているのに、まるで他人事のような言い方だ。

「でも出場停止処分を受けたんでしょ？　ずいぶん高くついたわね」

吉住は微苦笑した。

「そんなに大事《おおごと》になるとは思わなかったんじゃない？」

「そうですね。表彰式に出なかっただけなら、謝罪で済んだかもしれません。検査を受けなかったのが問題でした。それでもあんな騒ぎになるとはね」

「そうよね。検査を受けて陽性反応が出たならともかくね」

「問題としては同じだと言われましたよ。菊原さんから」

「まあね。結局選手の義務を怠ったわけだからね」

吉住は小さく頷く。私はもう少し踏み込んでみる。

「どうなのかな。私の選手時代……っていっても五、六年前の話だけど、ドーピング検査なんてそれこそ体重測定と同じような形式的なものとしか捉えてなかったわよね。でも、今は検査技術も進んであれを飲むな、これを食べるなってうるさいじゃない。今の選手たちには結構頭痛のタネであったり、煩《わずら》わしいものであったりするのかな？」

「どうですかね……」

吉住は言葉を探しているようにしばし沈黙したが、表情は淡々としていた。

「やっぱり昔よりは気を遣うんじゃないですか。日本柔道が違反者を出したら格好悪いっていうのはコーチ陣もそうでしょうけど、選手もそれなりに思ってるでしょうし」

ごく自然な口調だった。

あくまで他人事のような感覚でいる。

少なくとも私にはそう思えた。

12

「すいません、お忙しいところ」

さっきまで吉住が座っていた椅子を落合に勧める。落合は腰かけると、烏龍茶を一口だけ飲んだ。

「望月さんは相当期待されてるんですね」

「はい?」落合の不意な一言に私は口を半開きにして固まった。

「留学していきなり全日本のコーチでしょ。それで今度は男子の仕事も任されて。まったく羨ましい限りだ」

「まあそれは成り行きというか。私も過大評価されてるような気がして、戸惑うこともあるんですよね」

このような場合の常套手段で、私は愛想笑いを浮かべて逃げる。

落合は三十代半ばとは思えない老け顔の皺一つ動かさず、私の愛想笑いを無視した。今の褒め言葉は完全な社交辞令だったらしい。

「で、私には何を?」

「ええ。吉住君のことなんですけど、最近指導されててどのように思われてますか?」

「というと? 何か吉住に問題でも?」

語気にトゲがある。余計なお世話だとでも言いたそうだ。

「いえいえ。単に体調ですとか、成長ぶり、あるいは精神面で何か気づかれたことがあるかということです。落合先生がもっとも身近で見られてるわけですから」

「ああ、そういうことね。順調ですよ、新二は。まあほかの人も言ってることで、あえて私が言うこともないでしょうが、負傷で一皮剝けたね」

「リハビリのメニューは落合先生が作られてたんですか？」

「私じゃないですよ。手術した医者がメニューを作ってたようです」

「というと……スポーツ医学では有名な先生ですか？」

落合は訝しげに私を見た。どうやら質問の意図を噛んで含めるように説明しないと、納得しないタイプらしい。

「いえ、吉住君があまりに見事な復活を遂げたものですから。私自身リハビリには失敗してることもありますし、今後のコーチ業の参考のためにお聞きしたいんですが……」

「なるほど。新二の手術を担当したのは北都医大の清見先生です。その道の腕利きとして、プロスポーツ選手を始め、定評のある人ですよ」

肩透かしを食らった気分だ。清見先生は私も膝の手術をお願いした先生であり、筋肉増強剤などの裏技を勧める医師ではない。

「彼のリハビリ中、落合先生が指導されたことはありましたか？」

彼は無表情でかぶりを振る。

「新二はリハビリ中、ほとんど道場には来ませんでした。足のリハビリと上半身の筋力トレーニング、それからイメージトレーニングなどをこなしていたと聞いてます。武道場の地下にトレーニング室があるんですが、彼は近所のスポーツジムに通ってたようです。道場には近づきたくもなかったんでしょう」

「イメージトレーニングというと、試合を頭の中でイメージしたりする類のあれですか？」

「あなたは専門家でしょう？　私は頭の古い人間だから、そんなものにさしたる効果があるとは思えないけどね。精神的な強さは稽古で養っていくべきだと思ってますから」

イメージトレーニングと精神的な強さはまた別の問題なのだが、そんなことを落合に説明しても仕方がない。

「彼のイメージトレーニングは独学ですか？」

「まあ独学というか、彼の専門でもありますからね」

「専門？」

「スポーツ心理学とやらですよ」

「ああ」

吉住は大学院に進んで私と同じ学問を専攻しているわけだ。

何だか吉住が非常に自分と近しい存在であるかのような感覚を抱く。それはどちらかといえば感じのいいものではなく、ある種の薄気味悪さが私の中に残る。

世界選手権金メダル。負傷とリハビリ。スポーツ心理学……。

「普段の練習では、先生は吉住君にどんな指導をされてるんですか？」

落合は答えるのが面倒くさいというように、しばらく耳をほじっていた。

「いや、特には。部員の一人として普通の練習をさせてます」

「ああ、そうですか」

実のない答えに私は拍子抜けした。それを敏感に感じ取ったらしく、落合がムッとした表情を見せた。

「若尾さんとも話してるけどね、新二は自主性に任せるという方針なんです。プライドの高い人間はそれなりに考慮してやらなくちゃいけないこともある。それがプラスだと判断してるから特別な指導はしていないんです」

あの歳でこの気の遣われ方。やはり吉住は孤独な人間なのか。

吉住と落合は必ずしも強い信頼関係を築いているわけではないらしい。コミュニケーションも十分とは言えない。

そのあたりをもう少しつついてみたい。

「もう一つ私自身の勉強のためにお聞きしたいんですが」

「何ですか?」

「彼、ドーピング検査を拒否して処分されましたよね。その処分に対して、あるいは処分中、先生は彼にどんな対応やアドバイスをされたんですか?」

「新二が処分後も何ら変わらぬ活躍をするから、何か指導に秘密でも、というわけですか？」

「ええ」私は努めて真面目な表情で頷く。下手に愛想笑いを浮かべると、今の落合には馬鹿にしていると疑われかねない。

「何もありません」

「何も……ですか？」

再び落合がムッとする。しかしその表情はすぐに解け、自虐的な笑みに変わった。

「ええ。私は彼を諫《いさ》めるでもなく、かばうでもなく、責めることしかしませんでしたよ。『まったく、何てことをしてくれたんだ』『どういうつもりだ』『俺に恥をかかせる気か』等々です。あなたが見習うことなんて、何もない。あげくには『お前、何か薬をやってたのか』ってあからさまに疑う始末だ。彼は何て答えたと思います？」

「いや……何でしょうか……？」

「鼻で笑ってね、『みっともねえ男だな』ですよ。ははは」

笑えない。あまりにも落合がみじめであると同時に、これほどコーチと選手の信頼関係が崩壊している状況を目の当たりにすると薄ら寒さを覚える。もし私が志織にそんなことを言われたらと思うと、ぞっとする。

13

「私はそんなこと言いませんよ」

志織が皿を洗いながら笑う。

料理をご馳走すると言ってマンションに連れてきておきながら、テーブルに並べたのは出来合いのおかず。しかも後片づけまで志織にさせてしまっている。

市ヶ谷大で神経を磨り減らしたあとも、多摩学に帰ってきて志織の投げ込み百本をきっちり受けてきた。マンションに戻ってくるまではよかったのだが、腰を下ろしたが最後、まったく動く気力がなくなってしまったのだ。

「しかしねえ。五輪メダリストも形《かた》なしよ」

「銅メダルくらいの威光じゃ、吉住さんには通用しないんじゃないですか？」

「どうだろう。若尾さんが相手だったとしても、同じことでしょ。吉住君っていつからあんなふうになったんだろう？　前はもっと可愛げがあった気がするけどなあ」

「それくらいのことは言う人ですよ。カリスマ的雰囲気を漂わせてますからね。やっぱり負傷が転機になってるんじゃないですか」

「負傷ねえ」

「骨折ならともかく、アキレス腱ですもの」

「そうだよねえ」

リハビリが彼を孤独にし、大きくした。そういうことだろうか。ほかに何かが介在するのか。

「でも吉住さんはドーピングしてないでしょう」

「どうしてそう思う？」

「だってああいうのはコーチ絡みのケースが多いから。吉住さんと落合さんくらい距離があったら無理ですよ」

「なるほどねえ。でもコーチからと限定できるわけでもないでしょう。そのへんは一度、深紅に訊いてみないと分からないけど」

志織は皿を洗い終わると、バッグを手に取った。

「ご馳走さまでした。もう遅いんで帰ります」

「そう？　泊まってってもいいわよ」

志織は体育寮で生活しているが、四年生なので門限は事実上ない。

「ええ。今日は帰ります。これ以上いると、もっと仕事をさせられるんで」

志織は舌を出して笑った。

「言うわね」

「先生、明日はついていっていいですか?」

明日は杉園のいる関東武芸大へ行く予定だ。

「いいわよ」

関武大には強い女子選手がいくらでもいる。出稽古もたまにはいいだろう。

この数日で志織は練習に対して積極的な姿勢を見せるようになってきた。もとは吉住にも似た天才肌で気持ちにムラのある印象の彼女だったが、ここにきて欲が出てきたのか、気力の充実ぶりが窺える。気の重い仕事を背負っている中で唯一の光明である。

吉住と落合の関係は対岸の火事ではない。私と志織は彼らのような名ばかりの師弟関係に陥るおそれが十分あった。幸いにも今、それを修復するチャンスが訪れているのだ。

14

多摩学を昼食後に出て八王子の関東武芸大に着くまでの小一時間、私は電車でバスで睡魔に完敗していた。志織がいなかったらいつたどり着けたか知れない。それだけでも連れてきた甲斐があったというものだ。

眠気を無理やり振り払いながら関武大の緑豊かなキャンパスを歩く。

菊原一昭ら多くの名柔道家が輩出した関武大は十五年ほど前にこの八王子に移転してきており、キャンパスは比較的新しい。武道、体育や日本芸術、宗教学などの学部が柱をなし、卒業生の進路は警察官や教員などが多いらしい。

市ヶ谷大が学生数三万人のマンモス校であるのに対し、関武大は四千人に満たない。その中にあって柔道部の幅の利かせ方は相当なものだ。五階建ての武道館のうち一階と二階が柔道場で、男子部員約百二十人が一階を、女子部員約五十人が二階を使っている。一フロアに二面取っているが、その取り方にはかなり余裕があり、実質的には三面分以上の広さがある。

練習には、男子だけを取ってみても常時四、五人のコーチがついているという。監督は松《まつ》永実《ながみのる》という四十そこその男であるが、菊原がいるときはもちろん松永以上の発言力を有する。

とはいっても、松永も五輪の金メダリストなのである。関武大では四年に一度行われる五輪のメダルか、二年に一度行われる世界選手権の金メダルを取らない限り、コーチとして大学に残ることはできないという不文律があると、どこかで聞いたことがある。毎年開かれる国際大会を少々賑わせたところで、実績のうちには入らないということらしい。

武道場にある菊原のコーチ室に顔を出す。

私の顔を見るなり、彼は露骨に顔をしかめた。

「杉園君と面談させて頂きます。あと、強化選手のメンタルケアという名目でやってますので、形だけで申し訳ないんですが、広谷君と福西君についても面談したいと思います」

「吉住はやったのか？」

質問というより詰問という口調である。

「はい、昨日会ってきました」

「感触はどうだった？」

「ええ、まあ今のところ特に薬物使用に結びつくようなことは出てきてませんが」

「何だ。落合は当たったのか？ あいつは現役時代、相手に怪我を負わせてほくそ笑むようなやつだったんだ。何かやってるだろう」

「落合先生にも会いましたが、はっきり言って吉住君とはコミュニケーションが取れていません。薬物の使用を勧めるほどの信頼関係もないというのが私の印象です」

菊原は私の報告に舌打ちした。

「これだから女は駄目なんだ。そんな甘っちょろいことじゃ、何も分からんぞ。吉住をもっと調べてみろ」

私も心の中で舌打ちする。だが、彼は私の気持ちを酌む気などまったくないらしく、私の肩に大きな手を載せると無遠慮に叩いた。

「うちはな、男子のコーチだけで六人いる。ふらりと立ち寄るOBの数も合わせれば、それこそ両手に余るほどの良識ある人間の目が光ってるんだ。薬が入り込む隙なんてないことくらい分かるだろう」

「そうですね」

同意しながら、激しい憤りが込み上げてきた。人に嫌な仕事を押しつけておきながら、この非協力的な態度はどうだ。

私も彼にならい、自分の都合だけで話を進めることにする。

「ところで杉園君を一番よく見てらっしゃる先生はどなたになりますか？」

「だから言ってるだろう……」

「いや、その中でも特に杉園君とつながりの深い先生は……」

「じゃあ松永だろ。何か訊きたいなら松永に訊け」

菊原はうんざりした様子で言う。

「分かりました。それからうちの角田を連れてきてますので、女子の稽古に参加させて頂きたいんですが……」

「もっといい女を連れてこい」

菊原はそう吐き捨てると、私を追い払うように手を振った。

15

「うっす」

短い挨拶のあと、杉園が芝生にあぐらをかく。

私も志織も関武大のキャンパスにはあまり詳しくなく、知る限りでは武道館の近くに食堂のような場所はない。面談の人数も多いので、武道館の脇に広がる芝生の上でやることにした。ポカポカ陽気だから悪くはない。よく学校案内のパンフレットに載る写真にこんな光景が写っていたりするが、実際にやってみると案外不自然さは感じないものだ。

「俺、望月さんのファンだったんすよ」

杉園が唐突に言い出した。

「は？」

「化粧してるといいっすね。グッときますよ」

私は何と言ったものか、志織を見る。彼女は笑いを堪《こら》えている。

「そう？　ありがとう」

私が努めて淡泊な返事をすると、杉園は細い眼をさらに細めて笑った。前歯が一本欠けているせいか、あまり爽《さわ》やかな笑顔ではない。

「そうだ。望月さんはどう思います？」

関西弁のアクセントは消えている。

「え、何が？」

「俺、髪を金色にしたいんだけど似合うかな。柔道の選手でやってるやついないしね。チャンスだとは思うんだけど」

「うーん。でもヨーロッパの選手に混じると逆に目立たなくなるよね。どうせなら柔道衣に合わせて白と青に染めたら？」

「あ、それいいっすね」

冗談で言ったのに。志織も呆れた顔をしている。

「それで杉園君、体調のほうはどう？」

「ノープロブレムです」

昨年の世界選手権で鼻骨骨折したと聞いているだけに、何となく鼻が曲がっているように見えるのは気のせいか。

「今、練習の中でテーマを持ってやってることってある？」

「そりゃやっぱりオリンピック出場ってことでしょ」

「そうなんだけど、具体的にこの技を覚えようとか……」

「望月さんが俺と付き合ってくれたら、寝技の練習に力入れますけど」

「ははは……」

菊原譲りか、これは。やりにくくて仕方がない。

「杉園君はオリンピックの代表に選ばれることについては自信があるわけ？」

「あと一回吉住さんと戦ったら決まりますよ。俺が勝つから」

「大した自信ね。一年前に対戦したときには負けてるんでしょ？」

「油断してたんすよ。てっきり過去の人だと思ってたから。その証拠に合宿での俺とあの人の乱取りを見てたら分かりますよ。あの人が俺に歯が立たないってことがね」

かなり強気だが、彼の言うことを鵜《う》呑《の》みにすることはできない。男子コーチ陣の評価がどちらにも傾いていないのが何よりの証拠だ。

「杉園君。それは今でもあなたが油断しているってことじゃないの？　乱取りは練習の一環であって勝負を決する場じゃないし、吉住君は曲がりなりにも世界選手権のチャンピオンよ。今でも力は衰えてないし、むしろ充実してると思うけど」

杉園は鼻で笑った。「見切ってるんですよ、あの人の技は。奥襟を取られるとあの人が何をやりたいのか、ビンビン伝わってくるんです。唯一マシなのが大外刈りだけど、俺の大外はあんなもんじゃないから」

「技の切れでは負けないと思ってるわけね」

杉園は犬のように舌を出して人を食った表情を作った。照れ隠しか。本当にそう思っているということか。

「杉園君は大学に入ってから急に力がついてきたのよね。高校と大学では何が違ってたのかな」

「何も」

「うん。でも関武大っていう一流のコーチと大勢の猛者がそろった大学に来たわけでしょ。何かがあなたの才能を引き出したんだと思うけど」

「俺がこの一、二年で急に強くなったように言うやつらがいるけど、それはただ単に俺のことを正当に評価してなかっただけのことですよ。高校から俺を知ってるやつは、俺が五輪代表になったところで当然だと思うはずだよ」

「確か、相撲の千里山と高校の柔道部で一緒だったのよね？」

杉園は瞬間、近視の者が遠くを見るように眼を細めて私を見た。

「そんなことよく知ってますね。帰国してそんなに経ってないのに」

「え？」

言葉に詰まった。意外に神経が細かい男だ。

「私が話したから」

志織が絶妙のタイミングで助け船を出してくれた。

「二人が対談してた雑誌を読んだことがあったんです」

「へえ。角田さんは格闘技おたくなんだ」

「おたくってほどじゃないけど」

「でも俺の話を聞きに来る暇があったら練習したほうがいいよ。まあ、君の場合あきらめてるか」

見下すような言い方に、志織の表情が強張《こわば》った。

「杉園君。あなたは普段、何時間くらい練習してるの？」

私はわざと穏やかに問いかけた。

「さあ。五、六時間ってとこっすかね」

「そう。角田さんはね、最低七時間やってますよ」

練習時間など何の自慢にもならないが、私はそれが一番重要なことであるかのように言う。

「冗談で言ったんすよ。冗談で」

杉園は肩をすくめて苦笑いを浮かべた。

16

深紅は吉住が硬い仮面をかぶっていると言ったが、杉園も同じようなものだ。彼の仮面はジョークと虚勢で塗り固められている。面談はほとんど実りがなかった。代わりに松永から話が聞ければいいが……。

残りの強化選手を面談するだけで三十分近くかかった。手を抜くわけにもいかず、メンタルトレーニング法の一つでも教えて何とか形を作るとそれくらいの時間はかかってしまう。志織は杉園の面談後に女子の稽古に入っていったので、小一時間は揉まれてくることになるだろう。

松永と一緒に彼のコーチ室に入る。

「お疲れさん。適当に座って下さいな」

ドアを閉めると一気に汗の臭いが部屋にこもった。

「どうですか？　うちのエースたちは」

松永はタコのように赤くなった顔をタオルで拭きながら話す。

「僕らもねえ……これはいけないことなんですが、大所帯の弊害で、どうしても一対一の細やかなケアというものに欠けるんですわ。コーチの人数はそろってるんですがね。役割が決まってるわけじゃなし、それぞれが自分の教え方でいくでしょ。ＯＢも混じって教えっぱなし。アフターケアはゼロです。まあ、強化選手クラスになるとコーチに振り回されることもないでしょうけど。そういうわけで、強化部の人がそのへんをフォローしてくれるのは、僕としてはありがたいんですわ」

「そうですか。そうおっしゃられると、私もやってる甲斐があります」

松永は菊原と違い、人当たりはよさそうである。発声が明瞭で弁舌も滑らかなので、主要大会のテレビ解説を務めることも少なくない。

「何か気づかれたことがあったら、遠慮なく言って下さい」

「ええ、気づいたという話でもないんですけど……」

「はあ」

「杉園君。なかなか個性的な子ですね。まあ今どきというか……」

「ははは。今どきの子ですか。そうなんですよ、あいつは」

「どなたかがスカウトされたんですか？」

「ええ、僕が目を付けて引っ張ってきたんですよ。あの大倭学園にあって技はほとんど自己流ですわ。タイミングの取り方、重心、技のイマジネーション。ほかの人間には真似のできないものを持っている。何でも中学まではいわゆる不良グループの一員で喧嘩に明け暮れてたらしい。まあ、それで実戦的なセンスが養われたとは思いませんけど、確かに度胸はありそうだし、高校時代にはまったく問題を起こしていないということで、期待できるんじゃないかとね」

その素姓は私の興味を引いた。

「喧嘩というのは警察が出てくるようなやつですか？」

「いやあ、そんなもんじゃないですよ。中学生くらいだとインネンをつけたとか何とかって、その手の生徒同士で暴れたがるんですわ。鼻血を出したら負けとか、その程度でしょう」

「杉園君は普段から気性は激しいほうですか？」

松永は屈託のない笑みを浮かべて手を振った。

「あいつの場合は空元気《から》ですよ。威勢のいい言葉はよく出てきますけど、それによって自分を奮い立たせてるところがあると思いますよ」

「彼は大学に入って急成長したんですか？　それとも力はあったけど高校時代は不遇の立場

にあったんですか？」

「さっきも言ったように技のセンスについては光るものを持ってました。ただ体力、筋力がなかったので、技が技として表現できてなかったんです。だから大学に入って一番成長したのは体力面でしょうね」

「筋力トレーニングは何か特別な方法でも？」

「いたってノーマルですよ。武道館にあるダンベルやマシンを使ったものです。たいてい稽古のあと、夕方から各々自主的にやってます。筋トレ専門の先生がいて、月に一回科学的トレーニングの講義を開いてもらってますけど、内容は基本的なことですね。あまり最先端の理論を教えられても、選手が咀嚼《そしゃく》できなければ意味はないと思いますから」

「杉園君は積極的に取り組んでいるわけですね」

「彼みたいにセンスだけで勝負しがちなタイプにしては、積極的にやってるほうじゃないですか」

松永はポットに手を伸ばして自分の湯呑みにお茶を入れると、ついでにという感じで私にもふるまってくれた。

「市ヶ谷の吉住君に負けた試合がありましたよね。杉園君はショックを受けてましたか？」

「ああ、あれねえ。確かに鼻っ柱をへし折られたっていう顔してましたよ。でも私からすると、よく吉住相手にあそこまで善戦したと思いますよ」

「先生は、まだ杉園君は吉住君には敵わないと思ってらっしゃった？」

「もちろん。結局、あの試合は柔道をやってる者と柔道に似た何かをやってる者の差が出たということじゃないですか。吉住は柔道を知ってますよ。

　例えば杉園という子は柔道でなくても、ラグビーとか野球とか、ほかのスポーツであっても一流の選手になってたでしょう。対して吉住という子は柔道では一流だが、ほかのスポーツでは芽が出てなかったかもしれないと思うんです。で、どちらがすごいかというと吉住なんですよ。やってるのは柔道ですからね。柔道の才能があればそれでいい。言ってみれば柔道の申し子というやつです。僕はいろんな選手を見てきてますけど、大成するのは断然不器用なタイプが多いんです」

「でも強化部の中での声を聞いてもそれほどの差は感じませんよ」

「確かに一年前よりは杉園も成長してますし、差も縮まってはいるでしょうね。まあ今回は無理としても次のオリンピックでは逆転してるかもね」

「ずいぶん控えめですね。今年の代表だって、まだ分かりませんよ」

　松永が妙に感じ入ったような唸り声を上げた。

「強化部じゃ、吉住の評価は低いんですか？　それとも杉園が過大評価されてるのかな」

「先生は指導する立場として、杉園君を知らず知らずのうちに厳しく見過ぎてしまってるんじゃないですか？」

「いや、僕も杉園の力は十分評価してますよ。吉住がいなかったら代表に選ばれてメダルを取っても不思議じゃない。しかしね……うん、そうか……」

松永は勝手に自問自答し、納得している。

「何ですか？」

「うん。望月さんは詳しく知らないでしょうけど、吉住はドーピング検査の拒否でかなり味噌をつけたんだろうね。それで強化部の評価が落ちたんでしょう。僕が言うことじゃないけど、もったいないね」

「ああ、そんなこともあったようですね。先生はお詳しいんですか？」

「僕もどういうことだったかは知りませんよ。ただ、あの大会の場にはいたからね。試合後の吉住も見てました」

「どんな様子でした？」

「印象ですよ、印象」

松永は断りを入れて、私に気持ち、顔を近づけた。

「まるで刃物っていう感じだったね」

「刃物……ですか」

「目を合わせたわけでもない。ただ彼はうつむいて私のそばを通っていっただけですよ。なのに、彼がまるで両手にナイフを持っているような感覚を覚えましたよ。ゾクッとしましたね」

なるほど。どうやら松永が吉住に一目置くのは、こういった印象にも理由があるらしい。

「あとで彼が検査を受けなかったって聞いてね、ああ、薬を使うとあんなふうになるのかなと思いましたよ」

「薬を使う？　それは彼がドーピングをしてるってことですか？」

松永が笑いながら首を振る。

「だから印象ですよ、印象。そのまま真に受けて、野口さんあたりに報告しないで下さいよ」

17

「ういーす」

およそ清々しい朝には似合わない挨拶を口にしながら、串田研究室のドアを開ける。今日は深町先生も出てこないことが分かっていたので、私も十時過ぎの時差出勤である。

毎日七時間の睡眠は取っているのだが、ここ数日は妙に疲れが残っているように感じる。化粧のノリも今日あたりはよくない。気だるさが素直に口に出てくるから「ういーす」となってしまうのだ。

「ういーす」

深紅がそのまま言葉を返してくる。見ると、応接のテーブルに絵津子も、そして志織までそろっている。

「おはようございます」

「あ、おはよう」

私はほとんど反射神経で背筋を伸ばした。みっともない姿を見せてしまったものだ。

「さすが角田さんは若いなあ」

照れ隠しに言った言葉が、また年寄りじみている。事実そう思ったのだからしょうがない。

志織の夜練に付き合ってのこの様《さま》だが、彼女に疲れた様子はない。

「佐々木先生に面談の報告はしておきました」と志織が言う。

「ありがと。松永さんのことも？」

「ええ。先生に聞いたことは全部」

　志織には帰りの道で松永の話をしている。吉住の話はすでに深紅へ報告済みであるし、これまでの結果を踏まえて次の手を考える段階に来ている。

「で、お篠はどっちが怪しいか、気持ちは傾いたわけ？」と深紅。

「全然。どちらも怪しいと言えば怪しいしね。こちらもそういう目で見てるから。けど、コーチぐるみっていう線はかなり薄いんじゃないかな。吉住君と落合さんは信頼関係がないし、杉園君のほうはコーチが何人もいて、そういう関係じゃないのよね。まだまだ一回面談したくらいじゃ、どちらが怪しいかなんて言えないわよ」

「慎重ですねえ」深紅が冷やかすように言う。

「当たり前でしょ」

「じゃあ我々ギャラリーは無責任な意見を。まず角田さん」

　深紅がマイクを握っているように手を差し出すと、志織は私をちらりと見た。

「私ははっきり言って杉園君に引っかかりを感じましたね」

　志織は杉園の面談に立ち会っているので、余計インパクトが強いのだろう。とはいっても彼女がかくもあっさりと杉園の名を口にしたことには新鮮な驚きと羨望を感じた。

「理由は？」深紅が淡々と訊く。

「松永さんの話からも出てきたように、杉園君がやっているのは柔道のようで柔道じゃない。

少なくとも精神的、技術的なものを日本柔道の伝統の上で向上させていくという選手ではないと思います。〝心〟〝技〟がそうであれば、〝体〟もまた然《しか》りですよ。つまり、もともと彼は体力をアップさせるために薬の力を借りることには、それほど抵抗を感じない人間だと思うんです」

明快な意見だ。私の中にも彼に対して同様の心証はある。ただ、それだけで杉園がクロであるという結論には飛躍できない。

「じゃあ堀内さんは？」

「私は吉住ですね」

絵津子が言い切る。心なしか眼鏡の奥の眼にも自信がこもっているように感じる。

「ドーピング検査を受けなかったっていうのが、どうしても引っかかるんですよね。インタビューにあったように風邪薬を飲んでたからってことなら一応納得してあげてもいいんですけど、実際は興奮状態で我を忘れてたっていうわけですよね。それはどうかなあと。そういう心理状態は理解に苦しみますね。何かもう一つ裏があるとしか思えない」

「強力な興奮剤とか？」

「そうですね。クレペリン検査を見たときから疑惑はありましたけど、それが増した感じですね」

確かに吉住の当時の心理状態は理解に苦しむ。しかし、そもそも彼の本来持っている人間性を把握し切ってないのだから、異常と言うのは早計だろう。

「じゃあ私ね」

深紅はもったいぶるように間を置き、我々をちらちらと見回した。楽しそうである。

「私は今のところ、杉園に一票入れたいですね」

「杉園……」

「そう。二人ともコーチぐるみでの薬物使用の可能性は低い。ただ、どちらも疑わしい点は残すと。じゃあ、それらを横に置いておくと、何が見えてくるか。何か突出したものがほかにないかということよね」

「筋力値の上昇が気になるわけですか？」

絵津子の問いかけに深紅は小さく頷く。

「何が目を引くかというと、やっぱり杉園の筋力の成長ぶりよ。もちろん遺伝的な筋肉の質によって、同じトレーニングでも筋力の上昇度合は違ってくるから、不自然とは決めつけられないけどね」

「それほど特別な筋トレをやってるふうでもなさそうなんですよね」

と志織が言う。深紅は再び首を縦に振った。

「私も剣道の稽古で関武の武道館には何度も行ったことがあるけど、トレーニング室は意外に充実してないのよね。六百人以上の武道部員が利用するにはとてもじゃないし、柔道部二百人でもちょっと貧弱。せいぜい四、五十人用かな。やりたいときに満足いくまで利用できる状況ではないのよ」

深紅の言う通りだ。松永は杉園が積極的に筋トレに取り組んでいると言っていたが、その量にはおのずと限界があるということになる。マシンやウェイトトレーニング以上に身体のあらゆる筋力を飛躍的にアップさせるトレーニング法はない。それはたとえ科学的トレーニングの否定派でも認めざるを得ない事実だろう。

「しかしですね、先生」絵津子が口を挿《はさ》む。「筋トレは大学のジムだけでやるとは限りませんよ。事実、吉住は近所のジムに行ってたっていうし……」

それを聞いたとたん、深紅は眼を見開いたまま時間が止まったように動かなくなった。数秒後、彼女の口だけが動く。

「そりゃそうだ」

言うなり、彼女は奥の研究室に引っ込み、ルーズリーフを二冊ほど抱えて戻ってきた。椅子に座ると、ものすごい勢いでページを繰り始めた。

「何？　何？　どうしたの？」

私の声が聞こえているのかいないのか、深紅は何やらブツブツと言っているだけだ。

「運動生理学の若い研究者の間で勉強会を開いてるんだけど……前にそこで話が出たんだよねえ……」

「何の話が出たの？」

「うーんと……お、あった、あった」

彼女は目当ての書き込みを見つけ、満足そうにその箇所を指で叩いた。

「つまりね、杉園がもし外のスポーツジムに通っているとするなら、筋力がアップするのも極めて自然の結果であると。今、堀内さんが言ったのはそういうことよね」

「まあ、そうですね」絵津子が頷く。

「で、ちょっと話は飛ぶんだけど……」

「え？　関係ない話なの？」

「関係あるけど別の話なのよ。二年くらい前に杉並大学の石川広道っていうハンマー投げの選手がメチルテストステロンでドーピング違反になったの知ってるかな？」

「知らない」

しかし、知らないのは私だけだった。志織も絵津子も新聞記事やテレビニュースで目にしたのを憶えているという。

「これが勉強会で話題になってね。この石川っていう選手を教えてたコーチは、彼が薬に手を染めてたなんてまったく知らなかったらしいのね。で、石川はどういうルートで薬を使うようになったかっていうと、ここにスポーツジムが絡んでたわけよ。世田谷の下北沢にある花塚トレーニングジムっていうところ。このへんはもうマスコミあたりも取り上げなかった話になるんだけど、花塚ジムってのはボディビルダーを中心にしてプロ、アマ問わず名の通ったスポーツ選手もよく出入りしてるらしいの。石川もその一人ね。

もともとボディビル界には、筋肉増強剤の何が悪いんだっていう考えの人間はいくらでもいるからね。勝手に自分たちだけでやってもらう分には構わないんだけど、おせっかいな人間がほかの分野のスポーツ選手にも恩恵を与えようとするのよ。その最たるところが花塚ジムってわけ。都内のある大学の陸上部には、選手を花塚ジムに出入りさせないようにって陸連から通達が来たらしいわよ」

「杉園がスポーツジムに通ってたら、それでよしじゃなくて、それこそ怪しいということも言えるわけね」

「そういうこと。杉園だけじゃなく、吉住についても同様よ」

八王子の関武大から下北沢は遠いが、通えないこともない。多摩センターから小田急に乗ればいい。

吉住のほうはどうだ？　彼は近所のスポーツジムでリハビリをしていたと落合が言っていた。吉住の居所は確か吉祥寺。下北沢の近所とは言えないかもしれないが、井の頭線でつながっているから近い感覚はあるだろう。

「私、ちょっと覗いてみましょうか？」絵津子が出し抜けに申し出た。

「何を？」

「花塚ジムですよ。私、代田に住んでるから近いですよ」

「そうね。じゃあ行ってもらおうか」と深紅。「堀内さん、バイト探してたでしょう。訊いてみたら」

「〈引き込み〉をやるんですか？」

「嫌？」

「いいえ。喜んで」

「ちょっと待って」私は佐々木一味の企みに待ったをかけた。「花塚ジムに潜り込むわけ？　そんなことしてどうするの？　花塚ジムと杉園君や吉住君は、まだ何の結びつきもないのよ」

「でも当たってみる価値は十分あるわよ」深紅は真顔で言う。「一スポーツ選手が薬を使いたいと思ったところで、入手ルートなんて簡単に見つかるもんじゃない。結局は口コミや噂が重要になってくるわけよ。そんなところに、下北の花塚ジムはいろんな薬を扱っているという話が聞こえてきたら？　花塚ジムは今のところ、その手の噂に一番挙げられやすい名前よ。言わば最大手よ。それに彼らが花塚ジムに直接関係なくても、ジムの裏にある薬物の流れを摑めば、何か分かることがあるかもよ」

「ちょっとごめん」本意ではないが、私は下手に出ることにした。「違反薬物っていうのは普通、どうやって選手の手に渡るものなの？」

そもそもそれが分かっていないから、なぜ一介のスポーツジムをマークしなければならないのかも、いま一つ納得できないのだ。深紅は普段こそ人のことを馬鹿にするような口を叩いているが、こちらが下手に出さえすれば、基本的な質問でも案外親切に答えてくれる。

「うん。ルートはいくつかあるんだけど、一つは医者を通じてってことね。薬物使用に理解ある医者がいて、選手に横流しの薬を渡したり、治療名目でステロイド等を投与したりするわけ。個人病院の医者なら難しい話じゃないし、総合病院でも薬を自由に出し入れできる医者はいくらでもいる。選手が使う薬なんて病院が扱う量に比べたら、米粒みたいなもんだからね。

それから、もう一方には外国に目をつける者がいるのよね。ドーピング薬物のブラックマーケットがあるのよ。オランダやロシア、アメリカあたりが盛んだと言われてる。治療薬の横流しや、禁止薬物入りの健康補助食品の生産、科学者による新薬物の開発といったことがビジネスとして成立してる。それだけの需要もあるってことよ。日本からの客も少なくないだろうね。選手やコーチが直接現地で手に入れる。あるいは通販で個人輸入する。さらには国内に輸入代行業者がいて、その業者を介して通販等で買うと。もっとも輸入代行業者が薬を扱うのは薬事法で禁止されてるから、数としてはそれほど多くないと思う。闇の存在ですよ。

まあ、あとはインターネットなんかで手に入れる方法はあるけど、相手がどんな輩《やから》かも分からないし、名のある選手が使う手ではないわよね。それは無視していいでしょう」

「そうすると、花塚ジムは今言ったルートのどれかに組み込まれているってことね？」

「そう。相当悪質な病院や薬品会社とつながりがあるとか、ジムの経営者あたりが外国へ買いつけに行ってるとかね」

「そんなところに堀内さんを送るっていうの？　駄目、駄目。深紅が許しても私は許さないわよ」

絵津子はきょとんとした表情で私を見る。「私なら大丈夫ですよ。別に深紅先生や望月先生を助けたいわけじゃなくて、興味本位でやるだけですから」

まったく。クールなのか、怖いもの知らずなのか……。

18

「そろそろ昼食行こうぜえ」

ノックもなく入ってきた深紅は誘いの言葉とは反対に、深町先生の椅子にどっかりと座り込んだ。時計を見ると一時を回ろうとしている。

午前の秘密会議は一時間ほどウダウダやったところで解散し、志織は一足早く柔道場へ向かった。絵津子は卒論の下調べで図書館に行った。彼女は卒論以外の単位をすべて取っているにもかかわらず、十もの自由選択科目を受講しているという。空き時間は串田研究室に入り浸っているわけだから、平日のほとんどをキャンパスで過ごしていることになる。彼女のような存在は体育学部の中では稀有《けう》である。

「ねえねえ、堀内さんってどんな子なの？」

私は机に広げた資料を片づけながら、深紅に訊いてみた。

「どんな子って普通の子よ」

「体育学部には珍しいタイプだよね」

「そう？　みんながみんな、お篠みたいな筋肉人間だったら気持ち悪いじゃない」

「私を引き合いに出すこともないでしょ」

私だっていつまでも筋肉人間ではない。確かに筋肉質ではあるが、〝しなやかで宝石のようなボディ〟でもあるのだ。

「堀内さんはね、もともと陸上をやってたのよ」

「へえ、陸上の何を？」

「長距離。高校時分はインターハイの三千メートルで二位よ」

なるほど、道理でいい歩き方をしているわけだ。しかし、それほどまでの素材だったとは思わなかった。陸上の長距離選手の中には確かにゴボウのごとき細い上半身をしている者が多い。逆に、下へ目を移すと鋼《はがね》のように張った脚があってギョッとすることがあるが、彼女もそんな身体つきをしているのだろうか。

「頭脳のほうも東大を狙えるお方だったらしいけどね。うちの長距離が名門らしくて来ちゃったのよ。それが転落の始まりっていうか……」

「転落？」

「まあ、うちに来たからってわけじゃないけど、膵臓の病気にかかってね……一留ですよ。陸上も引退してこの春までマネージャー生活」

「そう……」

遊び惚けて留年する学生は珍しくないが、留年するほど、そして競技が続行できないほどの大病を患う学生はそう多くない。

クールに見えても、辛酸をなめていたのだ。

「そんな同情するような顔はよしなさい」

「でもねえ、私、そういう話に弱いんだよね」

「確かに彼女は選手としての実績はゼロ。片やあなた様は金メダリスト。だけど選手を引退した以上、今度はどちらが優秀な指導者になるかよ」

「そりゃそうだ」

「まあ結果は見えてるけどね」

例によって深紅は私をおとしめるわけだが、私自身もその通りとしか思えないので、反撃はできない。絵津子のようにクールで、それでいて好奇心の強いタイプは、私のようにその場の思いつきだけで指導している人間より、よほど優秀なコーチになれるだろう。

そう考えると不思議に気が晴れる。

「それよりさあ、あんたドーピングの件にかまけてるけど、角田さんのほうはケアできてんの？　彼女にとっても大事な時期でしょ？」

深紅のおせっかいな言葉に、私はわざとらしく胸を張ってみせる。

「それは重々承知してますよ。練習時間も増やしてるし」

「この間のクレペリン検査の記録、彼女のもちらっと見たけど、あんまりよくないよね」

「目ざといなあ、まったく」

いつの間にそんなところを見てたのだ。抜け目のない女だ。

私は机の引き出しから強化指定選手のクレペリン検査記録を取り出した。そして志織の記録に目を通す。

確かに分析結果には明るさが少ない。「集中力に欠ける」「不安定」「神経質」という言葉が並び、「強気」とか「積極的」という言葉は見当たらない。

「うーん。分かってるんだよね。大きな大会になると内にこもるタイプだし、確かに神経質というかデリケートというか……」

「じゃあ、お篠がそのへんをケアしてあげなきゃ」

いつの間にか深紅は私の目の前で両手を腰に当て、偉そうに立っている。何だか保母さんに注意される保育園児になった心境だ。

「ご心配なく。私と二人三脚でやり始めてからこの頃は積極的になってきたし、気持ちも乗ってきてる。今クレペリン検査したら、こんな結果は出ないわよ」

「で、どうなの？　代表に選ばれる確率は？」

「それを訊かれるのはつらいんだよねえ。正直言って今のままじゃ厳しいのよ。何しろ二年の初めにあった全日本女子選手権以来、優勝から遠ざかってるし、この一年半の主要大会は決勝にも進んでないし。まあ彼女のクラスは一人ちょっと目立つかなっていう子がいて、あとは角田さんを含めて三、四人の混戦だから、直前の一大会で評価をひっくり返すことも可能なんだけどね」

「でもさあ、吉住、杉園の件で決定が早まるってことは、もうノーチャンスなんじゃない？」

「それなのよねえ」

考えるだけで気が重くなる。志織には、途中で壊れている橋を後先考えずに渡らせてしまっている状態なのだ。いったいいつまで私は彼女にチャンスがあると言い続けるのだろうか。その場しのぎではいつか破綻が来るのに……。

不意に電話が鳴った。

「教務課ですが、全柔連の小田島様がいらっしゃってまして、望月先生と面会したいとのことですが」

「え、ここにいらしてるんですか？」

小田島が直々に来るとはどういうことだ。

「分かりました。こちらのほうへお通し願います」

受話器を置いて深紅と目を合わせる。

「誰？」

「専務理事の小田島さん。ここに来てるって」

「へえ。小田島っていったら今回の件のトップでしょ。何の用かねえ」

応接室に移動したところでノックの音が大きく響いた。返事をする間もなく、ドアが開く。

「悪いね、突然」

小田島は私と目を合わせるなり、低音の声を響かせた。ちらりと深紅を見る。深紅は澄ました顔で突っ立っている。

昔はそこそこの二枚目だったのだろうが、今は頬の肉がたるんでしまっている。それでも身体のほうは絞ってあり、背丈は百八十センチ近くあるので、すらりとして見える。やや撫で肩でスーツもフィットしている。ネクタイの趣味はそれほどでもないが、全柔連の中でもダンディな部類に入るだろう。

「今、大丈夫かね？」

「はい」

「奥には誰もいないんだね？」

「ええ」

「そちらは？」

「佐々木深紅さんです。私の友人で運動生理学の研究助手をしています。野口先生にも了解頂いてますけど、吉住君と杉園君の件にも協力してもらってます」

　小田島はじっくりと深紅の顔の造作を眺め、少し口元を和らげて言う。

「全柔連の小田島です。言うまでもないことですが、今回の件は大変微妙な問題です。ほかで軽々しく話題にすることだけは避けて下さい」

「もちろん承知してます」

　シニカルな響きなどまったくない、深紅にしては満点の答えだ。

「先生、座って下さい。今、お茶を淹れますから」

　そう言ってポットを取りにいこうとする私を小田島は手で制した。

「いや、結構だ。すぐ帰るから。今日は子供の使いのようなものだ」

「でも進捗《しんちょく》状況を説明しなきゃいけませんし」

「それは野口君と菊原君にしてくれればいい。報告は彼らから聞く。彼らの頭越しに君が私へ話を持ってくるのはうまくない。分かるね？」

「はあ」

それでも小田島は椅子にだけは腰かけた。我々も同様に座る。

「私がここに寄ったのは、これを君に渡したかったからだ。山田先生から届いた」

彼は一枚の紙をテーブルの上に広げた。


私は日本柔道界の内情に詳しい人間です。現在、男子81キロ級強化選手の一人が薬物を使っております。私はこの実情を憂い、ここにお知らせする次第です。調べてください。

これは警告だ。


ワープロで整然と打たれ、短い文章の下には英文が添えられている。

「下の英語は日本語を直しているに過ぎない」小田島が言う。

「これがIJFに届いたんですね？」

「そういうことだ。フランスのパッシ理事、韓国の洪理事宛てにそれぞれ送られた。どちらもカラー柔道衣問題では日本と一線を画していたし、男子八十一キロ級には有力な選手を抱えている。この文書を洪理事から渡された山田先生は、そのときの彼のニヤけ顔を一生忘れないとおっしゃってるよ」

「日本人が送ったようですね」

「もちろんそうだろう。それから送り先の選び方を見ても、柔道界に詳しいというのもまんざらブラフではないようだ。そうすると、ただのいたずらとも思えなくなってくる」

「そうですね」

「『これは警告だ』か……」深紅が呟く。

「つまり、これはいたずらじゃないってことを強調したかったんだろう」

「いや、違いますね」深紅は小田島の意見にかぶりを振った。「英文を見ると『これは警告だ』に対応する一文がないですね」

確かに「THIS　IS　WARNING」くらいの一文があってもいいが、それらしい言葉はない。

「この一文は、何かほかの意味を持っているのかも」

「というと？」小田島が訊く。

「それ以上は私にも分かりませんよ。まあ普通に考えれば、メッセージ、宣戦布告、挑発、そんなところでしょうけど」

「つまり、この文書は外国の理事宛てにもかかわらず、最後の一文だけは日本の誰か、あるいは日本柔道界へ宛てた言葉ということかね？」

「私の勘ですけどね」

深紅は独り言のように言った。

19

「『これは警告だ』か……」

　小さなパイプ椅子に座って腕組みしている強化部長の野口は、そう言ったきり眼を閉じて動かなくなってしまった。隣には男子八十一キロ級担当コーチの若尾が座っている。心なしか肩身が狭そうに見える。

　普段はそれほど狭く感じない私のコーチ室だが、三人入るとかなりの圧迫感がある。

　小田島を送ったのも束の間、道場に来たとたんに今度は二人もの来客を迎えることになった。申し合わせて来たわけではないらしい。時間的にも二十分ほどの間隔があった。第一、野口と若尾がツーショットのところを見かけたためしがない。

　若尾がオリンピックで金メダルを取ったとき、野口は男子のヘッドコーチを務めていた。私が中学生の頃の話だ。有望な選手がいないという逆境の中で、野口は「野口プロジェクト」と呼ばれた集中強化計画の中、若尾を始め軒並みメダリストを誕生させ、お家芸復活を成し遂げた。今でこそ「顔」で指導する野口だが、若い頃はエネルギッシュな指導で選手を引っ張っていたらしい。

だから二人は一応師弟関係に当たる。しかしこの二人の様子を見ていると、学閥という溝の何と深きことかと思わずにいられない。

野口が今回の件について経過を聞きに来たのは、そんな時期だろうとは思っていたから驚きはしなかったが、若尾が来たのには驚いた。おそらく菊原から探りの一つでも入れてこいとの命があったのだろう。

「何か気づかれたことがあったら、おっしゃって下さい」

「私見ですが……」

と若尾が断りを入れた。

「この最後の一文に何らかのメッセージがあるとすると、僕はこの告発書の信憑性にも疑いが出てくるような気がします。つまりこの告発書は文字通り誰かに対しての『警告』であって、本当の情報を書く必要などないのでは、ということです」

野口が低く唸る。

「そうすると、男子八十一キロ級というのは『警告』の一つの表現であって、むしろほかの階級の選手に本当の薬物使用者がいるかもしれない。そういう考え方かね？」

「まあ、そこまで裏があるかはともかく、そういう考え方もできると思います」

「望月君はどう思う？」

どう思うと訊かれても困ってしまう。ほかの階級にも薬物使用者がいるかもしれないと判断されたら、私の仕事が爆発的に増えるかもしれないと思うだけだ。

とりあえず何か言わねば。

「この一文にはそれほどの意味はなく、送り主が最後に付け加えただけじゃないでしょうか。前の文は丁寧な言葉が使われているのに、最後の一文だけ『だ』で終わってます。つまり、送る前に読み返したら迫力が足りないような気がしたので、最後の一文を付け加えたと。そういうことでは……」

二人のどちらからも何の反応もなかった。当然か。

「とりあえず今まで通りやるしかないだろう」

野口は自分に言い聞かせるように言った。若尾も頷いている。若尾自身も根拠があって言っているわけではないので、異論はないのだろう。

私は話を変える。

「それからですね、直接的には関係ないかもしれないんですが、下北沢の花塚ジムというトレーニングクラブを当たってみることになりました」

ちょっと話題の転換が唐突だったらしく、二人に睨まれてしまった。だが、報告しておかないわけにはいかない。

「花塚ジム？」

「何だね、それは？」

「ええ、実は今回の件で協力してもらっている友人の佐々木という者からの情報なんですが、どうもこの花塚ジムというところはスポーツ界でのドーピング問題に深く関わっているようなんです。ハンマー投げの石川広道選手がここで手に入れた筋肉増強剤でドーピング違反になってます。陸連にもマークされてるジムだそうです」

「確かに」若尾が渋い顔をしている野口をちらりと見ながら言う。「所属コーチが介在していないとするなら、そういうところから調達してくる可能性は大きいでしょうね」

「しかし、そういう情報が全柔連に入ってこないということも問題だな」野口が呟く。

「やはり今まで他人事だったということでしょう。これからの課題だと思います」

「正直言ってどの程度の収穫があるか、疑問は残るね。時間との兼ね合いもある」

「ええ、とりあえず当たってみるだけで、深入りするつもりはありません」

「そこを調べるにはどんな方法を考えてるんだね？」

「ええ、私が一つ入会してみて、ほかの会員の話でも聞こうかと……」

さすがに学生を潜入させるとは言えない。そんなことを能天気に話したら、さしもの野口も怒るかもしれない。

「まあ、気をつけてやってくれ。何か困ったことがあったら、遠慮なく私に電話してくれればいい」

私は野口の携帯の番号を書き取りながら、ホッと息をついた。なぜ私が深紅の思いつきをここまでフォローせねばならないのだ。何も収穫がなかったとしても、彼女はきっと笑ってすっとぼけるだけだろう。それが分かっているから余計に腹が立つ。

「若尾先生、今日の話は菊原先生にもご報告願えますでしょうか」

「そのつもりです」

このやり取りが経過報告終了の合図となり、野口と若尾は席を立った。

ドアを開ける若尾の背中を見ているうちに、一種の衝動が私の中に生まれてきた。ここはチャンスだ……。

「あ、それから野口先生」

私の口から言葉が衝いて出る。

「何だね？」

「ちょっと留学のレポートでご相談したいことがあるんですが」

「レポート？」

　野口は怪訝な顔をする。だが若尾は私の思った通り、口を挿んできた。

「じゃあ、私のほうはこれで失礼します」

「ああ」

　若尾は野口に会釈すると、きびすを返して出ていってしまった。よほど帰りの道を野口とともにするのが嫌だったのだろう。野口はピシャリと閉められたドアをしばし唖然とした様子で見たあと、私に目を向けた。

「レポートはもう提出したんじゃなかったのかね？」

「はい」

　私があっさり認めたので、彼は一層眉をひそめた。

「実は私が相談したいのは、そのことではないんですけど……」

　野口は椅子に座り直して私を見据えた。「じゃあ、何を？」

「男子の八十一キロが代表決定時期を早めるということは、ほかのクラスもそうなるということですよね？」

「そうだね」

「女子も同じですか？」

「もちろんだ。発表は同時に行う」

「それでは、もう選考会となる大会は挿まれないと？」

「そういうことになるね。ほかのクラスは今年の成績を中心に選考することになるだろう」

「先生。当落線上にいる選手たちは白鳳杯を目指して練習してます。ラストチャンスに懸けてますし、女子部のコーチたちも皆、そのつもりで選手たちにハッパをかけています。今年は全日本体重別が荒れたために、選考を白鳳杯まで待つというのが申し合わせにもなってますし、このまま唐突に代表が決まってしまうのでは納得いかない人も出てくるのではないでしょうか」

「それは例えば君のところの角田志織のような選手のことか？」

野口の口調は穏やかだが、厳しさをにじませている。私のような下っ端が意見すること自体考えられないことだから当然だろう。だが、ここで怯《ひる》んではいけない。本音でぶつかれば答えはどうであれ、受け止めてくれる人間なのだ。

「申し訳ありません。私はエゴを承知でお話ししています。ですが内情を知る者として、彼女らが他人のドーピング問題の煽《あお》りを受ける形でチャンスを逸することを、ただの不運として片づけることはできません」

野口は腕組みをして黙考に入った。しばらくして視線を私に戻す。

「確かに今のままでは角田が代表に選ばれる可能性は少ないだろう。だが、補欠に選ばれる可能性は十分あるし、それによって出場の道が開けることだって、ないとは限らない。反対にもしもう一度選考会の場を持ったとして、角田がそこで惨敗して補欠にも選ばれない事態になることも考えられる」

「もちろんそれは構いません。ただ私は彼女たちからラストチャンスを奪ってほしくないだけなんです」

我ながらかなり力が入っていた。野口が心なしかのけ反った気がした。

「分かった。君の言うことにも一理ある」

気づくと、彼は少し口元に笑みを浮かべていた。

「考えておこう。どちらにしろ君に仕事を任せきりにしていることで、私も何か応えねばと思っていたところだ」

20

「お、ロビイストが来たよ、ロビイストが」

串田研究室を訪れた早々、呑気に新聞を読んでいた深紅に冷やかされる。

「ロビイストとは何よ、ロビイストとは」

そう言う私もまったく怒りなど感じていない。むしろ顔がニヤけてしまって困るくらいだ。

野口に直談判した二日後、つまり先週末に、男女合同合宿を行うことが正式に決まった。強化合宿という名目ではあるが、呼ばれるのは各階級選抜された五人で、総当たり制の代表選考会が二日間にわたって開かれる。今週の金曜夜に集まり、土、日と行われるのだ。合宿所は急なことで手配がつかず、多摩学の総合体育館に落ち着いたが、この決定にも私は満足している。勝手知ったる場所であれば、志織も力を発揮できるというものだ。

「寝業師よ、寝業師」

深紅がしつこく私をからかってくる。陰口を叩くような芝居つきなので、隣にいる絵津子も笑っている。

「堀内さん、土日はバイトだったの？」

私は深紅を無視して絵津子に声をかけた。彼女は花塚ジムの雑用アルバイトとして、本当に潜入してしまったのだ。

「結構いいバイトなんですよ。時給もまあまあですし」

クールに言ってのける。まったく強心臓だ。

「それでどう？　花塚ジムってのは」

「スポーツジムにしては結構大きいほうじゃないですかね。本多劇場の道をもっと奥に行ったところにあります。四階建てのビルですね。できてから十五年くらいだそうです。一階が受付とロビーに倉庫、二階が更衣室にサウナと浴場、三階はエアロバイクや簡単な筋トレマシンがそろってて、普通のサラリーマンが出入りするようなフィットネスジムになってます。女性会員も多いですよ。四階はバーベルや高価な筋トレマシンが並んでます。ここにボディビルダーやスポーツ選手が集まってくるんですね。事務室と社長室も四階にあります」

「何か収穫はあった？」

「まだ表面的には、薬物の影は見えてこないですね。それとなく事務室の書類を手に取って見てますけど、もうちょっと時間がかかりそうです」

「会員名簿みたいなのはなかった？」

「それはぬかりなく」

　絵津子はＢ４の紙を一枚出した。左上に「特別会員（個人）名簿」と倍角の文字が打たれている。その横には「社外秘」とゴム印が押されている。

「一般会員と特別会員があるんですよ。つまりサラリーマンやＯＬが一般会員で、入会金や月会費も安くて汗をかく程度のトレーニングをするわけですね。で、スポーツ関係者は特別会員です。月会費はそれほどでもないんですけど、入会金が高いんですね。

　この特別会員には個人会員と団体会員があります。団体会員は一口二十人までで入会金八十万、月会費二十万。一人頭で計算すると割安なんです。現在の会員は十団体。ボディビルの愛好会が三つのほか、総合格闘技団体の〈ファイヤーファイト〉とかスタントマン養成学校の〈ビジュアルキング〉とか。見た限り大学、実業団を含めて柔道部の加入はありません。問題は個人会員ですね。入会金二十万円、月会費三万円。三十二人の会員がいます」

名簿には三十二人の名前のほか、生年月日、住所、電話番号、入会日、紹介者が記されている。

名前を上から順にチェックしていく。知らない名前が多いが、有名人の名前もある。金井二三彦は時代劇の俳優だ。木村昭伸はプロレスラー。島田辰行、内藤昌己はプロ野球選手。仁科基弘、布部洋介はプロゴルファー。半田智則はスポーツキャスター。森井勝史はバラエティタレント。それ以外の名前に見覚えはない。

「一見して、柔道関係者はいないわね」

「そうですか」

絵津子もさすがに失望したようだ。

「柔道家は貧乏だから入会できないのよ」

深紅がさも常識的な話であるかのように言い放つ。

「やっぱり一般会員も必要ですかね」と絵津子。「一般は百人以上いるんで、四、五枚にわたってるんですよ。なかなか人の目を盗んでコピーするのが難しいんです。これも少し時間下さい」

「そんな、無理しなくていいのよ」

「まあ、任せておいて下さい。それからですね……」

「へえ」

絵津子が紙の一箇所を指で差す。

「この中の鶴田《つるた》真治《まさはる》っていう人。ボディビルダーなんですけど、多摩学出身らしいんですよ」

深紅と声が重なってしまった。鶴田真治、二十五歳。

「よく分かったわね」

「ええ、結構ジムに通い詰めてるみたいで、『君、新しいバイト?』『はい』『学生?』『はい』『どこ?』『多摩学です』『あ、そう。俺も多摩学出身だよ』なんて感じですよ。最初は調子よく話を合わせているのかと思ったんですけど、やたらうちの大学に詳しいんです。串田先生の講義も受けたことがあるって」

「どんな人?」

「普通の人ですよ。毒にも薬にもならないっていうか。誰と仲がいいってわけでもなさそうだし、単にボディビルが趣味のお兄さんって感じです」

「会ってみる？」

深紅が私に訊く。絵津子もどうやらそうしたほうがいいと思っているようである。

「そうだね」

糸口が見えるなら、それを放す手はないだろう。早いところ当たりをつけて花塚ジムに脈があるかどうかを判断しないと、時間が無駄に過ぎるだけだ。

「じゃあ、早速明日にでも会えるように、今夜話してみます」

「ありがとう。よろしく」

「ところでさあ、花塚ジムの経営者ってのはどんなやつ？」

と深紅が大きな眼を絵津子に向けた。それを訊くのを忘れていた。

「経営者は花塚正嗣《はなつかまさし》という五十手前のボディビルダーです。大男で見た目には四十そこそこですね。陽に灼けてて歯の白さと首の太さが異様に目立つ男です。会員に対しては適当に愛想もいいですけど、従業員には結構強面《こわもて》ですよ。私も最初から堀内って呼び捨てにされました」

「家族構成とか行動習慣とか、何か分かったことはある？」

「いやあ、ちょっとそこまでは。まず、お喋りする機会がないですからね。ほかの従業員でも近寄りがたそうにしてますし。ただ、行動パターンはある程度決まってますよ。三時に来て、ジムの中を一回りして、バイクを漕いで、レッグカールやアームカールのマシンをこなしてから五時過ぎ、そうですね、五時十五分くらいになると何をするんですかいそいそと社長室に入っていきますね。で、もう六時前後には出てきて特別会員と談笑して、七時には〈北沢飯店〉という中華料理屋から出前を取ります。それを社長室で食べて、仕事もやってるんでしょうけど、出てくるのは八時半頃です。九時半にジムが終わって、十時には花塚自ら戸締まりをします」

それを聞いてもねえ……そう言いかけたが、絵津子が真面目にやっていることに水を差すわけにもいかず、口をつぐんだ。大した観察眼である。深紅もふむふむと熱心に聞いて、メモを取ったりしている。

「従業員は何人いるの？」

「インストラクターが四人います。アルバイトは女子学生ばかりで六、七人いて、常時二、三人入っているようにシフトを組んでます。インストラクターは全員二十代の男で、ボディビルダー風ですね。ヘマをすると事務室で花塚に怒鳴られて、ビンタを受けたりしてます」

「うわあ、堀内さん、平気なの？」

余計なお世話と思いながらも、ついつい心配したくなる。

「別に私がやられるわけじゃないですから。バイトは怒られることはあっても、殴られることはないみたいです」

　絵津子は澄ました顔で言った。

21

　眉の濃い、一見男前の男だ。しかし、よく見ると各パーツのバランスが悪く、滑稽な顔立ちをしている。

　喫茶店の席に着いた鶴田真治は、暑くもないのにおもむろにジャケットを脱ぎ、Tシャツ一枚になった。パンパンに張った上腕を誇示したいのが見え見えで、深紅が笑いを噛み殺している。

「ごめんなさいね。夜遅くにこんなところまで」

「いやいや。懐かしいっすね、向ヶ丘遊園は。学生時分はこのサ店にもよく来たもんすよ」

　鶴田は高い声を出し、引きつったような笑顔を見せる。

　私以下、深紅、志織、絵津子と全員が同席している。絵津子が面談の主旨を彼に理解してもらったということで、変に気を遣う必要はない。それに大人数で彼に一種のプレッシャーをかけ、花塚側へ情報を逆流させないようにしたいという狙いもある。

夜の十時半ということで、ほかの客は多くない。飲み会の終わった学生グループが数組、離れたところにいるだけだ。皆、我々には気を留めもしない。

「これ、すいません」

鶴田は唐突に無地の色紙を私に差し出した。

「望月先生のサインが欲しいんですって」

絵津子の説明に鶴田が頭をかく。芝居がかったポーズである。

サインなど現役引退以来書いていない。隣で深紅が口をすぼめて笑いを堪《こら》えている。私は仕方なく、少々赤面しながらペンを色紙に走らせる。

「鶴田さんはこういうのを集めるのが好きなんですか？」

「ええ、まあ」

正直な男だ。

「花塚ジムでは誰かにサインをもらいました？」

「そりゃあ、何たって木村昭伸っすよ」

「ああ、プロレスラーの」

「彼が花塚ジムに来るって聞いたから、僕はあそこの会員になったんですからね」

「鶴田さんは学生プロレスをやってたんですって」

絵津子がそう言ったところへ、深紅が「あ」と声を上げた。無礼にも彼を指差す。

「マンボ鶴田だ」

「あ……」

私も学園祭で見たことがあるのを思い出した。四年ほど前に深紅と見たのだ。やたら強いのだが、「マンボNo.5」が流れると試合を忘れて踊り出し、そのたびに背後から逆襲されるというコミカルなレスラーだった。

「チャッチャチャチャッチャ、チャッチャチャチャチャッチャ……」

深紅が悪乗りして「マンボNo.5」を口ずさむ。

「いやあ、まいったなあ」

鶴田はスター扱いされて、まんざらでもなさそうに頭をかいた。頭をかくのが癖のようである。

「それで鶴田さんは週にどれくらいジムに通ってるんですか?」

「平日はほとんど毎日っすね。土日も用事がなければ行きます。行かないと落ち着かないんすよ。会社が新宿でアパートが新百合ヶ丘ですから下北沢は便利ですしね。七時か八時には入って九時までやります。そのあとはサウナと風呂です。アパートが風呂なしなんで助かりますよ。帰るときはもう、Yシャツとネクタイはつけません。そうしないと、せっかくさっぱりしたのがぶち壊しですからね」

　不要なことまでよく喋ってくれる。

「ジムの人とはよく話すんですか？」

「花塚さんとはあまり話したことはないっすね。あの人はボディビル界でも知られた存在ですし、有名人の客としか接しませんから。インストラクターは僕と同年の人が多いんで、よく話しますよ」

「ええと、インストラクターはどういう人と？」

「香川さん、横山さんっていうところっすね」

　とりあえず名前をメモしてみる。

「インストラクターの人はみんな、花塚ジムは長いんですか？」

「その二人は一年前に僕が入会したときからいましたよ。あと二人いますけど、彼らは今年になってからです。バイトの女の子も去年からの子はいません」

「鶴田さんが入会されたこの一年、ジムは何か変わりました？」

「いや、特には」

　何だか深紅から強い視線を感じる。ちらりと見ると、目で合図をしてくる。早く先に進めということらしい。絵津子が段取りをつけているわけだから、これ以上手間をかける必要はないと言いたいのだろう。

「ところで今日ここに来てもらった件なんですが……」

「ああ、そうでしたね」

鶴田は本当に忘れていたというような口振りで言うと、バッグから紙を数枚出した。

「僕の名前が何かに出たりはしないっすよね？」

「もちろん。花塚ジムにあなたの行動が洩れることはありませんし、上に報告する場合でもあなたの名前は伏せさせて頂きます」

鶴田が机の上に紙を置くやいなや、深紅が引ったくるようにそれを取った。しょうがないので、私は横から覗き込む。

表だ。

びっしりと罫線が引かれて、細かい活字が詰まっている。薬物名らしき文字と、数量、値段、使用法などが整然と並んでいる。

「これは？」

「インストの香川さんにもらったんすよ。プロテインよりずっと効果がある薬も手に入るって。花塚ジムを通して注文してもいいし、そこに直接注文してもいいんです」

最後の一枚には注文票が付いている。有限会社ダイナミックス。住所。電話、ＦＡＸ番号。

口座番号。

「通販ね。花塚ジムと同一組織ではないわけだ」

深紅の言葉に鶴田が頷く。

「井波《いなみ》さんっていう人がやってるらしいっす。花塚さんとは古い知り合いだとか」

しかし、この薬物の数はどうだ。プロテインや単なるビタミン剤を含めれば、優に百を超える。タンパク同化作用と分類された薬品は二十種類あり、値段は三千円から一万円というところである。

「筋肉分解抑制」「成長ホルモン分泌」「精力アップ」などと分類されている薬品にも、アンチドーピング規定に触れるものがたくさん混ざっていそうだ。

「本当にこういうマーケットがあるんですね」

志織が信じられないといった口調で呟いた。私も同様の感想だ。もしかしたら、ドーピングをやる者とやらぬ者の差は、単に薬物のマーケットを知っているか知らないかということだけなのかもしれない。アンダーグラウンドでこのマーケットが成立していることは、この数枚の商品紹介から十分過ぎるほど感じ取ることができる。

「お金を出せば、この通りの商品が届くのね？」深紅が訊く。

「信用はできるらしいっすよ」

「あなたは頼んだことないの？」

鶴田はなぜか胸を張った。

「僕はやりませんよ。プロレス道にもとりますから」

「プロレス……道？」

訊き返す私の声をかき消すように、深紅が拍手をした。

「偉い！　今度から多摩学武道会は柔道部を外して、学生プロレス同好会を入れよう」

深紅に褒められて鶴田はまた頭をかいた。

22

「先生、昨日は忙しかったみたいですね」

「そうねえ」

志織に労をねぎらわれてしまい、私は苦笑する。確かに昨日一日は明日の夜から始まる強化合宿の準備に追われていた。道場に顔を見せたのは正味三十分程度で、その間に志織の投げ込み百本を受けたのだから、きついなんてものではなかった。

志織も精神的に自分を追い込んでいる時期には違いないだろう。こうして私の用事にお供してくれるのも、彼女なりに気分転換を兼ねているのだと思う。私にしても得体の知れない場所に出向くわけだから、彼女がいることは正直心強い。

　第一、私は井波という男が何者かも分からずに訪ねようとしている。彼を訪ねて何か道が開けるという保証はまったくない。門前払いを食らう可能性も十分ある。まず女一人で行く手はない。

　このところ外に出かける機会が増えるにつれてパンツスーツを着る割合が多くなってきた。ストッキングを穿《は》かなくてもいいし、実際穿かないほうが気持ちいいほど穏やかな天候が続いている。

　志織は学生らしく、カーキ色のコットンシャツにジーンズというカジュアルな装いだ。あまりコケティッシュな服を着ているところは見たことがない。彼女あたりの体格になると、男物を探したほうが手っ取り早いのだろう。

「用事が終わったら池袋でお昼食べていこうか」

「はい」

　要町《かなめちょう》という駅に降り立つのは初めてだが、近くによさそうな店は見当たらない。隣の池袋に行くのが賢明だ。

　番地表示を確認しながら、山手通りを南に歩いていく。両側にくすんだ色のビルが立ち、まるで道そのものが排気ガスの通気孔であるかのような印象を受ける。ほどなく見つけた〈ホワイトハイツ西池袋〉という長細い雑居ビルも、ホワイトであるはずの外壁はすでにホワイトではなくなっている。

「ここですよね」志織が言う。

「……うん」

私は生返事で答える。有限会社ダイナミックスが入っているはずのホワイトハイツ西池袋には、ビルの入口で十数人の人間が群れているのだ。

道路にはパトカーが停まっている。

「何でしょうね？」

「さあ」

見当もつかないというふうを装ったが、内心、落ち着かないものを感じる。

見物人の間を縫って、ビルの入口に近づく。ビルの入口にはテープが張られている。

「何があったんですか？」私は隣のおばさんに訊く。

「誰かが運ばれていったみたいよ。何かの事件かしらね」彼女は声を落として言う。

「怪我人ですか？」

「さあねえ……」

情報はそれだけだった。見物人も徐々にばらけていき、通行人もちらりと入口を見るだけで通り過ぎていく。

「まいったなあ……」

私と志織は何をするでもなく、ビルから数メートル離れたところで立ち尽くしていた。どうすればいいか思案するのだが、なかなかいい方法が思い浮かばない。入口に立っている警官に探りを入れてみようかとも思うのだが、あの若い警官から大した情報が得られるような気はしない。

「帰ろうか？」

「帰ります？」

「明日、私一人で来てみるよ」

「先生、明日はまた忙しいんじゃないですか？」

「まあ、そうなんだけど……」

そんな会話をしているところへ、不意に志織が「あ」と声を上げた。「こんにちは」

私は彼女の視線の先を見る。誰に挨拶したのだ？

「やあやあ」

ビルから出てきた一団の中で、見覚えのある男が手を振っている。

「あ、小松崎さん」

小松崎賢次《こまつざきけんじ》は集団を離れて我々に近づいてきた。

警視庁に所属する柔道家の知り合いは多い。多摩学のOBにも何人かいるし、強化部のコーチとして来ている者もいる。彼もその一人で、強化部の臨時コーチとして合宿に招かれていたことがあった。私がコーチになった年には多摩学にも教えに来てもらっている。もうそろそろ四十に手がかかるかという年齢の男だ。

「いやあ、どうしたの？　こんなところで」

関節技の名手は鋼のような体軀に似合わない柔和な笑顔で声をかけてきた。愛妻家という噂もこの人なつっこさから来るものだろう。

「ええ、ちょっと、そのビルに用があったものですから」

小松崎の顔から一瞬のうちに笑みが消えた。「ここのビル……のどこ？」

「ダイナミックスっていう会社ですけど」

「ダイナミックス……何の用で？」

「ええ、実はうちの教え子でダイナミックスにプロテインを注文した子がいたんですけど、全然商品が送られてこなくて、電話をかけても誰も出ないなんて言うもんですから、これはけしからんと思いまして……」

我ながら当たり障りのない嘘がスムーズに出てきたことにホッとする。

「あ、そう。いつ電話したの？」

「ええと、五日……くらい前じゃないかな」

「あ、そう」

「このビル、入れないんですか？」

「うん、実はね……」

小松崎は私に一歩近づいて、口に手をやり、ささやき声になる。野球のマウンド上でピッチャーとキャッチャーがグラブで口を隠しながら会話するような感じだ。

「そのダイナミックスをやってた男、死んだよ」

「え？」

言葉を失い、ただ呆然と小松崎の神妙な顔を見る。

「残念だけど、このまま帰ったほうがいい。今、下手に首を突っ込むと、うちの連中にあらぬ疑いの目を向けられる」

「あの……殺されたんですか？」

「分からん。事故の可能性が高い。事務所の隣室が男のトレーニング室になっててね……」

「男って、井波……」

「そう、井波充。そのトレーニング室でベンチプレス台に寝てバーベルを上げてたらしい。ところが手を滑らせたんだろう。バーベルのシャフトが井波の頸部に落ちたようだ。首の骨が折れている上に、気道に血が詰まって窒息してる」

「そんなに重いバーベルなんですか？」

「百六十キロだから重いなんてもんじゃない。まあ一見して鍛えてるのが分かる男だから、無茶な重さではなかったのかもしれんがな」

「いつ頃、死んだんですか？」

「昨夜の十一時頃に物音がしたと、下の人間が言ってる」

「何か怪しい人間がいたとか……」

「いや、音を聞いたという話だけだ。まあ、そういうことだから」

「鍵はかかってたんですか？」

「事務所と続きになってるんだから、鍵がかかってなくてもおかしくないだろう。君は何か勘違いしてるなあ。事故だよ、事故。それとも、そうじゃないという理由でもあるのかい？」

「いえ、そういうわけじゃないんですけど……」

「じゃあ、もう帰ったほうがいい」

「はあ……」

「今度、また稽古に呼んでくれよ。望月女王も留学で身体が鈍《なま》ってるだろうから、俺でも勝つチャンスがありそうだ」

最後は肩を押されて強引に追い返されてしまった。仕方なく、来た道を戻る。

しかし……いったい、どういうことだ。

百六十キロのベンチプレスなど、日頃から相当鍛えている人間でないと上げることはできない。並みの男では五十キロと上げられやしないだろう。

「井波はたぶん、ボディビルダーか、かつてボディビルダーだったんでしょうね」

志織が言う。彼女も私と同様に、情報の断片から井波という人間を思い描いているのだ。

「そうね。花塚とは古い知り合いだっていうから、花塚と同年齢くらいで、ボディビル仲間だったのかもしれない」

「趣味が高じて薬の通販を手がけるようになった……」

「うん」

「だけど、本当に事故なんですかね？」

「それよ。井波にとって百六十キロのベンチプレスは限界値に近い重さだったんだと思う。だからこそ支え切れなくなって落としてしまったのよ。だけど問題は、そんな重さのものをなぜ一人っきりで上げてたのかってことよ。普通、それほどのバーベルを上げるなら、サポートの人間をかたわらに置くわよ」

「先生……もし誰かがそばにいたとしたら？」

井波のそばに誰かいたとしたら、その人間はなぜ、井波を助けなかったのか？　なぜその場から姿を消したのか？

見当もつかない。

23

シンジは夜の池袋を歩いている。

ときに人の波に乗りながら、ときに人の波に逆らいながら、気持ちの昂ぶりを確かめるように歩く。

渋谷は刺激的な街だが、池袋も悪くない。

腐った眼をした、欲望丸出しの人間が多い。

渋谷、新宿、池袋……街の違いを得意顔に語る連中がいる。

違いなどありはしない。

同じだ。

同じような顔をした人間たちが、同じように酔っ払って甲高い笑い声を上げている。

身体も精神もまったく鍛えようとしない弱者たちが蠢《うごめ》いている。か細い、折れそうな腕を見せて強がっている。

なぜ、そんな弱々しい肉体のまま無防備でいられるのか、分からない。

シンジは裏通りに入る。

どの街でも人の少ない裏通り、やや暗い道にぽつんと灯る小さな明かりの下に不要な人間がつく。

弱い動物は群れからはぐれてしまう。

それでいて、自分が弱いことに気づいていない。

草原の中、呑気に草を食《は》んでいる。

自分が狙われていることに気づいていない。

強者の餌食になる瞬間まで強がり続けるだけだ。

通りの遥か奥に派手なネオンが集まっている。ホテルの明かりだろう。

そこに比べると、シンジのいるあたりはかなり暗い。街灯がところどころ点《つ》いているくらいだ。

二十メートルほど先に男が立っている。小さな街灯の下だ。

シンジはおかしくて吹き出しそうになる。

やっぱりいた。

ひょろりとして弱そうな男だ。顔つきからして、日本人ではないようだ。中近東か、中南米か知らないが、そのあたりから来ているのだろう。

シンジはその男の遥か先へ視線を移した。

ホテル街の入口あたりを、男が一人横切っていくのが見える。ダブダブの服。若そうな男だ。

シンジは東京ローズの帽子を目深にかぶり直す。遠くの男に視線を向けたまま、静かに歩を早める。

少し歩いたところで痩せた外国人の男がシンジに近寄ってきた。添うようにして一緒に歩き始める。

何の用だ？

シンジは不快になる。そしてさらに歩を早める。

あの若い男を見失わないように気をつけなければ……。

「サガシモノ？」

外国人の男が問いかける。

探し物？

シンジはちらりと振り返る。男は無表情で視線をせわしなく動かしながら追ってくる。

「ナニ、サガシテル？」

何、探してる？

ぶちのめす相手だ。

「クスリ、サガシテル？」

薬、探してる？

「イイクスリ、アル」

いい薬、ある。

いい薬？　何だ、それは。

どうせ弱者が現実逃避するための薬だろう。

そんな薬よりいいものを知っている。

シンジは歩くのをやめて、振り返る。野球帽のつばの下から男の汚い歯が見える。

男の肩越しに人の気配を窺う。誰もいない。

「クスリ……」

男が再び話しかけるのを、シンジは彼の右腕を摑むことで制した。男の身体が瞬時に強張る。

——やめて。

シンジは右肩を引き、右足を振り上げる。右手を男の顎目がけて突き出す。右足を引いて男の足を刈る。

顎を突き上げられた男は小さく呻いた。そしてその声は彼が後頭部からアスファルトに落ちた瞬間に止んだ。

一本。

シンジは軽やかなステップで二、三歩後ずさりする。男の唾液が付いた右手を服で拭き、横にずれた帽子をかぶり直す。

馬鹿な男だ。

ぶちのめされるまで、この男はそれに気づいていない。

——間違ってる。それは間違ってる。

シンジは無性に走りたくなった。

身体が軽くてしょうがない。足がバネのように弾む。

身体が熱い。

また、ぶちのめしてやった。

——なぜ気づかないのだ。冷静に考えれば、自分の過ちが分かるはずなのに……。

24

我々の中で一番驚いたのはどうやら絵津子のようだ。

「そんな……」と言ったきり、絶句している。

「ねえ、堀内さん。昨日の花塚ジムじゃあ、誰も話題にしてなかったの？」

私の問いにも首を振るだけで、やや間があってから言葉が出てきた。

「してませんよ。普段と変わりありませんでしたし」

今週はほぼ毎朝続いている串田研究室での会議だが、彼女がこれほど表情を変えたのは初めてだ。無理もない。せっかく摑みかけたドーピング・コネクションがプッツリと切れてしまったのだから。

「しかしさあ、バーベルに首を挟まれて死ぬなんてボディビルダーとしては本望だよね。柔道家が畳の上で死ぬようなもんでさ」

深紅だけが相変わらず緊張感のないことを言っている。

「何で柔道家の本望が畳の上で死ぬことなのよ？　それはご老人が言うような台詞でしょ」

「もちろんね。その場合の意味は、どこかの道端で行き倒れになって死にたくないってことよ。そうじゃなくて私が言いたいのは、柔道家ならそこで死ぬことを本望とするほど、畳に対して特別な、神聖なる思いを持ってるんじゃないかってことよ」

「そりゃ、神聖な思いは持ってるわよ」

「いやいや、どうですか」深紅は私に嘲笑を送った。「今の反応を見ると、そうは思えないわねえ。だいたい、柔道場の畳って下にスプリングが利いてる上に表は化学繊維が張ってあるでしょ。匂いもないし。あれって畳である必要はあるのかなあ。マットでもいいんじゃゃないの。実際、マットを敷きつめて作る柔道場もあるっていうしね。どうせなら派手な柄のマットよ。花柄とかね。で、選手は昆虫の頭をデザインした帽子をかぶって闘うの。アリさんチームとか、カマキリさんチームとか……人気出るわよお」

また柔道転覆家の演説が始まった。志織も絵津子も呆れて苦笑している。

「あのね、今はそんな話をしてるんじゃないでしょ」

「え？　何の話だっけ？」

これだ。

「私、一つ引っかかることがあるんですよ」絵津子が話を戻す。「鶴田さんが持ってたような通販のリスト。事務室のどこを探してもないんですよね。ほかにもダイナミックスや井波に関するものはなぜか見当たらないんです」

「全然ないの？　マンボ鶴田はインストラクターからもらったって言ってたから、ないはずはないわよね」

深紅も腑に落ちない様子で腕を組む。

「一つだけ、あるにはあるんですけどね」と絵津子。

「何？」

「登記簿謄本です。人目を盗んで一瞬だけ社長室に入ったんですけど、そのとき書類棚にあったのを偶然見つけたんです」

「あんた、危ない橋を渡ってるねえ」さすがの深紅も呆れている。「で、井波の名前があったの？」

「ええ、取締役に名を連ねてました。どうやら歳も近いし、共同経営者だったんじゃないかと思います。ただ、彼は七年前に辞任してますね。そのあたりを前後して薬を扱う仕事に移っていったんじゃないでしょうか」

「もしかして井波は花塚に消されたんじゃないの？」

深紅がぽつりと言う。

「どうして花塚に？　理由は？」

「いや、分からないけど」

「当てずっぽうか」

何たるいい加減なブレーンだ。

「でも、私もそんな気がします」志織が深紅に同意する。「二人とも私にとっては知らない人間ですから、勘にしか過ぎませんけど」

「時間的には合うんですよね」絵津子にとっても、深紅の意見はまんざらでもないらしい。「ジムは九時半に終わりますし、十時には従業員も含めて全員退社しますから、十一時に要町は余裕ですね」

「いつも花塚が最後？」

「だいたいそうですね。一度、花塚が留守だったことがあって、そのときはインストラクターが戸締まりしてました。私も何とか最後までいようとしてるんですけど、バイト一人残るわけにはいかなくて」

「そりゃそうよね。バイトなら鍵だって持ってないし」

「いや、鍵のほうは合鍵作りましたから。いざというときはいつでも」

絵津子はこんなこと何でもないというように、鍵をクルクルと指で回してみせた。

一同、感嘆の声を洩らす。

「問題はなぜこの時期に、どんな理由で花塚が井波を消したのかですよね」

「この時期に？」

この時期とはどんな時期だ？

少なくとも花塚ジムには何ら変化のない時期だ。変化を来しているのは薬物問題に揺れる柔道界だけである。

柔道界を揺るがす薬。薬を扱う井波の死。この二つを「時期」というものだけで結びつけていいのか？

やはり、ドーピング・コネクション以外にこの二つを結びつける決め手はないはずだ。それを見つけない限り、花塚も井波も見当違いの対象にしかならない。

25

「堀内さんっていい度胸してるよね」

「そうですよね」

総合体育館のロビーを志織と二人で歩く。

「ああいうのも一種の才能だよね。どう？　同じ四年生として」

「脱帽ですよ」志織が苦笑する。「彼女、講義でも一番前に座ってるから、ある意味目立つんですよね。前はよくやるよって思ってたけど、ああいう強さは真似できないな」

「角田さんには角田さんのやり方があるわよ」

「そうですね」

「別に褒めるわけじゃないけど、かなりいい感じで仕上がってきてると思うよ。集中力も持続してるし、技も切れてる。余裕さえ感じるわよ」

志織は照れもせず、自信に満ちた眼を私に向けた。

「明日、頑張ります」

「そうね。頑張ろう」

合宿中に行われる選考試合の大切さは彼女に十分過ぎるほど伝えてある。最後で最大のチャンスであると。

合宿は今日の夕方から行われる。今夜は二時間ほどの練習とミーティング。明日、明後日は選考試合が行われる。

ここ数日の調子を見る限り、志織は精神的に崩れなければかなりの期待が持てる。逆に言えば、ここまで来れば精神力に頼るしかないということだ。それほどメンタルというものは、このような大一番で重要なウェイトを占めるようになる。

志織はもともと闘志を表に出すタイプではない。内には秘めているのかもしれないが、闘志などは黙っていてもにじみ出てくるほどでないと十分とは言えない。迫力となって誰にでも分かるほどでないと、相手を精神的に圧倒することなど無理である。

ただ、闘志の大部分は「集中力」という別の精神力によってカバーできる。彼女は集中力に関しても問題が多かったが、このところは安定度を高めている。今まで素質、才能というもので勝負してきただけに、やってみなければ結果は分からないというところがあったが、今回はその点でも期待できると思っている。

不安があるとすれば私自身だろう。個人競技の上に、学生など精神的に独り立ちしていない年齢の選手は、どうしてもコーチの支えを必要とする。女子は選手の数も少ないので、なおさらコーチとの結びつきが強くなる。コーチが選手と同じ目標に向かっていないとき、不安を感じているとき、集中力が欠如しているとき、選手はそれを敏感に感じ取る。

志織一人に集中できるなら話は簡単だ。しかし合宿中、杉園や吉住に注目しないわけにはいかない。来週中には野口に最終判断を報告しなければならないだろう。

自信がない。

けれども、今それを表に出してはいけない。志織がそれを感じ取れば、彼女自身に対する不安と受け取られかねない。

時間が解決してくれるのだろうか。

「あんた、望月篠子？」

不意に声をかけられた。

声の主は柔道場の扉近くの壁にもたれていた。二十歳前後の若い男で、長い髪を赤茶色に染めている。体育学部の学生にはあまり見ないタイプである。ルーズな服に隠れてはいるが、ひどく痩せていて顔色も悪い。たった今、地獄から這い上がってきたような風貌である。

男は眼を細めて私の顔を確認しながら近づいてくる。歩き方のバランスが悪い。足を痛めているのか、腰がうまく回転しないのか、とてもつらそうに歩いてくる。

「望月篠子だろ？」

酔ってでもいるように、発声がよくない。

「そうですけど、何か？」

まったく事情が呑み込めない私は、一歩後ずさりして答える。

「話がある。重要な話が」

「どんな話？」

男は志織をちらりと見る。そして私を睨みつける。

「あんた一人に話す」

あまり関わらないほうがよさそうだ。

「申し訳ないけど、私はあなたがどういった関係の方かまったく知りませんし、何の話か分からない以上、個人的にお話しすることはできません」

「野口久から聞いてねえのかよ。重要な話って言ってんだろ」男は苛立った声を上げる。

「野口さんから？」

「あなたねえ」志織が一歩前に出る。「まず自分の素姓を明かしなさい」

彼女は口調こそ静かだが堂に入った迫力があり、男は気圧《けお》されたようだった。泣きそうな顔になっている。

「何だよ。どいつもこいつも逃げやがって。警察に行ったっていいんだぜ」

私は志織と顔を見合わせた。

とりあえず落ち着かせたほうがいいようだ。危害を加えるようなタイプではないらしい。

「分かりました。じゃあ、ちょっと私の部屋で話を聞きましょう」

私は目の前にあるコーチ室のドアを開け、男を招き入れる。

「角田さん、練習始めてて」

「でも……」

相手が素姓の知れない男ということで、志織はまだ心配してくれている。

「こっちは大丈夫だから」

私は無理に笑い、部屋のドアを閉めた。

「どうぞ、そちらに座って」

男をパイプ椅子に座らせ、私の缶コーヒーを紙コップに半分注いで机に置く。彼の視線は私の顔と宙のどこかを往復している。落ち着かない様子だ。

「それで……あなた、自分の名前は言いたくないの？　別に名字だけでもいいんだけど」

「……尾上《おのうえ》」

名前を聞いてもピンとくるものは何もない。

「じゃあ、話を聞かせてもらいましょう」

「五千万円だ」男は唐突に言う。

何のことかさっぱり分からず、私は口を開けたまま、次の一言を待った。

「治療費、慰謝料、口止め料、合わせて五千万。それ以下は絶対認めねえ」

「ちょっと待って。私は野口先生から何も聞いてないのよ。初めから話してくれない？」

「本当に聞いてねえのか？」

尾上は怪訝な顔をする。

「いつ野口先生と話したの？　昨日、今日のことだったら、私も先生も暇な身じゃないから伝わってないかもしれないけど」

私の質問に彼は答えなかった。私に上手を取られないように、会話の先々を必死に考えているのがありありと分かる。

「あんた、俺に五千万払うかどうか、決められるのか？」

「私が？　決められるわけないじゃない」

あまりに答えやすい質問で、笑ってしまう。

「野口がどういうつもりで望月篠子に話せと言ったか知らねえけど、俺はとにかく五千万を出すかどうか決められるやつとしか話さねえ」

「あいにくだけど、私はもちろん、野口先生だろうと、あるいは全柔連の幹部だろうと、誰かの一存で五千万なんてお金は出せやしないわよ。日本柔道がどれだけ貧乏か知ってるの？　全柔連の仕事だけで食べていける人なんていないのよ。みんな本業を持ってて、そちらで生活費を捻出してるんだから」

この件に関しては言いたいことは山ほどあるが、それをいちいち彼に話したところで始まらない。

「尾上さん、さっき、治療費とか慰謝料とか言ったわね。それはどういうことかな。柔道選手の誰かがあなたに対して何かをしたってこと？」

尾上は頬を引きつらせて息を吐き出した。それはつまり、声にはならなかったが「ああ」と言ったのであるらしい。

「足がよくないようだけど、それも関係あるの？」

「危うく半身麻痺になるところだったんだ。殺人鬼みてえな野郎だよ。一億だって高くはねえ」

ちょっと普通の話ではないことに、私はようやく気づいた。野口から回ってきたということに特別な意味を感じる。吉住や杉園に関わる話ではないのか？

尾上は立ち上がった。

「あんたに話してもしょうがないらしい。もう一度、野口に会うしかねえな」

「野口先生には何回話しても同じだと思うわよ。忙しい人だから、あなたの話の重要性を考えるまでにも至らないわ」

「じゃあ、どうしろって言うんだ？」

「もう一度月曜日、この時間にここへ来てくれない？」

興奮気味の彼に、私は努めて冷静に言う。

「それまでに野口先生から話を聞いておくわ。それで、今後は誰がどうあなたに対応するかを伝えますよ。誰が対応しても即決できる話じゃなさそうだから、どちらにしても多少の時間はかかるものだと承知しておいて。いい？」

「変な動きはするなよ。俺の口を力ずくで封じたって、話に通じてるツレがちゃんといるんだからな」

「何もしないわよ。全柔連をどんな団体だと思ってるの？　私自身の考えでいけば、選手の中に暴力行為を犯した者がいるとすれば、刑事事件として警察にすべてを委ねるのが一番だと思いますよ。ただ、話の内容がまったく分からないから、そういう判断も含めて今の段階では何も決断することはできないということなんです。だから月曜日にもう一度来て、ね？」

尾上はやっと緊張を解いたらしく、表情から引きつりが取れた。そして小さく頷く。

「分かったよ。月曜日に来る」

26

野口が前に立つと、めいめい好き勝手に座って練習後の気だるさに包まれていた選手たちに、軽い緊張感が流れたのが分かった。

「すでに連絡はいっていると思いますが、明日から二日間、オリンピックの代表選考会を行います」

　選手七十人、コーチ二十人が集まっているのは、多摩学の総合体育館にある中でも一番大きなセミナー室だ。選手は男女の強化指定選手から各階級五人ずつが選抜されている。すでに狭い柔道場で二時間ほど、芋を洗うような打ち込みや投げ込みが行われ、食事も終わっている。あとは風呂に入って寝るだけということで、しばしくつろぎたいところだろうが、そうはさせないというのが合宿である。我々コーチ陣も部屋の後ろに固まって睨みを利かせている。

「こういう形でオリンピックの選考会を行うことは、ほかの競技では珍しくありません」

　野口の口調はあくまで穏やかだ。

「今まで柔道は主要大会と選考会を兼ねていましたが、今回は四月の全日本体重別がレベルの低い出来であったこともあり、急遽このような場を設けることになりました。したがって六月末の白鳳杯は選考対象に入りません。その前に代表を発表することになります。

　もちろん、この選考会の結果がそのまま代表の決定に直結するということではありません。ですが、君たちにとって代表へのアピールの場としては、最大で最後のチャンスだということは確かです」

　セミナー室の中は徐々に緊張感が高まっていく。

強化指定選手なら誰もがオリンピック出場を選手生活の総決算として考えているだろう。その切符を明日、明後日の成績次第で手にできるかどうかが決まるとなれば、緊張するなというほうが無理だ。

杉園が後方の列の右端に座っている。身体を横に向けて壁にもたれるようにして座っているので、後ろからでも彼の顔が見える。この場にあって彼の表情にはかなりの余裕が感じられる。ちょっと斜に構えたような態度は自信から来ているのか、それとも虚勢を張っているのか。ただ、様子を見ていると、時折離れたところに座っている吉住のほうに視線をやるのが分かる。

吉住は一番前の左端に座っている。前を向いているが、顔の角度からして野口を見ているとは思えない。杉園は関武大の仲間と一緒にいるが、吉住の隣には誰もいない。一人別世界にいるようだ。

「代表の選考にあたっては、これまでの成績は半分と考えておいて下さい。昨年までの実績を二割、今年の主要大会での成績を三割。そして今回の選考会の成績には同じく三割程度のウェイトを置きます。残りの二割については今年の主要大会、及び今回の選考会における内容を見ます。積極性、しぶとさ、スタミナ、外国人に対する相性……そういったものを我々コーチ陣はチェックしています。

主要大会を軒並み制している選手であっても決して気を抜かないで下さい。極論すれば、その選手より国際試合に通用すると判断した選手がいれば、そちらを代表にするということだってあり得るということです。今回の選考会では強化、指定の枠にとらわれず、各階級五人の選手を選抜しています。強化選手だろうが指定選手だろうが、代表入りの可能性がない者はこの場にいないはずです」

野口が話していることは、菊原や女子ヘッドの江藤はもちろん、担当コーチあたりには申し送りしているのだろう。強化部の方針や計画は当然野口からのトップダウンで決まっていくのだが、それは菊原を通った時点で確定することになる。全柔連の上層部を別にすれば、菊原以外に野口に対してクレームをつける者など存在しないからだ。

菊原は野口を圧倒することこそできないが、明らかに一目置かれている。野口も菊原をある程度立てないと、柔道界が回っていかないと思っているのだろう。

「選考会では一日に一人二試合ずつ、二日間で四試合、同じ階級の選手と対戦してもらいます。ルールは国際大会のルールで。道衣も連絡した通り、白と青を使います。また、消極的な選手はどんどん反則を取ります。反則負けは一番致命的な減点になると思って下さい」

志織は部屋の右側、女子がかたまっている一角に座っている。神妙に野口の話を聞いている、ように見える。

女子の七十八キロ級はここ二年以上、国際大会で表彰台の中央に立った選手はいない。志織が一年のときに福岡国際を制して以来、いないのである。国内大会では実業団の羽田典佳《はたのりか》が安定した活躍をしているが、彼女は可哀想なほど国際大会で結果を残せていない。今夏のオリンピック出場枠もこの階級は危うく逃してしまうところだった。今回、志織が羽田に勝つようなことがあれば、代表の行方はまったく分からないと言ってもいい。

ただ、強化チームに入れば、自分の教え子を表立って特別扱いすることはできない。菊原だろうとそれは同じである。でないと、強化部が成り立たない。

かといって、まったく公平にやっているかというと、これも疑問である。どうしたって自分の教え子に目が行ってしまうものである。この場合、コーチは誰に言っているでもないような言い方でアドバイスを送ったりする。「さあ、気合入れて！」とか「まだ時間あるぞ！」などというのは、とりあえず試合をしている両者に対して言っているように聞こえる言葉であるが、コーチ自身はほとんど自分の教え子に向かって言っているようなものだ。具体的な指示を与えられないもどかしさはあるが、力づける意味ではコーチの声を聞かせるというのは有効なのである。

野口は一通り説明を終えると、場を菊原に譲った。こういうときの菊原はひたすら気合を入れる役目を担っている。

「男子ヘッドコーチの菊原です」

太った男にありがちな、くぐもった声を出す野口と違って、菊原は腹式呼吸のお手本のような声を出す。試合場でも彼の声は一際よく通る。

「男子だけでなく、女子も含めていくつか話をしておきたい。まず……」

声を一段と大きくし、選手を右から左へと睨み渡した。

「君たちの中で、この時期になってまだ緊張感のない者が、かなりの数、見受けられる。今日の稽古はいったい、何だ？　なあ！　君たちがやっているのは形だけじゃないか。実戦でそんなものが役に立つのか？　あ？」

今日の練習が本当に形だけのものであったかは関係ない。どういう練習であろうと、菊原は同じ言い方をしていただろう。

「本来ならオリンピックの代表選手はすでに決まっている時期です。しかし今回に限っては、ぎりぎりまで選考を遅らせようという方針でやってきた。ここ数年の日本柔道の不振。それを打開するために、もっと国内での競争を活発にしたいという狙いがあるからなんだ。オリンピックがあるたびに『お家芸の危機』などと言われるのは、もう我々もたくさんだ。今度こそ半分以上の階級で金メダルを取って、世間をあっと言わせてやりたい。日本スポーツ界は柔道におんぶに抱っこだと、それくらい言わせてやりたい。

だが、現実はどうだ？　君ら、死んだ魚のような眼をしているやつばかりじゃないか。競争のある階級を探すほうが難しいくらいだ。ほとんどの連中はもうあきらめてるんじゃないのか？　なあ？

我々の意図がまったく理解されてないんだよ。このままじゃ、金メダルなんて一つたりとも取れやしないだろう。今の時点では全員失格だぞ。野口部長の話にもあったように、いくらこれまでの成績がよくても、メダルを狙えないような選手はいらないんだ。オリンピックの出場権というのは、これまでの成績に対するご褒美じゃないぞ。我々選考する側も日本柔道を背負ってるんだ。この期《ご》に及んで目の色の変わってない人間に任せられるわけがないだろう……」

コーチになってみると、菊原のようにハッパをかけられるのも特異な才能であることが分かる。理詰めで技術的なアドバイスをするほうがよほど楽だ。私なら相当気分が昂ぶっていない限り、こんなスピーチはできない。

菊原の話を聞いているうち、いよいよ選手たちの正念場なのだと実感が湧いてくる。

我々コーチも休む暇はない。このあと、私は宿泊室の部屋割りについて説明を行わなければならない。野口、菊原、江藤までは個室を割り当て、残りのコーチ、そして選手全員については相部屋に押し込むことになっている。

しかし、コーチ陣はその部屋に入ることもいつになるか分からない。対戦順序の確認と現場の進行に関する役割分担の確認をしなければならない。さらに急遽決まった合宿のため、審判が必要数確保できなかった点をどう対処していくかも話し合わねばならない。

夜半まで部屋に戻ることはできないだろう。

この合宿中、いつ尾上の話を野口にできるのかさえも分からない。

27

早朝から空がすっきりと晴れ上がった。高台にある総合体育館の窓からは、東の方角に新宿の高層ビル群まで見渡せ、その手前には多摩川がきらきらとして横たわっている。あのほとりでも歩けば、さぞかし気分のいい土曜日となることだろう。

だが、今日一日はこの体育館に詰めているので、天気などまったく関係ない。実際、気にも留めていない選手がほとんどに違いない。

一面しかない柔道場に選手七十人はいかにも多いので、選手たちには各々の試合順及び対戦相手を伝え、自分の番が来るまでは宿泊室なり、トレーニング室なり、自由な場所で調整してもらうことになっている。

一日七十試合は生半可な数ではない。普通の大会では複数試合を多面の試合場で同時に行うが、この選考会は一試合ずつをじっくり見るのが目的でもあるので、準備や休憩も含めれば八時間は優にかかるだろう。今日一日の中での調整も選手にとっては重要なポイントとなる。

小田島始め、全柔連のお偉方も朝早くから姿を見せている。試合場の正面に椅子と机を並べてお茶を出したのは私だった。試合は九時半から始まるにもかかわらず八時からやってきたNHKのニュースカメラのスペースを作り、野口や菊原へのインタビューをセッティングしたのも私だった。

小田島は私から雑用を免除するような話をしていたが、実際には何も変わっていない。私はごく当然というように仕事を押しつけられている。

極めつきは審判の問題である。今日は講道館で審判委員会が、明日は日本武道館で全国警察選手権がある。私の交渉力が足りなかったのか、A級審判を三人しか派遣してもらうことができなかった。この三人に七十試合やってもらうのも酷なので、主審を交代でやってもらい、副審はコーチ陣の誰かが担当することになっている。

私の失態と言ってもよかったが、野口や菊原あたりからは逆に歓迎されてしまった。どのみちコーチ連中は暇なので、仕事があったほうがいいということだろう。それはいいのだが、なぜか私はコーチ陣の中でも一番多い十七試合を担当することになってしまった。時計係も合わせれば異常な仕事量だ。

杉園の試合と吉住の試合の副審も務めることになっている。十二番目に行われる杉園の第一戦、四十二番目に行われる吉住の第二戦だ。ともに相手は八十一キロ級ナンバースリー、指定選手の川部《かわべ》智康《ともやす》である。吉住の第一戦、杉園の第二戦はそれぞれ山岸、遠田という選手だが、実力的には川部より劣る。アクシデントでもない限り、結果は固い。

主要な対戦は二日目の第二戦に集中している。杉園と吉住の対戦も二日目の第二戦に組み込まれている。四十五番目だ。

二日目の四十番目には志織対羽田典佳の対戦がある。志織は必ずしもこのクラスのナンバーツーというわけではないのだが、菊原が当初二日目の第二戦として予定されていた神戸《かんべ》美代《みよ》対羽田典佳を二日目の第一戦にねじ込んでしまったため、志織対羽田が第二戦に移されたのだ。神戸美代は羽田と同じ強化選手で、関東武芸大出身である。菊原の真意は分からないが、たぶん、神戸はスタミナに問題があるということで、一戦目に勝負を懸けることにしたのだろう。

志織はどちらかといえばスロースターターなので、二日目については問題ない。が、神戸対志織を菊原は一日目の第一戦、五番目に持ってきた。志織はこれを越えねば混戦から抜け出せない。重要な試合である。

「望月四段！　七番までの選手は常に近くに待機させとけ！」

遠くから菊原の声が飛ぶ。

中の仕事をしていないとき、私は道場の入口に立って、試合の近い選手が来ているかどうかをチェックする。柔道場につながる通路の突き当たりにちょっとしたロビーがあり、椅子がいくつか置いてある。試合が近い選手はそこに来ているように伝えてある。四番前までの選手は柔道場に入って左右に分かれ、座って試合を見ながら自分の番を待つ。

「望月四段！　五人ずつ入れろ！」

試合場の正面を前にして、主審を挟むように野口と菊原が立っている。彼らは全柔連幹部と一緒に、評価に専念することになっているが、一試合目は儀礼的に副審を務める。

私はロビーのほうを向く。何だか足が宙に浮いているようだ。

いよいよ始まる。

「始まります！」

手を叩いてロビーの選手を呼んだ。

「工藤さん、今井さん。吉岡君、村井君。山田さん、進藤さん。西本君、立野君。神戸さん、角田さん」

私は前を通る選手たちの背中を叩いて、柔道場に送り出す。

「さあ、頑張っていこう！」

志織と目が合う。厳しい眼をしている。

頑張れ。

私は志織の背中を二回叩いて送り出した。

28

「第五試合。女子七十八キロ級。白、神戸美代。青、角田志織」

正面に並んだロングテーブルの端で、女子ヘッドの江藤が小さなスピーカーセットを使ってアナウンスする。一見、報道陣向けのサービスのようなアナウンスだが、普段強化合宿などに顔を見せない連盟幹部の中には指定選手あたりの顔と名前が一致しないのではという意見が打ち合わせで出され、念のためにこのようなアナウンスをすることになっている。

志織と神戸が立ち上がり、ゆっくりと中央に歩み寄る。

入口に突っ立っていた私も、思わず二歩、三歩と中へ進み入る。

「彼女、いい感じじゃないっすか？」

隣を見ると杉園が立っていた。余裕の表情で笑みさえ浮かべている。

「どこを見て、そう言えるの？」

「顔ですよ。気合が入ってる」

「それじゃあ、いい解説者にはなれないわね」

「そうすか？　端的にして簡潔ですよ」

「杉園君、他人を観察してる余裕はあるの？　川部君は甘くないわよ」

「俺は今日と明日で一試合だけっすよ」

一試合だけ。吉住戦だけということか。

杉園は以前、吉住に敗れたのは油断したためだったと言った。今日のこの状態は油断ではないのか？

ドーピングをやっていても勝負に勝てるとは限らない。ふと、杉園や吉住が川部に惨敗したら、と思う。

私の重荷は一気に取れるだろう。

彼らが川部に惨敗したら……。

しかし、それも何だかやるせない。

場内が静寂に包まれる。

志織と神戸が試合場の中央で一礼する。

「始め！」

内藤主審の力強い声が響いた。

「しゃあ！」

神戸が両手を上げて気合を入れる。志織より背丈はないが、肩幅があり男勝りの風貌である。見かけによらず試合巧者だ。

「おう！」

志織も左へ軽く回りながら、負けじと声を出す。

「さあ、攻めていこう、攻めて！」

私も声を張り上げる。試合が始まればコーチ陣や控えの選手からも次々と声が飛ぶので、私のかけ声などそれほど目立たない。志織の耳にだけ届いてくれたらと思う。

神戸が両手を使って志織の前襟を取りにくる。彼女が引き手より釣り手を最初に欲しがるとは珍しい。しかも上体をやや丸めている。自ら進んで上背のある志織の懐に入っていく格好になる。

神戸の奥襟ががら空きだ。

志織は上から手をかぶせるようにして奥襟を取りにいく。

神戸の身体が沈んだ。志織の手が空を切る。

罠だった。

気づくと志織の身体は棒立ちになっていた。美味しい奥襟を見せられて、志織も引き手を取っていなかった。

神戸は思い切り屈み込んで、ラグビーのタックルのように志織の両足を刈る。

双手刈り。

堪えたら負けだ。少しでも我慢したら一本取られる。正解は自分から倒れること。そして倒れるときに身体を捻ってうつぶせになること。

「おうしっ！」

神戸の声とともに、志織の身体が畳に崩れ落ちた。

身体は捻っている。

内藤主審が小さく右手を上げる。

「効果！」

助かった。

志織はうつぶせに倒れたまま、寝技の防御姿勢に入っている。

「待て！」

神戸が寝技をあきらめたのを見て、主審が止めた。

冷や汗が出る思いだ。

「始め！」

今度は神戸のほうから距離を取り、志織が組もうとするのを嫌って動く。

神戸は女子選手の中でもかなり狡猾な柔道を見せる一人だ。双手刈りや朽ち木倒しなど意外性のある技が多く、巴投げが飛び出すこともある。動きを止めてしまえば勝機も十分あるが、その動きがなかなか止められない。

志織がほとんど技を出せていない。神戸は不十分な組手からでも足を飛ばしたり、絡めたりしてくるので、攻めている印象がある。志織は組手がしっかり取れないとウドの大木と化してしまう。小技はあまり使いたがらないのだ。当然、印象はよくない。

「待て！」

主審が試合を止め、志織に「指導」を与える。神戸のペースだ。

「落ち着いて！　落ち着いて！」

私が声援を送ったところに、若尾が振り向いて冷たい視線を飛ばしてきた。ちょっと偏《かたよ》った言葉だったたか。

「始め！」

神戸が志織の右袖と横襟を同時に摑み、速い動きで体落としに入る。「せいっやっ!」

志織が神戸の組手を切って覆いかぶさる。神戸はそのまま腹這いになって寝技の防御に入る。

「待て!」

かけ逃げだ。どうも組手を取ったのが速過ぎると思ったが、浅くしか取っていなかったのだ。最初から投げるつもりなどなかったとしか思えない。しかし巧妙なやり方で、断言はできない。神戸の柔道をよく知らない者なら見過ごしてもおかしくない。

「始め!」

激しい組手争いの末、神戸が前襟を取る。そして……。

志織も奥襟を取った。がっちり摑んでいる。いい位置だ。

よしっ。行け。

そう思った瞬間、神戸が右手を志織の前襟から左袖に移し替え、左から内股を入れてきた。

志織が奥襟を取った右腕を突っぱねて、それを潰す。いや、神戸自身から潰れたように見えた。

「待て!」

かけ逃げだ。しかも今度はかなり見えすいている。

内藤主審が二人を立たせ、中央に戻す。神戸のかけ逃げに「指導」が入るかもしれない。そうすれば反則に関しては五分になる。

主審が半呼吸置いたあと、志織のほうを向く。まさか……。

嘘だろう。

「注意！」

主審はクルクルと両手を回し、志織を指差した。「注意」は「有効」を取られたのと同じことだ。

神戸には……？

「始め！」

神戸には何もない。副審の異議もない。男子部のコーチ二人だから、神戸の手口が分かっていないのか。

何ということだ。

「あーあ、可哀想に」

隣で杉園が薄笑いを浮かべる。

「まあ、角田もまともに技をかけてないんだから、しょうがないか」

何をやってるんだ。何でもいいから繰り出さないと、あっという間に「警告」を取られる。

国際試合並みというガイドラインが強調されたことで、主審も技の数に対して神経質になっている。「警告」を取られると今度は焦りばかりが先に立って、技をかけ急ぐ。そうすると技が滑り、かけ逃げと見なされやすくなる。そんな流れで反則負けに泣いた選手はいくらでもいるのだ。

「どうした、角田！　攻めていかんか！」

江藤ヘッドから声が飛ぶ。ここまで不利になると偏った声援も何もない。私も彼の声に乗じることにした。

「大きくいっていいよ！　足を使って大きく！」

志織が奥襟を取ると同時に大外刈りに入る。しかし、かなり強引で神戸の足腰に揺らぎはない。

「そうそう。もっと大きくていいよ！」

同じ大外、内股、払い腰でも大きな動きの技と、足の振りや腰の回転をコンパクトにしてスピードをつけた技を練習してきた。後者のほうは吉住対杉園戦での杉園の技を参考にしたものだ。大きな技で攻めたあと、コンパクトな技に切り替える。同じ大外でも言わば緩急のつけ方で違う種類の技となり、意外に効果が大きい。それをやってほしかった。

神戸が再び体落としを仕掛ける。志織は釣り手を離しながら神戸の引き手を切り、踏み出した右足を大きくまたいでかわす。動きがよくなっている。

　神戸が続けざまに大内刈りを狙ってくる。志織は右足に重心を移しながら絡まった左足を落ち着いて外す。そして、そのまま神戸の左肩口を右手で摑むと、左から身体を回して反撃に出た。

　内股……違う。払い腰……でもない。

　神戸が志織の仕掛けをまともに受けて堪えようとする。

「入った！　入った！　入った！」

　私は思わず叫んだ。明らかに神戸は隙を突かれて、志織の技をかわし遅れている。

　志織の左足の裏が神戸の左膝に吸いついた。志織はそのまま左足を跳ね上げる。

　跳ね腰。

　巻くように身体を捻って、志織が左肩から倒れていく。

　神戸がその下敷きになって畳に落ちた。

「うおっしょいっ！」

　神戸が畳に打ちつけられると同時に私は声を上げていた。

「一本！」

　主審の手が高く上がる。場内がざわめく。

全柔連のお偉方が拍手している。

私はガッツポーズをする代わりに、拳を突き下ろしていた。

よおし！　よし！　よし！

志織が戻ってくる。顔は上気し、びっしょりと汗をかいている。呼吸が荒い。表情は硬いが、眼に力がある。大きな逆転勝利に気分が昂揚しているのが分かる。

「ナイス跳ね腰！」

志織の手を握り、もう一方の手で肩を叩く。彼女は我に返ったように私を見ると、歯を食いしばったまま笑顔を作り、小さく二度頷いた。

私も頷き返し、彼女を通路へ送り出す。

続いて神戸が戻ってきた。私は彼女の肩を軽く叩く。

「ドンマイ、ドンマイ。まだ一戦目よ」

浮ついていた。その気持ちを見透かされていた。神戸から突き刺さるような視線を浴びた。

彼女は私の手を払いのけて、早足で歩き去っていった。

まいった……。

杉園がニヤニヤと笑っている。

「『うおっしょい』だもんな。『うおっしょい』」

私は無視して、進行表に目を移す。

「杉園君、川部君。早く入って!」

「へいへい。じゃあ『うおっしょい』といくか」

まったくふざけた男だ。確かにそんなようなかけ声を口にしたかもしれないが、それで志織が勝てたというわけでもないだろう。誰が見ても文句のつけようがない一本だ。彼女の実力がいいタイミングで発揮されただけであり、それを神戸が防ぎ切れなかったということだ。

杉園と擦れ違うようにして若尾が近づいてきた。嫌な予感がする。

「ちょっと……」と、私を通路へ出す。

「はい」

「ずいぶんと今の試合、力が入ってたようだね」

大人しい若尾にしては珍しく気分を害している様子だ。

「そうですか?」

「大きな声が飛んでたじゃないか」

「声は常に出すように心がけてますので」

「臨時コーチだからって特定の選手に肩入れしていいことはないでしょう。大学対抗じゃない。強化部というのは世界を相手にする一つのチームなんだ」

神戸が関武閥だから若尾も怒っているのだろうが、言っていることは正論だ。ここは謝るしかない。

「私が至りませんでした。今後気をつけます」

これでは喜びも半減である。

少々気を落として道場に戻る。ちょうど試合場では、中央で青い柔道衣の選手が白い柔道衣の選手に内股をかけられ、空中遊泳をしているところだった。

鮮やかな一本だ。志織の試合が終わって間もないのに、もう次の試合も決してしまった。

白い柔道衣の男は仁王立ちになっている。

この男に比べれば、志織の集中力などまだまだかもしれない。

吉住新二。汗も流れていない。

29

川部智康は二度、この階級のトップに立ったことがある。若尾が現役の頃は一度も勝つことができなかったが、彼の引退後に川部はトップに立った。二十一歳の若さながら実質的に彼の絶頂期だった。翌年、すでに吉住という天才が注目を集め始めていたが、オリンピックの出場権は川部に転がり込んだ。しかしオリンピックでは二回戦で姿を消し、以後は吉住の後塵を拝することになる。

　二度目のトップはもっと短かった。一昨年、吉住が左のアキレス腱を切ったときだ。川部は二、三の国内大会を制し、このまま吉住が復帰できないのなら、次の五輪も彼かと言われたという。だが数カ月後、彼はあっけなく杉園というニューウェーブの前に屈してしまった。

　それからは階級を変えたものの、調整に失敗して体調を崩してしまったらしい。今年に入って階級は戻したが、強化選手から指定選手に格下げされている。

　重量級に多い大外、内股、払い腰といった技から、軽量級に多い背負い、袖釣り、体落としといった技まで一通り持っているが、切れそのものは平凡である。ただ、手数が多く受けが強い。ポイントを拾っていくタイプで僅少差の勝ちが目立つ。若尾に勝てなかった頃も、川部が若尾に一本負けした記憶は、私の中にはない。

「第十二試合。男子八十一キロ級。白、杉園信司。青、川部智康」

　江藤のアナウンスを聞いて、試合場の端に立つ川部は何度も何度も頬を両手で張って気合を入れている。唇の締まった気の強そうな顔に一段と険が増していく。

　反対側では、杉園がボクサーのように軽快なステップを踏んでいる。そして腰を捻りながら太腿を左右交互に上げ、さらには頭の高さまで足を振り上げる。それが終わると凄まじい勢いでその場駆け足を始め、五秒ほどでピタリと止めた。それでようやく準備が整ったらしい。私のほうをちらりと見たが、余裕の表情はさすがに消えている。

蛯名主審が副審席に座っている私と嶋田コーチに視線を送る。そして、両選手に出てくるよう促す。

厳粛な気分だ。副審とはいえ、注目の一戦のジャッジに加わるのだから、かなりの緊張を強いられる。

杉園、川部が中央に立つ。小さく一礼し、一歩前に出る。

「始め！」

「うおおう！」

「せいあぁっ！」

主審の声に続いて二人が怒号のような声を上げる。そして激しい組手争いの応酬。か弱い女性が相手をすれば、それだけで引きずり倒されてしまいそうな迫力だ。

「せいっ！」

先に十分な組手を得た川部がすかさず背負いに入る。いいタイミングだったが、杉園はこれをがっちりと受けた。岩のようだ。

川部の戻り際、今度は杉園の足払いが飛ぶ。川部は少しぐらついたものの、何とか体勢を立て直して逆に内股を狙う。杉園はそれをひらりと足を上げてかわす。硬軟自在だ。

川部が休まず攻める。払い腰。杉園にたやすく崩されたが、かけ逃げではない。

「待て」

主審が二人を立たせる。

「始め！」

組み際、川部が再び内股にいく。杉園がかわすところを右足で小内を払い、体重を預けながら朽ち木倒しへ持ち込む。

しかし、杉園はまったく崩れていない。倒れ込んだ川部を尻目に、勝手に中央へ戻っていく。まるで川部の一人芝居をあざ笑うかのような態度だ。

「待て」

蛯名主審が遅れて試合を止め、川部を中央に戻す。二人に上衣を帯の中へ入れるように命じる。国際ルールなので立ったままだ。それが済むと蛯名は杉園のほうを向き、手を回した。

「指導！」

川部の積極性が功を奏した。

川部は必死だ。代表入りに一発逆転を懸ける開き直った気持ちがストレートに伝わってくる。今の柔道はそういうタイプの選手にとって不利なルールではない。たとえ技が決まらなくても、相手より攻めていれば勝てるのだ。一撃必殺の技を持っている者であっても、機会を待っているだけでは勝てない。

杉園も本来は積極的に技を仕掛けるタイプのはずだが、彼はどう闘おうとしているのか。一撃を狙っているとしたら、その余裕が命取りになると忠告したいところだ。

「始め！」

川部が意気盛んに突っ込んでいく。「指導」を取ったことで一層積極性が増している。横襟を強く引き、右足を杉園の右足に外から絡ませていく。

大外刈り。少し浅いか。

ああ。

川部の上体が反り返っていく。

勝負は非情だ。

杉園はまるで川部と同時に大外をかけにいったかのような速さで、川部の大外を返してしまった。軽い既視感を覚える。杉園対吉住戦の吉住の大外返し。あれほど見事な返し技ではないが、松永が今ここにいたら、杉園と吉住にはもはや差などないと認めるのではないだろうか。

「一本！」

主審が手を高く上げる。私は「技あり」をアピールする。川部はさすがにまともには投げられていない。と同時に、あの吉住の大外返しと今の技を比べていた。

主審がもう一人の副審、嶋田を見る。嶋田も手を横に上げる。

蛯名は手を上に振って「取り消し」を合図する。

「技あり！」

訂正したあと、そのまま、手を下に向ける。

「抑え込み！」

どちらにしろ勝負の行方は変わりそうにない。杉園はすでに抑え込みに入り、袈裟固めを決めてしまっている。「一本」を告げられても「それまで」の声がかかるまで攻め手を緩めなかったのは褒めてもいいだろう。

川部は一、二度返しを試みたが、すぐに不可能を悟ったようだ。闘争心をなくした表情で天を仰いだ。

杉園はちらりと私を見た。笑ったように見えた。余裕の笑いか、それとも一本を決められなかった照れ笑いか……。

30

二階のセミナー室にコーチ陣が入ってくる。

「お疲れ様です。今、お茶を淹れますんで」

私は好き勝手に座っていく彼らの前に仕出し弁当を置いていく。

「望月四段は何だか嬉しそうだな」

菊原に弁当を届けると早速絡まれた。無表情なのが怖い。

「いえいえ。私はただ食べることが好きなだけで」

そう返してみたものの、あっさり無視された。

「角田はいいな。伸び悩んでたが、ここに来て一皮剝けそうだ」

「あの跳ね腰はよかった」女子ヘッドの江藤が口を挿む。「羽田も尻に火がついたな」

羽田典佳は第一戦、高校生の松谷相手に勝ちを拾ったものの、判定で辛うじて得た勝利であり、ポイントでは引き分けていた。

「羽田は昨日の俺の話を聞いてなかったのか？　自分は安泰だと勘違いしてるんじゃねえか？　でなきゃ、松谷相手にあそこまでもつれ込むわけがない」

「松谷さんも成長してきたんじゃないでしょうか？」

誰も反応しないので、仕方なく私が菊原の話を受けた。

「馬鹿言え。あんなの身体だけで、ろくな技が出てこんじゃねえか」菊原が鼻で笑う。「まあ、あのクラスは明日の羽田対角田次第だな。神戸は残念だが脱落だろう」

「神戸さんも羽田戦が残ってるじゃないですか」

「神戸が勝つってか？　そうしたらますます角田が有利になるだけじゃねえか」

やぶへびだった。もともと菊原には女子に関しての発言力はない。彼は無責任に雑談をしているだけだ。勝手に言わせておけばいいのだ。

「それより、男子の八十一キロも激戦ですねえ。吉住と杉園、どちらも決まったほうがそのまま金メダル候補だ。二人だけ別世界で、川部は置いてけぼりじゃないですか」

江藤も江藤で男子の話になると口が滑らかになる。彼は私のほうに顔を向けて話を続けた。

「そうそう、望月君。杉園の大外返し。あれが技ありじゃ可哀想だよ。確かに勢いはなかったけど、国際試合なら十分に一本だ」

「ああ……どうも、すいませんでした」

「いや、あれは判断としては悪くなかったよ」少し離れたところで弁当を食べていた野口が言う。「主審に任せっきりにしないで、どんどん自分の判定をアピールするのはいいことだ。

それに国際試合並みという基準も、消極的姿勢に対する反則についての話であって、技の判定まで甘くするということではないんだ」

「あんなので一本取っちゃうから、柔道も甘く見られるんだ。杉園もあれで終わりだったら気持ちが悪いだろう」

菊原が箸を振り回しながら言う。吉住のようにスパッときれいな一本を取れなかったことが、彼には不満らしい。

「おうおう」

不意に複数の人間から声が上がった。視線が入口に集まる。

「珍しい顔だねえ」誰かが言う。

「おっす」

そこに立っていたのは警視庁の小松崎だった。顔をせわしなく動かして、みんなに会釈を送っている。

「どうした？　誰か逮捕しに来たか？」

菊原が大声を飛ばす。冗談を言っているらしい。小松崎が身を縮めて菊原に会釈した。

「そうなんですよ。破壊活動防止法の違反で皆さんを」

「馬鹿言え」と豪快に笑う菊原。「この子羊の群れをつかまえて、何が破壊活動や」

「ザキ、明日は警察選手権だろう。こんなところで油を売っていていいのか？」

と野口。彼にしては珍しいからかい口調だ。

「いやいや、残念ながら僕の時代は終わりましたよ」

「お前の時代なんてあったのか？」

菊原が言って、自分で笑う。つられて笑う者も何人かいる。

小松崎は菊原や野口相手にたわいもない話をしばらくしたあと、私に目を向けた。

「そうそう。今日はそんな話をしに来たんじゃないんですよ。望月女史に話がありましてね」

「見合いの話でも持ってきたか？」

菊原が笑えないジョークを言う。

「いやあ、そこまでいい話じゃないですよ。彼女を臨時コーチに呼んでくれっていう声がうちの連中からも強くてね。そんな話ですよ」

「何だ、俺じゃ駄目か？　この子は忙しいから代わりに俺が行ってやるよ」

「実は僕も菊原さんはどうかと提案したんですがね、それだけはやめてくれとみんなから言われました」

「馬鹿野郎」

菊原が楽しそうに笑った。

31

「木曜の池袋……」

小松崎は私のコーチ室に入るなり、用件を切り出してきた。菊原を相手にしていたときの軽薄さはすっかり消えている。

「君たち、本当は何をしに来てたんだ？」

彼は私の眼を見据えながら訊いた。私は不思議と平静でいられた。彼の意図が分からないのだから、動揺のしようがない。

「はあ……それは小松崎さんにお話しした通りですけど。つまり、あそこにプロテインを頼んだ子が、商品が来ないと怒っていたもので……」

「まあ、言いたくないのなら無理には訊かないけどね」

「言いたくないも何も、それ以上は言うことがないんですから」

「分かった」小松崎は勝手に頷いている。「別に俺は仕事の延長で君を訪ねてきたわけじゃないんだ。ギブアンドテイクじゃなく、ギブアンドギブでいい。君は何か困ったことがあったときに連絡してくれればいいよ」

「はあ……」

まだ彼の意図は分からない。

「というのはね、柔道を愛する者の一人として、捨ててはおけないものを井波充の事務所で発見したんだ」

小松崎は口の滑りが悪くなっている。

「……何ですか？」

私はごく控えめに尋ねた。

井波と柔道がつながるのか？　ドーピング・コネクションがそれによって一気に姿をさらすのか？

いったい何だと言うのだ。

小松崎は深刻な表情で続ける。

「ワープロが一つ、井波の事務所にあった。試しにインクリボンを伸ばしてみたんだ。そうしたら、こんな言葉が打たれていた……」

小松崎は手帳を広げた。

「『私は日本柔道界の内情に詳しい人間です。現在、男子81キロ級強化選手の一人が薬物を使っております。私はこの実情を憂い、ここにお知らせする次第です。調べてください。これは警告だ。』このあとに、同じような意味の英文も打たれている」

ＩＪＦに送られた告発文だ。

送り主は井波。柔道界を揺るがした震源地は井波だったのか。しかし、どうして彼がそんな文をＩＪＦに送らねばならないのだ。井波は何を知っていたのだ？　なぜ死んだのだ？

「ちらっと聞いたところによれば、八十一キロ級の吉住と杉園にドーピングの抜き打ち検査が入ったそうじゃないか」

「彼らは無作為に選ばれただけですし、彼らだけが検査を受けたわけじゃありません」

「ほかはポーズに決まってるだろう。これを見たあとなら誰だって分かるぞ」

「井波の事務所に吉住君や杉園君の名前が出てくるようなものはあったんですか？」

「注文書とか顧客リストといったようなものか？」

「ええ」

「ない。彼らの名前がないというより、注文書、顧客リスト、宅配票の控えに至るまで、何も保管されていない。商品はそこそこの量が山積みになってる。輸入品が多いようだ。もちろんドーピングに引っかかるものがあっても不思議じゃない」

「詳しく調べるつもりなんですね？」

「ああ。ほかに大きな事件でも起きない限り、もう少し深入りしてみようと思ってる。宅配業者や銀行を当たれば彼のビジネスルートも摑めるだろう」

「小松崎さん、井波は殺されたと見てるんですか？」

「いや、分からない。はっきり言って状況的には事故だと思う。心情的にもそうあってほしい。そうなら俺はこの件から手を引かなきゃならないだろう。

　だが、それじゃあ気持ちが悪いんだ。そんなことより、杉園、吉住……こいつらが本当に薬に手を染めているのか？　俺の興味はこれだ。しかしそれを調べるのは職務権限を超えている。ドーピングは犯罪じゃないからな。そこでとりあえず、俺は井波の周辺を調べるんだ。彼が殺されたのかどうか……それは結果的に分かっても分からなくてもいい。ただ井波の周辺を調べる。そうすることで俺は心の準備をしておくのさ」

「心の準備ですか……」

「日本柔道にドーピング違反者。その事実が俺にとっては一番こたえる。そんな話をいきなり聞かされたら俺はどうなるか知れない。アイデンティティが崩壊する。それこそ仕事どころじゃなくなる。心の準備が必要なんだ」

　小松崎も柔道馬鹿だ。無理に笑う姿に哀しささえ感じる。

　私はいっそ、違反者の名をいきなり聞かされたほうが、どんなにいいだろうかと思う。

それを調べる身も、また哀しいものだ。

32

「第四十二試合、男子八十一キロ級。白、吉住新二。青、川部智康」

吉住が試合場の端に立つと、場内には奇妙な静寂が漂った。

私は四隅の一角に置かれた椅子に座る。副審にもだいぶ慣れ、吉住の顔もいくらか冷静に観察できる。周囲の吉住を見る目もよく分かる。

ドーピング問題の件を知っている者も知らない者も、同じように吉住の試合に注目している。男子柔道で二十四歳という年齢は、そろそろ若手から脱して脂の乗る時期に差しかかる頃であり、今年のオリンピックはもちろん、次のオリンピックさえも視野に入れることができる。しかし、こうして周囲の雰囲気を察するに、彼は若手どころかベテランのように見られている気がする。まるで川部のほうが若手であるような錯覚さえ覚える。

いつから、なぜ、吉住を見る周囲の目が変わってきたのか。柔道選手が周囲の誰からも一目置かれるようになるとすれば、その舞台は試合以外にない。練習ばかりいくら強くても、「稽古大将」「稽古番長」と陰口を叩かれるのがオチだ。

杉園戦の大外返し。今日の内股。ほかに彼はどんな技を見せつけてきたのか。今からその片鱗を見ることができるかもしれない。

川部は杉園と対戦したときよりも落ち着かない。特に視線が一定していない。そして顔を張る回数だけ、午前中より多くなっている。しきりに顔を張って気合を入れる。

吉住は立ち上がったときから川部の顔だけを見ている。ただ、その眼に射抜くような鋭さはない。何となく見ている眼で、冷気さえ感じる。

彼は右、左と、ゆっくり足踏みをする。畳の感触を確かめているかのようだ。

私の対角線に座る副審は、女性コーチとしては先達となる三浦が務める。三十過ぎの子持ちだが、なかなか豪放な性格だ。東北の大学を出ていて、私と同じように学閥とは無縁の柔道生活を送っている。歯ぎしりが大きく、昨夜は私の睡眠を妨げてくれた。

主審の蛯名が選手二人を中央へと促す。

中央に進み出て一礼する吉住と川部。

「始め！」

蛯名の低い声が道場内に響きわたった。

「しゃあっ！」

勇ましいかけ声とは逆に、川部は後ずさりして間合いを空けた。吉住はかけ声もなく、一歩、二歩と前に詰め寄る。これでは川部も後退したくなるだろう。無言も使い方によっては威圧となる。

「しゃあっ！」

川部が何度も声を上げながら、吉住の周りをぐるぐると回る。

彼が吉住に勝つとしたら、どうすればいいのか。

まず第一に、奥襟を十分に取らせないことだ。吉住をじりじりと焦らせ、小外や小内の足技で牽制する。「指導」「注意」までは心中し、その後、双手刈りや巴投げといった奇襲を仕掛けて主導権を握る。そこからの一分間は死に物狂いで大技をかけまくる。奥襟を取られる前に背負いや体落としなどの返しの危険が少ない技を畳みかけ、奥襟を取られたら巧妙にかけ逃げするか、場外に逃げる。

それがうまくいけば、今度は吉住一人が「警告」を取られることになる。そうなれば試合終了まで大技にだけ気をつければいい。大外、内股、払い腰。これだけは相手を突っぱねてかわす。小技なら川部は堪えられる。「有効」で止めれば「警告」には届かない。川部自身は終了まで技を一本に絞って、消極的と取られないタイミングでかけていく。むろん、投げる必要はないが、かけ逃げと取られることだけは気をつけねばならない。

そんな柔道ができる可能性はいくらもないだろう。しかし、大本命と言われた選手が大舞台で力を出し切れずに敗れた例は枚挙にいとまがないのだ。

川部は意を決したように吉住との間合いを詰めると、まず吉住の袖口を取った。そして前襟もあっさりと摑む……。

一瞬、吉住が棒立ちになった。

すかさず川部が左足を吉住の右足に絡ませていく。

小外刈り。きれいに入った。

「よっしゃあっ！」

吉住が勢いよく畳に倒れ込む。身体を捻ってうつぶせになっている。

主審の手はどうとも動かない。効果なしだ。

しかし、場内は意外な展開にどよめいている。

「待て」

蛯名は二人を立たせる。まだ周りのどよめきが治まっていない。

その気持ちは分かる。

今のはどういうことだ？

なぜ、吉住は棒立ちになったのだ？

「始め！」

主審の声と同時に進み出た川部が組手で先手を取る。右手で吉住の左袖を、左手で吉住の右前襟をがっちりと摑む……。

左組み……？

左組みだ。川部が左組みで闘うのは初めて見た。

吉住も川部の袖を摑む。そして、奥襟を取ろうと右手を上げる。しかし、奥襟に手がかからない。前襟を取った川部の左手がつっかえ棒になってしまっている。

仕方なく、吉住は川部の肩口を摑む。

やはり、川部は吉住に奥襟を取られるのが嫌なのだ。彼に奥襟を取られれば大技が待っている。しかし吉住の流儀として、奥襟を取らない限り自分からは勝負に行かない可能性が高い。

見たところ、川部のリーチは吉住のそれと比べて、かなり長い。身長は川部のほうが二、三センチ高いだけだが、リーチに関して言えば、十センチ以上の差がありそうだ。

それを自覚してのことか、川部は左組みという秘策で勝負を懸けてきた。本来の右組みではないから、川部自身も力が半減するかもしれない。だが彼は左からでも十分攻めに出られる技を持っている。右から袖釣り込み腰を狙うこともできる。

吉住に十分な組手を許さないまま、川部は相手の足に足払いを見舞う。ピシッ、ピシッと乾いた音が飛ぶ。タイミングなどまったく無視だ。ローキックのように相手の足を痛めつけるための技らしい。

「待て！」

まったくらちがあかない。主審が「指導」を二人に送る。

「始め！」

再開と同時に、川部は再び巧みな組手争いから左組みを取った。吉住が奥襟を取ろうとするたびに左手を突っ張り、接近をまったく許さない。明らかに事前から考えていた作戦であり、その遂行は徹底されている。もしかしたら、過去に吉住が左組みの選手に苦戦したことがあったのかもしれない。そして川部はそれを見ていたのかもしれない。左組みの練習も積んでいるようだ。

まだ吉住に焦りは見えない。肩口を取るだけでも、細かい崩しから技を繰り出すには十分のはずだ。しかし、そうはしたくないらしい。彼ほどの選手であれば、組手の位置などそれほど関係あるとは思えない。技にしても川部が繰り出すような技は、どれも水準以上にこなせるに違いない。

それにもかかわらず、彼は奥襟を取っての大技一発で勝ちたいらしい。奥襟を取るスタイルは決して褒められたものではないし、ましてや大技にこだわるのは頂けない。だが、彼の理想とする柔道は、あえてそこに収斂《しゅうれん》されていくのだろう。

王様の柔道だ。

「待て」

蛯名が両者を中央に呼んだ。「指導」が「注意」に変わる。

「始め！」

勝ち方に執着しているうちは罠にも陥りやすい。吉住は奥襟を取りたいのだろうが、強引に取りにいくわけでもない。もしかしたらこのまま川部のペースで試合が終わってしまうのではないかとさえ思える。

不意に川部の身体が沈んだ。吉住の左袖一本引いて、右から身体を回しながら吉住の下に潜る。

袖釣り込み腰。

吉住が思わず右手を畳についた。その右手を川部が必死に払いのける。吉住は代わりに頭を畳に打ちつけて堪える。

そのまま川部の背中を越えて転がれば一本だ。身体を捻ってうまく横転したとしても、最低有効は取られる。

しかし……。

吉住の足は畳から離れない。それどころか、そのまま吉住が絞めに入ったので、川部は防御に回らなくてはならなくなった。もう一踏ん張りして吉住から有効か技ありを取ったとしても、送り襟絞めを決められたら元も子もない。

「待て」

蛯名が膠着《こうちゃく》した攻防を止めた。

川部の判断は正しかった。吉住が本気で絞めようとしたのかどうかは分からないが、絞めさせなかった川部は評価していいだろう。ボクシングのようにラウンドがあるなら、このラウンドは川部が取っている。

「始め！」

川部は吉住の柔道を知っている。吉住の怖さを知っている。もしかしたら吉住の癖まで分析しているのかもしれない。杉園ならこんな試合運びはできないだろう。彼なら自分の技とスピードで相手を上回ることしか考えない。

川部はなおも左組みにこだわる。ここまで当たっている以上、勝負が決するまでこの戦術を続けるのだろう。

そして吉住の右足に、右から左から容赦なく足を飛ばしていく。左足の土踏まずあたりを吉住の右足首に当てる。これがピシッと高い音を立てる。今度は右足のかかとあたりを吉住の右脛《すね》に当てる。これはズンと鈍い音を立てる。

この汚い攻めもかなり効いている。右足の踏み込みを牽制されることで、右上半身も生きてこない。結果、吉住は奥襟を取るのが一段と難しくなっている。彼の足はすでに腫れているはずだが、特に防御を取ろうとはしない。表情も変えない。

ピシッ。ズン。ピシッ。ズン。

もうすぐ三分だ。そろそろ「警告」が取られるかもしれない。川部も袖釣り一つでは物足りない。何か技を続けないと「警告」まで吉住と心中することになる。

ピシッ。ズン。ピシッ。ズン。

ピシッ……。

と鳴るはずだった。

下手なアニメーションのように、一瞬で目の前の光景が変化した。

川部が尻もちをついている。
一、二秒の間を置き、蛯名が手刀を横に切った。
「技あり！」

つばめ返し。

川部が左足を飛ばしてきたところを、逆に吉住が右足で払ったのだ。

吉住に寝技をやる意思はない。川部が立ち上がるのを待っている。

「待て」

川部の顔が強張っている。三分近く粘り強く続けてきた戦術が、あっという間に価値をなくしてしまったのだ。今度は逆転技を狙わなければならなくなった。気持ちの切り替えができるかが問題だ。

「始め！」

吉住の足さばきが速い。間合いが詰まる。川部は棒立ちのまま、手だけを前に出していく。

吉住の右腕が鋭く動く。川部の左手が弾かれる。

開始から三分。初めて吉住が川部の奥襟を取った。

川部が思わず腰を引く。

ああ。

まるで首を摑まれて外につまみ出される猫のようだ。

吉住が川部を引きつけながら腰を回す。それだけで川部の足は畳から離れていた。

吉住の右足が後ろに振り上げられ、川部は背中から落下する。

払い腰。

「おるあああっ！」

川部の身体を畳に叩きつけた瞬間、吉住は怖気《おぞけ》を震うような蛮声を発した。

「一本！」

場内が低いどよめきに包まれた。吉住の集中力、技の完成度、そして迫力に誰もが圧倒されていた。

拍手が起こるまでに時間がかかった。まばらな拍手。そのほとんどは川部に向けられたものに思える。拍手をしない者は、まだ吉住の一本の余韻から醒め切れないでいるのだ。

川部が頭をもたげ、力なく吉住を見る。おそらく彼はこの数年、これほど完璧な一本を取られたことはなかっただろう。

川部は善戦した。善戦したが、彼の目はこれで消えた。再び階級を変えるか、それとも引退か。彼には決断の夏となる。

吉住は試合開始前とは対照的に、もう川部の顔を見ようとはしない。

何も見ようとはしていない。

荒い息遣いが聞こえてくる。

これでは誰も声などかけられない。

興奮状態だ。

これが吉住の興奮状態だ。

33

「失礼します」

もう夜の十二時が過ぎようかという時間である。こんな時間になって呼び出す菊原のほうが失礼というものだ。

「ああ、入ってくれ」

十畳の和室に上がる。

部屋では菊原と若尾がジャージ姿で座敷机を囲んでいる。机には缶ビールとスルメイカがいじましく置かれている。これほど楽しくなさそうな酒席は初めてだ。

「まあ、飲《や》れや」

菊原が缶ビールを一本差し出してくれる。

何だか雰囲気が重い。菊原がふと、ため息をついたりする。体力だけが取り得の男たちだが、見るからに疲れている。

選考会の一日目は、六時近くに予定のスケジュールをこなして終了した。選手が食堂で夕食を取る間、私は野口や菊原とともに全柔連の幹部を駅前の鍋料理屋でもてなした。その後、幹部連中もろとも多摩学に引き返し、残っていたコーチ陣を交えて今日の各試合についての検討会が開かれた。

げに恐ろしきは長老たちの情熱だ。結局、検討会が終わったのが十一時である。この三時間で疲労は倍加した。菊原や若尾も疲れているかもしれないが、私はもっと疲れている。ほかのコーチ連中が控え室でくつろいでいる間も働き詰めだった。何か細かいミスがあれば、菊原から叱責を受ける。まったく損な役回りである。

唯一の救いは志織の活躍だ。一戦目の調子を二戦目も持続し、技ありを二本そろえて勝ちを拾った。検討会ではお偉方にも高い評価をもらった。対する本命の羽田典佳が二戦目にまさかの判定負けを喫したのだから、なおさらだ。

明日の直接対決に一筋の光明が見えてきた。もしかしたら、という空気がある。逆に言うなら、そんな希望もなければこんな場にやってくる気など起こらないだろう。

「例の件はどこまで進んでる？」

何のねぎらいの言葉もないまま、菊原は本題に入った。

「若尾から報告を受けてちょっと気になってたんだが、下北沢のジムに目をつけたそうだな。別に柔道界とは関係ないんだろう？　ちょっと脱線してるんじゃないのか？」

「いえ、そうとも言えないんです」

私の言葉に、菊原はビールに移しかけた視線を戻した。

「ＩＪＦに送られた告発書ですけど、その花塚ジムと関係のあった通販業者の井波という男が送り主だったと思われます。彼はドーピング禁止薬物を含む薬品などを商品として扱ってました。花塚ジム自体が陸上選手のドーピング事件などに名前の出てくる曰くつきのジムで、井波はその物資供給源となってたようです」

「じゃあ、その井波という男がドーピング選手の名前を知っているんだな？」

「ええ」

もちろん告発書の内容が正しければという前提はつくが。

「まだその男には当たってないのか？」

「残念ながら井波は死体で発見されました」

「…………」

さしもの菊原も絶句してしまった。若尾も瞬きを忘れて私を見ている。

「つい三日前、事務所の隣にあるトレーニング室でベンチプレスの台に寝たまま百六十キロのバーベルに首を挟まれたそうです。事故の可能性が高いらしいんですけど、こういう事情がある限り、ただの事故と考えていいものか……」

「ちょっと複雑なことになってきたな」菊原が呟く。「望月四段は吉住や杉園に疑われてることを自覚させたことはなかったのか？」

「いえ、ずいぶん遠回しに話してますから、そんなふうに思わせたことはないはずです」

そのせいで収穫にも限界があったのだ。

「若尾、お前に思い当たる節は？」

「まったく、ありません」

若尾は断言した。菊原は腕組みして顔をしかめている。

「野口はどうなんだ。あいつ、勝手な真似をしてるんじゃねえだろうな」

ミスター柔道に対しても陰ではこの言い草である。

「でも先生、杉園君や吉住君が井波の死に関わっているという最悪の事態は理屈的にも考えにくいと思います。何しろ抜き打ち検査がすでに入った以上、その後に打つ手はすべて手遅れになるわけですから」

「僕もいま一つ納得いきませんね」若尾も私に続く。「ドーピングの事実をタネに脅されたから殺人を犯すっていうのはどうでしょうか。それくらいならドーピングがばれたほうがマシですよ」

「殺しても事故として処理されるなら、やるだろう」

上の立場になると最悪の事態を想定したくなるらしい。場の雰囲気が一層重くなってきた。

「その男が死んだ以上、この先をどう進めるつもりだ？　時間はもうないぞ」

「最終的には花塚本人に当たることになるかもしれません。私が感じるところでは、花塚が井波の件も含めた一連の件の中心人物である可能性が強いんです。それで何も得られなかったら、その旨を報告するしかありません」

「おいおい。分かりませんでした、なんて報告はやめろよ。小学生の宿題じゃねえんだ。望月四段の調査結果に俺や野口の首が懸かってるんだと思えよ。もちろん望月四段自身の首もな」

「はあ……」

これ以上、何をどうすればいいのだ。私は警察官ではないし、無法集団の一員でもない。調査力にも限界がある。ましてや本人に面と向かって尋ねることができないのだから、過度な期待を懸けてもらっても困る。

「杉園の可能性は高いのか？」菊原が声を落として訊く。

「ゼロとは言えません」

「正直言って、吉住とどっちが怪しい？」

「無責任な推測はできません」

不毛な会話が続くばかりだ。

「今日の吉住、強かったな」

菊原は私に話しかけるでもなく、独り言のように言った。

「杉園もよかったですよ」

若尾が菊原の慰め役に回った。

「馬鹿」

菊原は吐き捨てるように言いながらスルメをちぎる。しばらくの間、細かくちぎっていたが、彼はそれを食べようとはせず、机の上に置いてしまった。

「俺はある意味、明日が楽しみだよ」

「二人の対戦ですか？」

「ああ、おそらく吉住が勝つだろう。そうすれば望月四段が大した成果を報告できなかったときには、吉住が選ばれる。そうなったほうがいい」

保身のかたまりのような台詞だ。菊原にとって杉園は、もはや獅子身中の虫でしかないらしい。杉園が選考に洩れたなら、ドーピングがクロでも衝撃は半減する。反対に代表に選ばれた吉住がクロなら、衝撃は倍増だ。しかし責任問題に学閥が作用するのは明白だから、波をまともにかぶるのは野口であって菊原ではない。菊原の本音だろう。

「ほかに何か収穫はないのか？」菊原が私に訊く。

「ありません」

　私が言うと、菊原は小さく頷いた。帰っていいということらしい。

「じゃあ、失礼します」

　尾上の件など、別に話してもよかったのだが、何よりもその気になれなかった。まだ野口に確認していないし、中途半端な話をすれば菊原に何を言われるか分からない。

　疲れた。早く寝よう。

「野口どんが部屋に来てほしいって」

　宿泊室に戻ると、布団に寝そべりながら漫画を読んでいた三浦が、私の顔を見もせずに言った。

「え……」

「何かトラブった？」

「いえ、そうじゃないと思いますけど」

「菊原じゃないから大丈夫よ」

　口を挿んできたのは私より四つ上の藤川だ。彼女が現役の頃は、当時女子ヘッドの菊原が選手を自室に呼んで肩や足をマッサージさせるという悪習があったらしい。

「三浦さん、先に寝ないで下さいよ」

「寝る」

三浦はあっさりと言い放った。

ひどい話だ。またあの歯ぎしりを聞かされると思うとぞっとする。彼女の隣はなぜかいつも私が寝るはめになっているし、理不尽なことばかりである。

野口も野口だ。菊原とは隣室なのだから、もう少しコミュニケーションが取れないのだろうか……。

「失礼します」

野口の部屋の扉をノックして開ける。

「ああ、ご苦労さん」

野口は机に書類を広げて仕事をしていた。今日の検討会での意見をレポートとしてまとめているらしい。

私は勝手に、手前にあった座布団に腰を下ろす。

「悪いね。疲れてるだろう。望月君は今日一番働いていたからな」

「いえ。まだ若いですから」

菊原もこれくらいの言葉が出てくれれば、私だって謙虚に応対できるのだ。

「例の件だけど、何か進展があれば聞いておきたいんだ」

「はい」

私は菊原らにした話をもう一度繰り返した。

「……今のところ、最後に打つ手としては花塚本人に当たってみるしかないと思ってます」

そう話を結ぶと、野口は眉をひそめた。

「もっと別の道はないのか？　犯罪の匂いがするところへ首を突っ込むべきじゃないよ」

そう言われるんじゃないかと思っていた。といっても、ほかの道などあるわけがない。こちら側からトンネルを掘る手段はないのだ。ひたすら花塚側から掘って、こちらにつながるのを期待するしかないのである。

「二人に面談しても、これ以上得るものはないのかね？」

「そうですね。面談を重ねても情が移るだけですし、どうせやるならストレートに薬物を使用しているかどうか尋ねないと意味はないと思います」

「それは難しいな」

野口は思った通りの反応を見せた。もちろん本人に気づかれないようにするのはこの任務を遂行する上での前提条件であるし、その約束事をくつがえそうという気はさらさらない。第一に守るべきは、全柔連の体裁ではなく、純粋に柔道に打ち込んでいる潔白な選手の誇りとコーチ陣への信頼である。

ただ、私は自分に任された仕事がどれだけ困難かを理解してほしかっただけだ。

「いい方法があれば考えてみます」

「そうか」

今ここで考えていても、無駄な時間が過ぎていくだけだ。

「こちらの都合ばかりを言って悪いがね」野口は手帳のカレンダーをペンで指す。「今度の水曜日で調査を始めてから三週間になる。君にも最終的な報告をしてもらわないといけない。その報告を受けて金曜日には代表を発表するつもりだ。そして次の週、早ければ月曜にもドーピング検査の結果が公表されると思う」

「そうですか」

としか言えない。

「ご苦労さん。じゃあ、今日は休んでくれ」

「あ、すいません。私にも一つ話が残ってるんですけど」

野口はレポートに戻りかけた目を再び私に向けた。

「昨日、私のところにですね、尾上と名乗る若い男が訪ねてきたんです。野口先生から指示を受けて、ここへ来たと言ってました」

「ああ……」野口は思い当たることがあったらしく、小さく頷いた。「悪かった。あの男は来客中に現れてね。電話の一本も寄越さず、いきなりだ」

「私のところにもです」

「普通ならまともに相手をするタイプの男じゃなかったが、『暴行を受けた』だの『一億円寄越せ』だの、判断のつきかねる台詞も出てきた。とりあえず相手を落ち着かせて冷静に話を聞いてやれる者に任せたほうがいいと思って、君のところへ行くように言ったんだ。連絡しなくて申し訳なかった」

「いいえ、それはいいんですけど……」

確か私には五千万だと息巻いていた。野口の反応が鈍かったので値下げしたらしい。

「で、彼は何を言ってたんだ？」

「私も先生にそれを訊きたかったんですけど。つまり私には『柔道の選手に暴行を受けて危うく半身麻痺になるところだった。慰謝料と口止め料を合わせて五千万を全柔連から出せ』と。私が何の決定権もない人間だと分かると『それ以上は話さない』と。それだけなんです。とりあえず月曜には何らかの返事をするから、また来るようにとは言いましたが……」

「五千万？」

「ええ。それを出すとか出さないとか言える人間としか交渉しないらしいです」

野口は黙りこくってしまった。

「先生にもあの男はそれ以上の話をしなかったんですか？　誰に暴行を受けたというようなことは……」

「望月君……」

野口は机に肘をつき、額の前で拳を重ねて眼をつむった。

「何とかこちらの態度をはっきりさせずに、もっと詳しい話をその男から聞き出せないかね？」

野口も無理なことを言う。

「どうもこの話には裏があるように思う。時期的にも誰かの意図を感じざるを得ない」

どういう意味だ？

「僕はね……」

野口はしんみりとした口調で呟く。

「僕は学閥によって強化チームを作りたくなかった。学閥を許すと潰れる才能が必ず出てくる。だから市ヶ谷大の人間も意識して強化部のコーチには呼ばなかった。だが、依然として学閥に固執する人間も多い。気がつくと私の周りには誰も相談できる相手がいなくなっている」

私は返事をするのもためらってしまった。ミスター柔道、日本柔道の至宝と言われた野口久が、娘のような年代の私に弱音を吐いている。

孤独なのだ。私のようにのほほんと無防備な顔をしている者しか、今の強化部で気を許せる人間がいないのだ。

野口は尾上の出現を菊原あたりによる攪乱目的のやらせだと言いたいのかもしれない。

なぜ彼はそんなふうに思うのだ？　尾上から何か聞いているのだろうか。もしそうだとしても……。

何だか、野口に直接訊く気がなくなってしまった。

疲れた。

早く寝よう。

34

午前中は大変だった。

三浦の歯ぎしりが元凶だ。どうやったら、あんな大きな音が出せるのか……それを気にし始めたら最後、不快感とやり場のない怒りが込み上げてきて、完璧な覚醒状態に導かれてしまうのだ。規則的な音ならまだしも、彼女の場合、不規則に来るからたちが悪い。彼女の旦那を一度見たことがあるが、目の下がくぼんで幸薄そうな男だった。たぶん、あの歯ぎしりと無関係ではないだろう。

とにかく生あくびを嚙み殺すのが大変だった。副審として椅子に座っているときなどはかなりつらい。いまだかつて試合中にあくびをする審判など見たことがないので、私も必死に抑える。顔が変に歪むので、菊原あたりが怪訝な表情で私を見たりする。恐らくパーフェクトなあくびをすれば、選手に毛が生えた程度の立場の私には菊原から鉄拳の一つでも飛んだだろう。

試合も退屈だった。羽田典佳対神戸美代は予想に反して技の少ない凡戦となってしまった。だいたい、志織に関係する両者の試合に私が副審をやらされるというのがおかしい。恐らくは羽田包囲網を敷こうとしていた菊原の、当初の策略の一つなのだろう。だが、神戸自身が志織に負けて脱落の格好だから、策は空振りというところか。もちろん羽田に不利な判定を意識的に下すつもりなど毛頭なかったが、判定に持ち込まれていたら、どちらを上げようとやりにくかったことだろう。

結局羽田対神戸は、注意を取られた羽田が指導止まりの神戸に敗れている。代表最右翼の羽田はこれで三戦のうち二敗と、あとがなくなってしまった。

「羽田はどこか悪いのか？」

弁当をつつきながら、野口が女子ヘッドの江藤に訊いている。今日の仕出し弁当は私の分まで回らなくなっている。好対戦が集まっているので、顔も知らないような来賓が増えてしまったのだ。私は仕方なく、女性コーチ陣から少しずつおすそ分けをしてもらって食べている。

「本人からは聞いてませんけどねえ」江藤が緊張感のない口調で言う。「井上、どうだ？」

井上は女子七十キロと七十八キロ級の担当コーチだ。所属でも全柔連でも女子コーチ一筋で、次期女子ヘッドとの声も高い。

「精神的なものでしょう。午後はいくんじゃないですか。さすがに開き直るだろうし、体落としも切れてましたしね」

確かに羽田は神戸に対して見事な体落としを決めていた。場外に出ていて、主審の「待て」がかかったあとだったのが、いかにも悔やまれる。

羽田の敗戦は志織にとって特にプラスになるものではない。志織は有効一つで優勢勝ちを収め、三戦全勝で来ている。勝負は羽田対志織にすべてが懸かる。羽田に二敗もしてもらう必要はなかったのだ。井上が言う通り、午前中の一敗で羽田は開き直って志織戦に臨む可能性が高くなった。

各選手、四戦のうち三戦を終えて、三連勝しているのは各階級に一人いるかどうかである。

そして三連勝しているのは、おおかたが代表入り有望と目されていた者たちだ。必然的に関係者の注目は混戦する男子八十一キロ級、女子七十八キロ級に移ってきている。

「若尾さん、杉園にだいぶハッパをかけましたね」

「そんなことないよ」

「いやあ。今日の杉園は眼が違ってましたよ」

「そうか?」

別の席では若尾と嶋田が並んで弁当を食べている。嶋田は大学こそ関武大ではないが、中学、高校は若尾と同じで、一年後輩に当たる。

彼らが話題にしている杉園は、昨日の吉住のすごさを見せつけられて発奮したのか、今日は力の劣る相手とはいえ豪快な勝ちっぷりを見せていた。開始十五秒での一本。タイミング、スピードとも文句なしの一本背負いだった。

彼としては対吉住戦の大いなるデモンストレーションだったのかもしれない。吉住が奥襟を取ろうと不用意に右手を伸ばしてくれれば、一本背負いで仕留めてやるというわけだ。

「若尾さんって、結構コーチとしてドライですね」

嶋田が言う。杉園について気のない返事を繰り返しているから、そう言われたらしい。若尾としては、彼らの話題は避けたいのだろう。だが、事情を知らない者からすれば、不自然に感じるかもしれない。

「吉住がいるよ。あの階級には」

若尾が答えにならない反応を返す。

吉住ももちろん、午前中の試合では圧勝している。吉住の相手は逃げ回って指導、注意と続けざまに取られたところでかけ逃げ気味に払い腰に入り、あっけなく吉住に崩された。そのまま吉住としては珍しい関節技の腕固めで一本。こちらも見方によっては対杉園戦のデモンストレーションになっている。杉園が吉住より明らかに上回っているのが関武大伝統の寝技というのが一般的な評価だが、その面でも吉住は一筋縄ではいかないということである。

「吉住ってそんなに強いですかね？　そりゃ確かに強いだろうけど、杉園より一枚も二枚も上とは思いませんけどね」

吉住をそれほど買っていないコーチは、総じて奥襟を取って闘うスタイルを苦々しく思っているタイプだ。嶋田も軽量クラスの担当コーチなので、奥襟を欲しがる選手には「下から行け、下から！」と馬鹿の一つ覚えのように叫んでいる。

例えば杉園なら、前襟の釣り手だろうと苦もなく大技を決めてしまう。スピードあふれる切れ込みとしなやかな腰の回転で、上体が風車のように回り、内股や払い腰が決まるのだ。テクニックさえあれば、組手の選り好みは攻めを遅らすデメリットにしかならない。

それでも奥襟が欲しいという選手には、その考えを尊重するべきだろう。ただ、さすがの吉住も杉園相手では、奥襟ばかりにこだわってはいられないはずだ。ビデオで見た試合でも、吉住は前襟を取ったりしていた。そう言えば、あの技は杉園にかわされていたが、あれをどう見るかだ。本当に奥襟でないと力が出せないのならば、嶋田の意見もまんざら的外れではないということになる。

「ねえ、篠ちゃん」

横から私の先輩格である藤川が話しかけてくる。

「吉住と杉園、どっちが勝つと思う？」

「さあ、どうでしょうね」

私は無関心を装う。

「あんた部外者でしょ。別に思ったこと言えばいいじゃない。ねえねえ、賭けようよ。五千円。いや、三千円でいいや」

「藤川さんはどっちに賭けるんですか？」

「私？　私はねえ、へへ、やっぱり吉住かな」

吉住か……賭けは成立する。

しかし……。

やはり賭ける気にはなれない。

35

「森君！　坂本君！　さあ、入って」

　柔道場の入口に立ち、私は選手たちを送り込む。四戦目に入ると、さすがに副審の仕事が私に回ってくる回数も少なくなる。好勝負の対戦模様はスポーツニュースや五輪前の特集番組に使われる可能性が高いので、ここぞとばかりに審判をやりたがる者も中にはいるのだ。

　試合場は昨日の午前中のような活気が戻ってきている。取材陣も倍増し、盛んにフラッシュがたかれる。

　現在行われている試合は女子五十七キロ級の辻沢対吉野だ。二十六歳の辻沢恵美は私が靭帯断裂でリタイアしてから、このクラスのトップに座り続けている。前回の五輪では堂々銅メダルを獲得しているし、今回の選考会も三連勝している。

　今、彼女と試合形式の練習をすると、二分近くまでは互角に闘える。私もまだまだ捨てたものではないなと思う。だが、二分を過ぎると体力の差が如実に現れる。一つしか歳は違わないのに、この差は何だとも思ってしまう。

「技あり！」

主審の声が響きわたる。気づくと、辻沢が吉野を倒している。

「合わせて一本！」

どんな技で勝ったのか見ていなかった。いや、見てはいたのだが、ぼんやりとしていて心がどこかへ行ってしまっていたのだ。

あくびは出なくなったのだが、全身におかしな脱力感がある。それが体調不良によるものなのか、志織と羽田、吉住と杉園の試合が近づいているための緊張からかはよく分からない。

「谷さん！　野村さん！」

私は進行表を見ながらロビーのほうへ振り返る。が、すぐ後ろに立っている小山のような女に視界をさえぎられた。

羽田典佳だ。

一瞬、今から自分が羽田と闘うような錯覚を抱いた。

「まだ五組くらいあとだよ」

私は作り笑いを浮かべて彼女に言葉をかける。

「はい」

羽田は返事をしながらも、何か訴えかけるように私を見ていた。

「篠子先生……先生にこんな相談を持ちかけるのはおかしいと思うんですけど……」

「ええと、何かな？」

「私、勝てる気がしないんです。どうしたらいいんでしょうか」

私は妙にうろたえてしまった。羽田がこんなふうに話しかけてきた記憶はない。わずか二歳年下の羽田から先生と呼ばれるだけでも違和感を覚える。

「先生は角田さんの所属コーチだから話しづらかったんですけど、前から尊敬していましたし……」

「……あ、ありがと」私は落ち着きなく、二度三度と髪をかき上げた。こんなとき、どんな表情をしたらいいか分からない。

「一言でいいんです。何かアドバイスを頂けませんか？」

眼は深く窪み、顎の線もはっきりとしていない。お世辞にも美人とは言えないが、生真面目な性格はどこからともなく、にじみ出るように伝わってくる。

「体調はどうなの？」

「普段と変わりないです」

「そう……羽田さんは自分自身、精神的に脆《もろ》いと思ってる？」

「……ええ。正直言ってそうかもしれません」

もっとも精神的に強い人間などそう多くはない。自信に満ちあふれた人間など、この世界では探すのが困難なくらいだ。そのほかは不安を感じていても表に出さないだけである。志織もそうだし、杉園や吉住だって同様だ。

「大事な試合になると緊張が激しい？」

「そうですね……」

頷きながらも、あまり煮え切らない口調である。

「そう……」

このような相談に対してアドバイスするのに、明確な答えなど存在しないと私は思っている。一人一人の人格が違うからだ。多くのコーチは自分の選手時代やコーチでの経験を通して信念のようなものを持ち、誰に対してもその信念を言い聞かせる。それもいいだろう。それらは単純で分かりやすく、的外れでもそれなりの説得力を持っている。

私の場合は相手の悩みに対応して考えるようにしている。何につまずいているのかを探し、それを取り除くアドバイスを与えてやる。ネガティブ・シンキングに陥っているなら、その根本をポジティブに向け直してやる。私自身の人生観や哲学とはかけ離れているアドバイスでも平気で口にする。言ってみれば、ただの思いつきである。要は相手がそれで解放されればいいのだ。深町先生譲りだが、まだまだその境地には達していない。

羽田はなぜ自信をなくしているのか。緊張によるものではなさそうだ。頼れるコーチがいないということか。いや、それは状態であって原因ではない。

「最近、練習環境や生活環境に変化があったのかな？」

羽田はかぶりを振る。

「練習は充実してた？」

「はい。精一杯やってます」

「正直、もう五輪の代表は自分に決まってると思ってた？」

「いえ。最近の成績から自分が一番有利だとは思ってました。でも先生方が私のことを物足りなく思ってるのは分かってますし、決まってるだなんて思ったことはありません」

「そう。自信がなくなり始めたのはいつからなの？」

「それは……自分自身でもよく分かりません」

「急に？」

「……ええ」

昨日の不振がこたえて、今日の敗北で追い討ちがかかったか。急性のもので根は浅いのかもしれない。

羽田の昨日、今日の試合振りを思い出す。そこに手がかりはないか……。

そう言えば……。

今日の神戸戦での体落とし。あれが無効だと分かったときの彼女は、はたから見ていて可哀想なほど落胆していた。そこに何かあるのかもしれない。

「羽田さんってどうかな。運があるとかないとか気にするほう？」

羽田が眼を見開いて私を見る。顔から不安の色が消えている。まるで私にそれを言い当ててほしかったかのようだ。

「はい。運がないというか……柔道の神様に見放されているんじゃないかって……」

「思うの？」

羽田は大きな身体をすくめるようにうつむいてしまった。

何を言ってやろうか……。

「あなたにとって柔道の神様っていうのは何？」

羽田は虚を突かれたらしく、ビクリと顔を上げた。

彼女は恐らくツキがないことを例える意味で柔道の神様という言葉を使っただけなのだろう。だが、ここはあえてその言葉に意味を持たせてみるのだ。

「あなたの考える柔道の神様っていうのはどんな力を持ってるの？」

「それは……勝負の行方を気まぐれに振り分けてしまうというか……」

「そんなのいないわよ」

　せっかく捻り出した彼女の答えを私は即座に否定する。

「そんな力、柔道の世界には存在しないのよ」

「それは……もちろん神様なんて私もいるとは思いません。でも運、不運というのはあると思います」

「ないない。あるわけないじゃない。神様どころか運、不運だって言葉としてあるだけよ」

　彼女は呆然と私を見ている。もちろん審判の不公平な判定などの運、不運は厳然と存在するが、ここはすべてを否定することが大事なのである。理屈で納得させなくとも屁理屈で納得させればいいのだ。

「私の逃げ口上ということですか？」

「あなたは逃げてるんじゃなくて、間違ってるのよ。間違った認識で自分の力の限界を狭めているんですよ。あなたと相手が柔道をする。あなたが技をかける。相手が技をかける。あなたの意思。相手の意思。どこに運、不運が入る余地があるの？　そうじゃないわよ。もっと平等で明確なものがそこにあるのよ」

　私はそこで一呼吸置いた。

「何ですか？　教えて下さい」

羽田の言い方には慈悲を乞うような切実さが満ちていた。

「時間よ」

「時間……？」

「そう。逆に言えばそれだけのことなのよ。あなたには試合で四分という時間が与えられている。それは相手も同じ。平等なのよ。それを生かすも殺すもあなた次第じゃない？　的確なタイミングで的確なパフォーマンスを取れなかった。あなたはそれを不運だという言葉で片づけようとしてた。神様に見放されていると感じてた。でも違うと思わない？」

「………………」

「あなた自身の問題でしょ？　違う？」

「……はい」彼女は吹っ切れたように頷いた。「私自身の問題です」

「技をかけるにも、何をするにもタイミングが悪いってことは誰にでもあるわよ。でもね、それはやっぱり確率の問題だから、集中力や判断力、技の切れを高めることでタイミングの悪さは減らしていけるのよ。分かるでしょ？」

「はい。分かります」

「今日の体落とし……無効でがっかりするんじゃなくて、反則取られなくてよかったと思わなきゃ。もうワンタイミングずれてたら、あれは反則になってたかもよ」

「そうですね」

「うん。あの体落としは切れてたよ。自信を持って、ね」

羽田は深々と頭を下げた。

「ありがとうございました」

晴れ晴れとした表情をしている。

これでよかったのだろうか。

もしかしたら、ちょっと励まし過ぎたかもしれない……。

36

シンジは誰もいない場所でコンセントレーションを高めている。

静かな廊下。

東京ローズの野球帽を握り締めながら、廊下を歩く。

かぶったほうがいいが、別に握っているだけでもいい。街の中ではないので、かぶっていたほうが目立ってしまう。

自分の足音だけが聞こえる。

身体が熱くなってきている。

この頃はすぐに熱くなる。

すぐに効いてくるのだ。

試合が始まるまでに冷めてしまわないか心配だ。

勝てる気がしてきた。

勝利の確信がうねりのように押し寄せてくる。

まったく負ける気がしない。

シンジはふと足を止める。

少し離れたところに階段がある。そのかたわらに男が背を向けて、壁にもたれるようにして立っている。

その後ろ姿を見るだけで、誰なのかが分かった。彼もコンセントレーションを高めているらしい。

シンジは何かが身体の底から衝き上げてくるのを感じた。

衝動だ。嫉妬、憧憬、畏怖……それらがない交ぜになって身体が燃えるように熱くなる。

急に男の存在が許せなくなる。

——なぜ？

邪魔な人間だ。
倒さねばならない。
――そんなことをしても何もならないのだ。
シンジはゆっくりと男に近づく。
ぶちのめしたい。
力を見せつけてやる。自分がどれだけ強くなったかを見せつけてやる。
この男を倒せば……。
栄光に手が届くだろう。
――違う。間違っている。
シンジは男に気づかれないように近づく。
待てない。
我慢もできない。
もうぶちのめすしかない。こうやって結果を出してきたのだ。
一撃で決めてやる……。
シンジはゆっくりと近づく。男の後ろに立つ。
誰も見ていない。

シンジは帽子を目深にかぶる。

男が振り向く。

シンジが男に重なっていく……。

37

「さあ、羽田さん、中に入って」

羽田は元気に返事をして試合場に入っていく。私の出任せのアドバイスがかなり効いたようだ。吹っ切れている。

複雑な気分である。情さえ移ってしまった気がする。だが、ああいうふうにアドバイスを求められて、所属選手のライバルだからと無視できるコーチなどいるだろうか。ましてや強化部は一つのチームなのだと、耳にタコができるほど聞かされているのである。

「角田さん！」

ロビーに向かって呼ぶ。志織が姿を見せた。

「さあ、中に入って」

彼女は早足で歩いてきた。気合が入っているのが分かる。いい感じだ。羽田はこの試合、息を吹き返すかもしれないが、志織にも昨日からの勢いがある。自信に満ちている。あえて何も言わないほうがいいだろう。

私は右手を上げる。通り際、志織が右手を私の手に合わせる……はずのところが、彼女はそれを無視した。自分の顔を張って活を入れながら道場に入っていく。こんなに気負い立った志織を見るのは初めてだ。一試合終えたような汗を首筋に浮かせている。身体もよく動いている。

大丈夫。私のほうがこの大一番に吞まれているくらいだ。

「望月先生！」

志織が中へ入っていくのを見届けたところへ、ロビーのほうから声が聞こえた。振り向くと剣道衣を着た女子学生が手を振っている。何だか慌てているように見える。

私は彼女のほうへ小走りに近づいてみた。確か私が春から週一コマだけ受け持っている体育実習の受講生の一人だ。

「階段で柔道部の人が倒れてます」

「え？　倒れてるってどういうこと？」

「階段から落ちたみたいですよ。四階の北にある非常階段です。早く来て下さい」

「どこ？　案内して」

女子学生について走る。

ロビーの横を抜ける。七、八人の選手たちがベンチに座ったり、身体を動かしたりして試合を待っている。ボクサーのようなステップを踏んで身体を温めている杉園の姿がある。

それで少し気になった。振り返りながらほかの選手の顔をチェックする。

吉住がいない。もう二、三試合もすれば試合場に入らねばならないのに彼はどこに行ったのだ？ 何だか嫌な予感がする。

「こっちです。こっち」

体育館の北階段は通路の一番奥にあり、しかも少し引っ込んだ造りになっているので、ちょっと見には目立たない。小さな窓から採光も施されているが十分ではなく、電気もないので昼間でも薄暗い階段である。館内の主要施設からも離れていて、まさに非常用としての役割が主だが、昇降走に使う部がときどきある。

この北階段を二階から一段抜きで昇っていく。

「お、来た来た」

聞き覚えのある声が上から聞こえた。見上げると、三階と四階の間にある踊り場に数人の剣道部員が立っている。その中でも一際小さな女が私に手招きする。深紅だ。

「階段から落ちたみたいなんだよね」

柔道衣の男が彼女の足元で倒れている。

吉住だ。

意識はある。左足の足首を痛そうに押さえている。

「吉住君、大丈夫？」

吉住が顔を上げた。額の右に大きなこぶができている。壁か床に当たったのだろうか。

「大丈夫ですよ」

彼は苛立った口調で答えた。左の足首が腫れている。一見して異常を来していることが分かる。

「アキレス腱？」

答えない。ただ舌打ちを繰り返しているだけだ。

「こんな大事なときにどうしたのよ」

「踏み外しただけだ。放っといてくれ」

あの吉住が普段の冷静さを欠いて、声を荒らげている。とにかくこれでは試合は無理だ。

彼は強引に立とうとしてよろめいた。

「ああ、駄目駄目」

深紅が吉住の肩を押さえつけ、野次馬と化している剣道部員の中から大柄な男を引っ張ってくる。

「あなた医務室までおんぶしてってやりなさい」

「はあ」

男は気の抜けた返事をしながらも、大きな背中を見せて屈み込んだ。私が手を引っ張って促すと、吉住は悔しそうに悪態をついた。それからやっと観念したように男の背中に乗った。

「お篠、これ、彼のじゃない？」

深紅が吉住のかたわらに落ちていた帽子を拾って差し出す。東京ローズの赤い野球帽だ。

「吉住君。これあなたの？」

吉住は振り向いてそれを確認するや、何も言わぬまま引ったくるように奪い、懐に入れた。

38

「野口先生」

来賓席の片隅に座る野口の背後に回り、小声で呼ぶ。

「吉住君が階段を踏み外して足を捻挫しました。試合は無理です。今、医務室にいますが、至急病院に移って詳しく検査するように手配してもらってます」

横に座っている菊原が私を睨みながら舌打ちをする。野口は眉間に皺を寄せ、椅子から腰を浮かせた。

「医務室はどこにある？」

「一階、入口の横です。案内します」

「君はいい。入口なら分かる」

野口は私を手で制する。そして小声で言った。

「角田の試合が始まるから」

見ると、志織と羽田が試合場を挟んで立ち、今にも試合が始まりそうである。

野口は横の菊原をちらりと見たあと、逡巡して、副審の席に着こうとしていた若尾に手を挙げた。

「若尾君、ちょっと一緒に来てくれ」

若尾は訝しげな顔をしながら菊原を見る。菊原は顎をクイッと動かし、ついていけというように合図した。

野口と若尾が道場を出ていく。吉住のほうは彼らに任せればいいだろう。だが今度は副審が一人欠けてしまった。誰かに頼まねば。

「君、代わりに副審をやりなさい」

全柔連の幹部が指差したのは私だった。

「あ、でも私は角田さんの……」

「もたもたすんな！　時間がないんだ」

菊原が机を叩きながら一喝する。

私はうろたえながら江藤を見た。しかし江藤さえも、頑張ってやれとでもいうように頷いている。

「……はい」

私は仕方なく若尾の代わりに副審の椅子に向かった。やれと言われてやるのだから、別にやましいことは何もない。主審は名審判の蔵本、副審のもう一人は昨晩爆睡して頭が冴えているはずの三浦だ。仮に私が変な判断を下したところで、判定そのものがくつがえるほど柔な面子ではない。

蔵本は私が副審の椅子に座るのを見届けると、両選手を促した。

志織が、羽田が、一礼しながら勢いよく試合場に入る。

始まってしまう。私にはまだ心の準備ができていないのにだ。

二人は中央でもう一度頭を下げ、仁王立ちで睨み合う。

「始め！」

「さああっ!」

「うおおうっ!」

開始早々、激しい組手争いになる。距離を取って相手に有利なところを取らせないという意図の見える駆け引きではない。二人とも相手の柔道衣のどこかを摑むと同時に、肩から相手の胸にぶつかっていく。そうすることで相手の体勢を崩し、さらに有利な組手を狙っていく。まさに気迫のぶつかり合いだ。

先に自分の組手を取ったのは志織だ。奥襟をがっちり引き、半身に構えて技のタイミングを窺う。内股か、払い腰か、大内刈りか。しかし、羽田も腰を落として身体を固くする。志織は構わず技をかけにいく。大きく足を振り上げながら腰を回す。払い腰だ。やや腰が高いか。羽田が完全に防御に回っているので、技は石に打ち込んだ楔《くさび》のごとく跳ね返された。逆に羽田が志織の右前襟を両手で摑む。片側の襟や袖を取るのは反則だが、一瞬なら構わない。

身体を回し込みながら羽田が技を打つ。体落とし。背負いや体落としは釣り手が命だ。片襟二つなら十分。「一本」は無理でもポイントが取れる技は作れる。

羽田の踏み出した右足に志織の右足が引っかかった。

「せいやっ!」

石柱が倒れるように志織の身体が前へ崩れていく。志織はそのまま右手を畳についた。そこで何とか堪え切る。

「効果」もつかない。助かった。羽田が両手で襟を取っていたために、志織の右手がフリーになっていたのだ。

低い四つん這いで防御体勢を取る志織を、羽田はラグビーのラックのように押し込んでいく。向こう側にある志織の右足を下から引っ張って身体を裏返そうとする。

腹這いになればいい。が、志織は動かない。何をしている。動けないのか？

気張り声が羽田の鼻から洩れる。かなり力を振り絞っている。羽田には勝算があるのか。もしかしたらまずいことになるかもしれない。

微妙なバランスで志織は堪えている。羽田が肩を志織の脇腹に押しつけて下から突き上げるので、腹這いになれないのだ。下手に動こうとすると、一瞬のうちに仰向けに裏返されてしまう。

時間が止まったように二人とも動かない。ただ、羽田の気張り声が聞こえるだけだ。

蔵本はこれを止めようとしない。

菊原がわざとらしく咳払いをする。蔵本がちらりと菊原を見る。菊原がジェスチャーで「分けろ」と指示する。

それを蔵本は無視した。

「ふっはっ」

志織が苦しそうに喘ぐ。力の均衡が崩れる。根負けしたのか、先に動いてしまった。立ち上がろうとして膝を浮かせたが叶わず、彼女の身体はゴロンと横転した。

蔵本が、手を下に振る。

「抑え込み！」

羽田の横四方固めが入ってしまった。抑え込み用の時計が回される。

志織が激しく身体をくねらせて、必死に逃げようとする。

外せる。外せる。完璧じゃない。

五秒経過。

外せ。動きを止めるな。止まったら終わりだ。

十秒経過。

仰向けの状態だったのが横向きまで持ち返している。あと一息で外せる。

十五秒。

志織が陸に打ち上げられた魚のように大きく跳ね、羽田の腕から離れる。

腹這いになった。

「解けた！」

十七秒。有効を取られた。体力も消耗した。

「待て」

蔵本が二人を中央に戻し、志織に上衣の乱れを直させる。この時間だけでも助かる。彼女は肩で息をしている。

「始め！」

羽田が攻勢に出る。志織の奥襟を取って引っ張り込む。そのまま退がりながら払い腰。これは崩れて場外へなだれ込む。

「待て」

羽田に自信がみなぎっている。積極的だ。

「始め！」

羽田が奥襟を取りにくる。志織もイヤイヤと首を振るものの、簡単に取られてしまう。

羽田の大外刈り。しかし崩されてはいない。大丈夫だ。

羽田が半身に構えてしまったので志織は奥襟を取ることができない。前襟のかなり下を取っているが、これでは得意の内股は難しいかもしれない。

羽田の小内、そして大内が飛ぶ。志織は大きなストライドを使って逃げ、左から内股にいく。しかし空振り。右足一本の志織に対し、羽田が体落としを打つ。志織が引き手に取られた右手を引き抜いて逃げようとする。

二人は同時に前へ倒れ込んでいった。

「待て！」

蔵本主審が二人を中央に戻す。そして志織のほうを向く。

「指導！」

志織に指導？　早過ぎる。私は取り消しを訴える。

三浦は？

三浦は主審の判定に同意している。私のジャッジは却下された。

とたんに恥ずかしさが込み上げてきた。

冷静に考えてみれば、志織の技の少なさと羽田の攻撃的な姿勢の差は「指導」に値するのかもしれない。時間的にも私一人が早いと感じただけなのかもしれない。柔道にホームタウンディシジョンは許されない。審判として失格だ。もっと冷静にならねば。志織には審判からの叱咤激励と受け止めてほしい。

「始め！」

「さあっ！」

　志織が気合を入れ直した。奥襟を取りにくる羽田の右腕の袖を両手で取り、コンパクトな振りで大外刈りを狙う。

　一本背負いならぬ一本大外。羽田はぐらつきながらもこれをかわす。一呼吸置いて、志織は身体を回し込みながら羽田の懐に入る。

　一本背負い。意外性はある。羽田の身体も背中に乗った。

　しかし志織の身体が前に流れ過ぎていて、前方に上体が回転しない。膝から横転気味に崩れ落ちていく。

「効果！」

　志織がすかさず寝技に入るところを、羽田は両足で志織の腰を挟んで防御する。

「待て」

「指導」を受けた分は取り返した。その調子だ。借金は徐々に返せばいい。

「始め！」

　組み合いざま、羽田が小内を払う。志織が横襟を取って右から釣り込み足で崩しにかかる。志織が技を引いたところを、今度は羽田が体落としに入る。形だけだ。志織が余裕を持って羽田の足をまたぐ。それでも羽田はもう一度しつこく体落としを狙っていく。

　羽田の上体が立ち過ぎだ。体重も後ろにかかっている。

志織が羽田の腰に組みつく。

裏投げ。

足を浮かせることはできなかったが、羽田に尻もちをつかせた。しかし志織も体勢を崩して同時に倒れている。

ポイントは？

蔵本は首を小さく横に振る。効果がつかないときの彼の癖だ。

「待て」

両者が寝技に入れないのを確認して蔵本が止める。

三分を過ぎた。時間が少なくなってきている。

「始め！」

組み際、志織が再び一本背負いを狙う。しかし奇襲に二度目はない。跳ね返された。

あと五十秒。

志織が釣り手を奥襟に移して大きな大外刈りに入る。かかりが深い。深過ぎる。これでは羽田の腰もろとも刈らなければ投げられない。羽田の返しがないのが幸いだ。

志織は技を戻し、半身になって内股のチャンスを窺う。反対に羽田が大きく回り込んで得意の体落とし……と見せかけて大内刈りだ。志織は崩れず、羽田が自ら膝を折って崩れていく。かけ逃げとは違うようだ。

「待て」

あと四十秒。

「始め！」

志織が羽田を引っ張り込んで払い腰を打つ。引き手を抜いた羽田が志織の腰に抱きつき、双手刈りで揺さぶる。そのまま二人もつれて場外に出る。

「待て」

羽田は志織の強引な技も返せず、自分で仕掛けても崩れていく。かなり疲れているのだ。何とかならないものか。

「始め！」

志織が羽田の右腕を取り、三度目の一本背負い……と見せて小内刈りを入れる。羽田が外そうとするところを、足首を鎌のように曲げてしつこく絡めていく。

羽田の腰がよろよろと砕ける。座り込むように崩れ、畳に後ろ手をつく。

だが、それだけだ。蔵本はまた小さく首を振る。「効果」にもならない。

志織が羽田の上に覆いかぶさり、寝技に活路を見出そうとする。

あと三十秒。

立て。

寝技は時間的に余裕がない。羽田も足をうまく使って志織の攻めを防いでいる。

「待て」

蔵本が二人を立たせる。

あと二十秒。

あきらめるな。一秒あれば逆転できる。残り一秒、二秒で決まった試合は何度も見たことがある。時間は平等だ。

「始め！」

志織が猛然と突っかける。羽田が横に動いてそれをかわす。志織の奥襟取りを羽田は手で払いのける。志織が仕方なく前襟を取る。

あと十五秒。

羽田が腰を引き始めた。もう攻める気はないようだ。消極的姿勢で反則を取られても、この時間では「指導」止まりだ。羽田の「有効」のほうが勝る。

時間はある。時間はあるが、志織はこの組手を離してはいけない。この組手を離せば、羽田はもう終了のブザーが鳴るまでまともには組んでくれないだろう。次に出す技で決めなければいけない。終了一秒前でいい。次の技で決めろ。

あと十秒。

志織が右足を振り上げる。大外刈り。かかとで羽田の右ふくらはぎを捉えている。今度はかかりが浅い。羽田の下半身もぐらつかない。

志織は右足を自ら外し、身体を逆に回していく。左からの……。

左からの内股。左足で羽田の右足を跳ねる。

形はいい。だが、羽田の体重が乗らない。畳に着いている左足のほうに重心が残ってしまっている。こうなったら、かけ続けるしかない。足を下ろしては駄目だ。かけ続けて、羽田がバランスを崩すのを待つしかない。

あと五秒。

志織が内股をかけたまま、羽田の右脇の下から左腕をこじ入れる。そしてその左腕を上に伸ばして、羽田の背中から奥襟を取った。

志織の左腕にすくい上げられ、羽田の右脇が大きく開く。羽田の右腕は肩より上がって死んでいる。

羽田の左足がバランスを崩して、一回、二回と畳から浮く。

三回目に浮いたとき、左足の爪先は畳の上を滑っていった。

「しゃああっ！」

羽田が腰から倒れ込む。志織もその体重に引きずられるように崩れ落ちる。

ポイントは？

頭が真っ白になって、私自身では考えられない。ただ主審のジャッジを待つ。

蔵本は一呼吸置いて、手を斜め下に振った。

「有効！」

有効。並んだ。残り五秒を切って羽田に並んだ。

羽田が顔を強張らせて蔵本を見た。そしてすぐに志織を抑え込もうとする。

ブザーの音。

「それまで！」

蔵本が終了を告げる。

同ポイントで終了。ということは……私はその事実を噛み締めて、熱くなっていた身体が、中から瞬間冷却されるような感覚を覚えた。

喜んでいる場合ではない。ホッと息をついている場合ではないのだ。

審判三人、どちらか優勢な選手のほうの旗を上げて、多数決で勝負を決する。私も当然ながらどちらかの旗を上げねばならない。

冷静に見ようとしながらも、まったく冷静に見ることができなかった。私の目は審判の目ではなかった。

本当なら終わった時点で決めてなければいけないのに。

まいった。

どちらが優勢だったか。

分からない。

とりあえず旗を取らねば。

選手の二人が中央に戻る。どちらも力を出し切った。表情を見ても疲れがにじみ出ている。

どちらだ？

呼吸が止まりそうだ。何も考えられない。何だか頭のあたりが冷気に包まれたようで、寒さを感じる。

菊原のやつ……。

志織も羽田も上衣を正して判定を待つ。

私の判定が彼女たちのすべてを決めてしまうのかもしれない。

ああ。どんな試合だったのかも思い出せなくなった。

蔵本が二人の選手の間に立ち、二本の旗を前に向ける。

私も旗を前に向けなければ。

どちらを上げるんだ。

視界が妙に暗い。急に薄闇が降りたようだ。

とにかくどちらか上げなければ……。

39

天井がある。電気が点いている。

まずい。大失態だ。

何が大失態か分からないまま、とにかくまずいと思って私は跳ね起きた。

「おっと」

私のかたわらにいた男がのけ反る。医務室の武藤先生だ。

私は自分がベッドに横たわっているのを確認して、ここが医務室だということを理解した。

「望月さんが貧血なんて、明日は雪だね」

そうだ。私は志織と羽田の試合終了後、判定を前にしてぶっ倒れてしまったのだ。間違いない。

あれはどうなったんだ。私はどちらかに旗を上げたのか？

思い出せない。

「先生、大丈夫ですか？」

声をかけられて、私は武藤の反対側に顔を向ける。志織が立っていた。

「角田さん……」

志織はまだ、顔に汗を浮かべている。試合が終わってから、それほど時間は経っていないらしい。

「試合、どうだった？」

私の問いかけに、志織は右手の親指を上に向けて白い歯を見せた。

「勝ちました。主審も三浦先生も私に上げてくれました」

勝ったのか。

私は安堵で力が抜け、再びベッドに倒れ込んだ。そして両手を上に突き上げる。

「よしっ！」

志織と手を合わせる。

よかった。

この一、二年の不調を脱して、本当によく力を出してくれた。

これで志織の代表入りについては強化委員会の決定を待つだけだ。羽田との試合が接戦だったから確実とまでは言えないが、可能性は十分ある。志織が選ばれたとしても、誰も文句は言わないだろう。逆に選ばれなかったとしても、彼女自身悔いは残していないはずだ。納得してくれるだろう。

「望月さん、ちょっと過労気味だね。今日はこのまま休んだらどうだ？」

と武藤が気遣ってくれた。

「いえ、とんでもない。もう私は大丈夫ですよ」

今度こそ本当にベッドから起き上がる。どうやらベッドを使っているのは私一人らしい。

「吉住君、どうしました？　足を痛めた子ですけど」

「ああ、ついさっき市ヶ谷大の付属病院に向かったよ。まあ、ただの捻挫だとは思うけどね」

「足首以外に異常はありませんでした？」

「額を打ってたけどね。一応精密検査をするように言ったけど、まず大丈夫だろう」

「そうですか」

捻挫ならよほど重傷でない限りオリンピックに影響はないだろう。

とにかく、よかった……。

40

薄明かりの中、マンションの階段を昇る。二日間空けただけなのに、やけに懐かしく思える。

「先生ってフランスで何をやってたんですか？」

後ろからついてくる志織が訊く。

「コーチングの勉強に決まってるじゃない。どうして？」

「ワインに詳しそうだし、本当は遊んでたのかなって」

「うーん。正直言うと、そっちの勉強のほうが熱心だったかも。なんてね」

志織の好成績を祝ってささやかな打ち上げでもやろうと、彼女をマンションに連れてきた。途中、閉店間際の酒屋でワインを調達してきたのだが、その選び方からワインに詳しいと思われたらしい。実際には財布の中身と相談したために時間がかかっただけなのだが。

「そうだ、ピザ頼もうか？　トッピングを一杯つけて」

「私はいいですけど、先生太りますよ」

「九時を過ぎて食べたら太るのよ。まだ九時は過ぎてないから大丈夫です」

適当なことを言いながら二階にたどり着き、新聞受けの底から鍵を取り出してドアに差し込む。大学から歩いて十五分。築七年だが二部屋あり、環境も悪くない。大学の給料だけでは苦しいが、全柔連の手当と柔道専門誌の執筆などの臨時収入を合わせれば、そこそこ回していける。

二部屋あるマンションを選んだのは、このように教え子を呼んで食事をご馳走したり、ときには泊めて相談に乗ってやったりという度量が必要だと思っていたからだ。ワンルームに選手を呼んでも侘《わび》しい限りだろう。志織も何度か部屋に呼んでいるが、そのたびに少しずつ心を開いてくれるのを実感している。

「あれ……？」

鍵が解錠の方向に回らない。

「開いてるよ」

志織と目を合わせて笑う。かけ忘れたようだ。

「用心悪いですね。二日間も」

「金曜の朝からだから、三日よ」

「なお悪いですよ」

「すいませんねえ」

部屋に入って電気を点ける。

「お邪魔します」

「入って、入って」

我ながらインテリアのまとまった部屋とは思えない。リビングとか寝室といった区別もできていない。実家にあった荷物をここに移して以来、段ボールから出していないものもある。

「適当に座ってね」

「はい」

志織は総合体育館に近い体育寮で生活している。ここからなら歩いて十分というところか。門限は一年が九時で、二年、三年と上がるにつれて十時、十一時と遅くなる。四年生も十一時なのだが、実際にはないに等しい。といっても今日は彼女も疲れているはずだから、十時頃には帰してやったほうがいいだろう。

「先生、金メダル見ていいですか？」

「ごめんね。まだ段ボールを解いてないのよ」

私はピザ屋の広告を持って電話に向かった。

「適当に注文するわよ」

「お任せします」

注文するトッピングを確認して、電話の番号を押す。

ちらりと志織を見ると、彼女は奥の和室に座っている。それはいいのだが、彼女の脇にある段ボールの口がもはや開いてしまってるではないか。

「あ、段ボールは勝手に開けないでね」

「開けてませんよ」

志織が平然と言ってごまかす。まったくしょうがない。気を許すことはいいが、わきまえなければいけないことも覚えてもらわねば。

「毎度ありがとうございます……」

「あ、すいません。宅配お願いします」

「先生、ワープロの……」

「ご注文お願いします」

志織の声と電話の声が交錯した。

「え、何？」私は受話器を耳から離す。

「ワープロの電源が入ったままですよ」

「ワープロ？」

まったく憶えがない。木曜の夜はワープロなど使っていない。

「すいません。あとでかけ直します」

受話器を置いて奥の部屋に行く。ローテーブルにラップトップのワープロが置いてある。いつもそこに置いてあるから、それは別に変ではない。しかし、ディスプレイが上げられている。私は上げた憶えはない。

「これ、今上げた？」

「いいえ。上がってましたよ」

ディスプレイに文字が表示されている。私はそれを覗き込んだ。


ジムに近づくな。これは警告だ。


「ちょっと」

私は志織の腕を引っ張ると、ディスプレイの文字を彼女にも読ませた。一瞬のうちに、不気味な空気が私たちを包んだ。

「段ボール。開けてないって言ったよね？」

「私は開けてません」

誰かが開けたのだ。

クローゼットとユニットバスを二人で確認する。誰もいない。

「先生。メダルは大丈夫なんですか？」

「あ……」

私は段ボールの山からメダルを入れたはずの一つを引っ張り出した。五つある段ボール全部が開けられてしまっている。

「あ、あるある」

メダルやトロフィーの類はすべて無事に収まっている。通帳も盗られていない。

だが、私が合宿で不在の間、誰かがこの部屋に入ったのだ。そして室内を物色し、ワープロの電源を入れてメッセージを打った。

私たちの調査活動を邪魔に思っている人間がいるということだ。

いつでも実力行使に出られるという威嚇だ。

薄ら寒くなる。

41

「で、何にも盗られてなかったの？」

深紅が緊張感のない口調で訊く。

「日記とアルバムがなくなってた」

串田研究室ではいつもの四人が集まっている。初めの話題は当然昨夜の不法侵入事件だ。

「日記とアルバムなんて盗って、どうするつもりなんでしょうね？」

絵津子が言葉尻に小さな憤りをにじませた。

「第一に調査がどこまで進んでいるかを知りたい。第二にお篠の弱みを握りたい。そういうことだろうね」と深紅が答える。

「私の弱み？」

「そう。何かある？」

「別にないわよ」

日記といってもほとんど柔道の練習、試合、リハビリ、勉強、コーチングの記録である。写真もおおかた、選手時代のものばかりだ。もちろんプライベートの写真も中にはある。例えば留学時代に向こうのボーイフレンドとデートに行ったときに写した写真などだ。だが、それとて人に見られてどうということはない。

ただ、このままなくなってしまうのは困る。大切なものばかりだ。侵入者を突き止めて取り返さねば。

「鍵を開けるなんてプロの仕業ですよね」

と絵津子が言うのに、私が反応する。

「プロ？　犯罪組織が花塚ジムに絡んでるってこと？」

「いや、それはないと思いますけどね。バイトしててもそんな気配はまったくないです。犯罪組織じゃなくても興信所あたりに頼めば鍵を開ける技術を持った人がいるんじゃないですかね」

「でも私自身、鍵をかけたかどうか定かじゃないのよね。ときどき忘れることもあるし」

「鍵をかけずに、新聞受けに入れるわけ？」深紅が呆れたように言う。

「あるのよ。ぼうっとしてると」

体育寮を出て独り暮らしを始めたときに、二回続けてマンションの鍵を外でなくしてしまったことがあった。それ以来、ドアの横に木製の新聞受けを作って、そこに鍵を置いている。もちろん、ちょっと見には目立たないような作りになっているし、まず他人に発見されることはない。だが、肝心の鍵をかけたかどうかの記憶が曖昧なのだから、我ながら情けない。

「窓の鍵も開いてたんですよね」

志織が余計な口を挿む。

「それはね、柔道衣を干すから窓の開け閉めが多くて、つい鍵をかけない癖がついちゃうのよね」

「不用心ですねえ」

みんなが声をそろえた。

「すいません」

「まったく。平和ボケというか、田舎もんというか」深紅がしみじみと言う。

「あ、そう。じゃあ置き鍵するのやめようかな」

私が置き鍵しているのをいいことに、深紅は空き時間になると勝手に私のマンションに行ってTVゲームをやったりしているのだ。

「まあまあ、それは話が違うしさ。その代わり、しばらく私が泊まってあげようじゃない」

深紅が胸を叩いてみせる。

「あんたねえ……」

余計ずうずうしいよ、と言いたいところだったが、少しホッとしてしまった。まったく、小さな身体をして姉御肌なのだ。

「そうだ、そんなことより堀内さんも今日から花塚ジムのバイトはやめなさいね」

これだけは釘を刺しておかねばならない。こういう状況では、いつ絵津子に危険が降りかかってくるか分からない。

「え、いきなりですか？　バイト代もまだなんですけど」

「私が代わりに払いますよ」

「おおっ」

深紅と志織が大げさに感嘆の声を上げる。

「それから、今度は私が花塚ジムに行ってみます」

「おおっ。ついに頭が乗り込むんですね？」

深紅が茶化す。いつから私が頭になったのだ。相模の彦十などと言ってたくせに。

「二千円で体験入会できるわよ。三階も四階も利用できるし。早い時間に行けば花塚も暇みたい」

「あれ？　深紅も行ったの？」

「うん。昨日の夕方にちょっとね。覗いてきました」

何だかんだ言っても、絵津子のことを気にかけていたのだろう。

「収穫はあった？」

「うん、ぼちぼちね。ちょっと資料を当たって形になったら言いますよ」

もったいぶっている。もしかしたら核心に迫る話かもしれない。

「水曜日には報告しなきゃいけないんだけど……」

「あ、そう。でも、はっきりしない問題だしね。焦らせないでさ……」

まあいい。私も午後一番でやってくる尾上の問題をどうクリアするかで頭が一杯だ。彼女は彼女で抱えている問題を解き明かしてくれるのなら、そのほうがいい。

42

ノックの音もなく、ドアが開いた。

小さな隙間から尾上が顔を覗かせる。一時十分。ちょうど金曜日に彼とこの部屋の前で会った時間だ。

「ノックぐらいしなさい」

尾上はドアを見て、何か迷ったような仕草を見せた。遅まきながらノックしようとでも考えたのだろうか。しかし、結局彼は何もしなかった。

「あんた一人か？」

彼の質問に答えぬまま、私は立ち上がった。

「ここじゃあ狭くて落ち着かないでしょ。ちょっと広い部屋へ行きましょう」

私が勝手に部屋を出て歩き始めると、尾上も素直についてきた。

四階に昇り、宿泊室の一室に入る。合宿中に野口が使っていた十畳の和室だ。

尾上を招き入れてドアを閉め、代わりに部屋の窓を開け放つ。隣のグラウンドで練習をしている運動部の学生たちの声が小さく聞こえてくる。

「ここは？」

「宿泊室よ。合宿なんかで選手やコーチが泊まる部屋」

尾上は押入れを開けて中を見ている。なかなか用心深い男だ。

「何もないわよ」

私は彼に座布団を一枚渡す。

「どこでもいいから好きなところに座って」

尾上は少し考えたあと、ドア側の壁に背中を付けるようにして座った。私は窓側の壁に似たような姿勢で座る。なかなかいい距離だ。これだとお互いに圧迫感がない。彼にも敵陣に乗り込んでいる緊張感があるはずだ。だが、この場に緊張感は不要である。

「話はどうなった？」

ようやく尾上の視線が私に定まる。

「野口先生に訊いてきましたよ」

「それで？」

「あなたが訪ねてきたことは、もちろん先生も憶えてたわ。でもそのとき先生は多忙だったようね。正直言って野口先生は、あなたという存在及びあなたが持っている情報についての重要性を私以上には感じてません。だからあなたを私のもとに送ったんです」

尾上は腹立たしそうに舌打ちした。

「じゃあ、どうなったっていいってことかよ？」

「そうじゃない。そうじゃないけど、あなたが期待しているように、この場で交渉が成立するということは無理だということよ。まず私に事情を説明してもらわないと。それから私が上のほうに話を持っていく。それ以外の方法はないと思って。組織を相手にする以上、我慢するところは我慢していかないと話は進んでいきませんよ」

尾上が落ち着かない様子で私を見る。苛立っているのが分かる。しきりに太腿をさするのは足が痺れるからか。

「もう一度言うけど……」

「一つ訊いていいか？」

尾上が冷静な口調に変わった。

「金を払ってくれる可能性はあるのか、それともまったくねえのか？ないと言えば何も話してくれないだろう。

「それは内容次第だと思う。一つ言えることは、全柔連はごく一般のどこにでもある組織と一緒だということよ。お金で解決するのがベターだと判断すれば、お金を出すでしょう。それ以上は私には言いようがないわね」

尾上は少し黙考し、小さく頷いた。

「分かった。何でも話してやるよ」

「そう、ありがとう」

ホッとした。言ってみれば何とかなるものだ。

「じゃあ、一つ一つ訊いていくわ。まず……あなたは柔道の選手に暴行を受けたのね？」

「ああ、そうだ」

「いつ頃の話？」

「去年の暮れだ。十二月十三日」

「それは誰に？」

私は努めて自然な口調で、世間話でもするかのように訊く。

「吉住新二だ」尾上は言い切った。

やはり吉住。野口が口を濁し、菊原たちの影を感じると私に話したわけだ。

「あなたは吉住新二と知り合い？」

「違う。赤の他人だ」

「どこで暴行を受けたの？」

「高円寺。北口の飲み屋や焼き肉屋なんかが連なってる割と狭い路地だ」

高円寺といえば、新宿から中央線に乗って中野を西に越えたあたりか。確か吉住の住まいは同じ中央線の吉祥寺だ。

「あなたはそのとき何をやってたの？」

「居酒屋でバイトしてる女がいて、終わる時間だったから外で煙草を吸いながら待ってた」

「何時頃の話？」

「夜の十二時頃」

「それで？」

「やつが駅のほうから歩いてきて、俺に近寄ってきた。『何か用があるのか？』って訊いてやったけど、薄笑いを浮かべてるだけだ。いかにも喧嘩を売りに来たって感じだったから『向こう行け』って胸ぐらを摑んで押し返してやったんだ。気味の悪い野郎だった」

「そしたら？」

「何だか知らねえが、いきなり襲いかかってきて組みつかれた。顎に衝撃が来て身体が宙に浮いた。おそらく柔道の技の一つだろう。そのあとは憶えてねえよ。医者に言わせりゃ、俺は後頭部を打ったらしい」

　驚いた。それではほとんど通り魔ではないか。

「相手が吉住だということはそのとき分かったの？　それともあとから？」

「そのときだよ」

「あなたは彼の顔をテレビか何かで知ってたわけね？」

「テレビでも新聞でも見たことがある。スポーツ新聞は毎日読んでるからな。くどい顔だから分かる」

「遠くから歩いてくるときから、吉住だと分かったのね？」

「いや、最初は分からなかった」

「近くで見て？」

「そうだ」

「尾上さん、あなた視力はいくつ？」

「そのことがあるまでは、一・〇あった」

　これはいったいどういうことだ。

　どうも作り話ではないらしい。しかし吉住がそんな真似をするとは到底思えない。話を聞く限り、吉住に初めから暴行する意思があったかのようだ。よほどほかの出来事によってむしゃくしゃしていたとしても、そんな行動に結びつくものか？

　想像できない。

「近くに来るまで分からなかったのは、やつが帽子を深くかぶってたからだよ」

「帽子を？」

「そうだ。眼が隠れてて分かんなかった。だから下から覗いてやったんだ」

「顔を見たのは何秒くらい？」

「そんなことは憶えてねえよ。だけど間違いねえ。吉住だ」

「相手の服装はどんな感じだった？」

「……黒っぽい服だったと思う」

「ズボンは？」

「印象にない」

「靴は？　革靴とかスニーカーとか、色でもいいけど……」

「憶えてねえ。たぶん見てねえよ」

「じゃあ帽子の色は？」

　尾上は首を振る。

「相手の身長は？」

「俺と同じくらいだ」

「あなたは身長いくつ？」

「百七十四」

　吉住は百七十五。

「周りで見ていた人はいなかったの？」

「はっきり憶えてねえが、いないと思う。人通りの少ないところだ」

「柔道技をかけられたって言ったけど、何の技か分かる？」

「知らねえよ。憶えてねえ。とにかく吉住がやったんだ。あんた、俺を信用できねえのか？」

「そういうわけじゃないわ。でもこれは微妙な問題なのよ。あなたも承知してるかもしれないけど、吉住は今年の五輪代表としても有力視されてる選手なのよ。その彼が通り魔的な暴力行為をしでかしていたということでしょう？　当然こちらも慎重にならざるを得ないわよ」

「その上、俺の話には襲った男が吉住であるという具体的な証拠がないと言いたいんだろ？　じゃあ、どうすりゃいいんだ？　本人を問い詰めてみりゃいいんじゃねえのか？」

「否定したらどうするの？　あなたと口論して思わず暴力に走ったとか、そういうのじゃないんでしょ？　最初から確信犯的な行為なんでしょ？　否定する可能性は大いにあるわよ。それで吉住が『俺を信じないのか』って言ったらどうするの？　全柔連としてはそれ以上、手を打てないわ。あとはあなたも警察に被害届を出すか、弁護士を雇って裁判で争うしかないでしょう。それでも具体的な証拠がない限り、どうなるか分からないわよ。吉住に似た顔の男なんて東京にいくらでもいるでしょうから」

尾上は腰を浮かせ、気色ばむ。

「ふざけんなよ。やつがやったんだ。有名人なら何をやっても許されるのかよ？」

「落ち着きなさいって。興奮したって、何もいいことはないわよ。いいから座りなさい」

尾上はへたり込むように座り、壁に力なくもたれた。泣きそうな顔さえしている。

どうするか？

「あなた、細部は思い出せないまでも、男が現れてあなたに近づき、襲いかかったという一連の流れは、頭の中でたどれるわけね？」

彼は小さく頷いた。

打開する方法は一つだけある。ただし、うまくいくかどうかの保証はない。

やるだけやってみるか。

「尾上さん。私が協力するから、もう一回思い出してみましょうか？　成功するかどうかは分からないけど、私が研究してる簡単な方法があるのよ。つまりね、ちょっと横になってリラックスするの。そうすることによって意識を集中させて、記憶をたどるという作業ね」

　できるだけソフトに言い回したつもりだが、それでも尾上を不安にさせてしまったようだ。彼の表情が硬くなる。

「それは……催眠術ということか？」

「あなたがイメージしてる催眠術というのがどんなものか分からないけど、まあその一種だと思ってもらって構わないわ。ただね、この作業によって身体に何らかの変化を来すということはありませんから。それに催眠を解いたあと、催眠中の記憶がまったくなくなっているということもありません。一般に言われる洗脳とかマインドコントロールといったものとはまったく違います。特別なことをするわけじゃないから安心して」

　尾上はただ私を見ている。疑念が強いのか。そうだろう。普通、催眠術と聞けば誰でも身構えてしまう。

　催眠療法は深町先生がスポーツ選手のメンタルケアの一手段として、研究及び実践に取り入れていた。私も大きな大会前に深町先生の催眠療法や暗示といったものを受けてきた一人であるし、その実感として、効果には無視できないものがあると思っている。やり方も習ったが、まだまだ先生の域には及ばない。

何より、成功するには話術が巧みでなければならない。それに加えて、対象者にも受け入れる姿勢、信頼する気持ちがないとうまくいかない。私は自己催眠なら簡単にかかってしまうが、他人にかけるとなると悪戦苦闘してしまうことが多い。

「やってみろよ」

長い沈黙の末、尾上が静かに言った。

「そう。ありがとう。一つ言っておきたいのはね、今からやることは緊張している人間には通じないということよ。緊張。疑い。抵抗。雑念。それらは障害にしかならないんです。リラックスすること。私を信じること。私の指示に心から従うこと。余計なことを考えないこと。いい？」

「ああ」

「よし。やりましょう」

私は押入れから敷き布団を一枚出し、部屋の中央に敷く。

「じゃあ仰向けに寝てもらおうか」

尾上は私の言う通り、布団の上に寝た。

「ちょっと足を開いてね。そうね、それくらい」

薄手の毛布を一枚出して、彼の胸から膝あたりにかけてやる。これだけでもずいぶんリラックスできるものだ。

「暑いかな？　暑くないね」

窓を閉める。静けさが部屋に充満する。それがしっくりと馴染むまで少し待つ。

「じゃあ眼を閉じて下さい。眼を閉じて、あなたがリラックスできる場所を思い浮かべて下さい」

私は眼を閉じた尾上の横に座る。

「これから……記憶をたどる前に……身体をリラックスさせてもらいます……」

ゆっくりとした口調で語りかける。

「いいですか……あなたは、私が『答えて下さい』とか『話して下さい』と言うまでは、何も喋らなくていいですよ……ただ聞いているだけでいい。眠たかったら眠ってしまってもいい……眠ってもいいんですよ。楽な気分でくつろいで下さい。部屋には……私のほかには誰もいません。安心して……くつろいで下さい。

じゃあ、初めに……深呼吸をしてみましょうか。息を大きく吸って下さい……。少しずつ、ゆっくりと吸う。吸ったら、吐いて下さい……。息は汚れてしまってますから、すべて吐いて下さい。不安、緊張、疑念……そういったものが詰まってますから、一緒に吐いてしまって下さい。

もう一度、吸いましょう……身体の中に入ってくるのはきれいな空気です……安心、やすらぎ……そういったものが入っている。それを吸って下さい。ゆっくり、たくさん吸って下さい。十分吸い込んだら……吐いていく……」

三度、四度と深呼吸を繰り返させたあと、私は彼の足元に回った。

「それでは、まず……足に意識を移してみましょうか。右足ね。右足ですよ」

尾上の右足首を持って、小さく揺らす。

「はい、右足をリラックスさせましょう……リラックス……だんだん力が抜けます……右足が軽くなる……力が抜けて軽くなります……」

右足を置き、左足首を持ち上げる。

「次に、左足に意識を移しましょう……左足の力が抜けます、だんだん力が抜ける……グーンと力が抜けていきます。軽くなります……。はい……それでは両足の力を抜きます。両足が軽くなります。どんどん、どんどん軽くなります」

尾上の横に戻る。

「今度は腕に意識を移していきましょう……はい、右腕から力が抜けていきます。右腕からどんどん力が抜けて軽くなります。軽くなるよ、右腕が軽くなる……。はい、左腕からも力が抜けます。グーンと力が抜けて軽くなります……。さあ、両腕がとても軽いね。両腕から力がどんどん抜けていく。両腕が軽い……」

再び彼の足元に移動。

「とてもいい気分ですね。手足が軽くて、身体がとても楽です。もう一度、足に意識を戻しましょう」

両足を軽くさすってやる。

「軽い、軽い両足が……徐々に重くなります。力が入って重くなるのではなく……肉体だけが重みを増していきます。意識は軽い……リラックスしていい気分です。ただ、肉体だけが重くなる。沈んでいくように足が重くなる……」

腕もさすってやる。

「両腕も重くなります。意識は軽い……しかし両腕は肉の塊のように重く、重くなっていきます……」

尾上の両腕を少し持ち上げてから離してみる。いかにも重そうに布団に落ちる。力は入っていない。いい感じだ。

「手足と同じように、身体全体が鉛のように重くなっていきます。あなたの肉体はどんどん重くなっていく。反対に……あなたの意識は軽やかです。綿菓子のようにふわふわとしています。とても軽くて浮き上がりそうです……。

　さあ、それでは意識をちょっと浮かせてみましょう。重い肉体から離れて、十センチだけ意識を浮かせてみよう。さあ、ゆっくりと……浮き上がる……あなたの意識はふわふわと肉体から離れていきます。重い肉体はもう下にある。あなたの意識は肉体の上をふわふわと漂っている。とても気持ちいい。重い肉体から離れて、いい気分です。さあ、十センチ浮いたら、もう少し浮いてみようか……一メートル浮いてみよう。意識がふわふわとますます軽くなりますね。あなたの意識が浮いている間に、重い肉体は下で休憩しています。だからあなたは何も心配しないで……意識だけをふわふわと浮かせていましょう。尾上さん、気分はどうですか？」

「……軽い。楽な感じ……」

　口調からもリラックスしていることは分かる。

「はい、それでいいんですよ。さあ、それではあなたの意識を、肉体が見えなくなるまで浮かせてみよう。ふわふわと浮かせる。十メートル、二十メートルと浮いていきます。三十メートル……四十メートル……下で休んでいる肉体が豆粒くらいの大きさになっていきます。とてもいい気分で、もう何も見えなくなりました。

　周りは明るくて……穏やかで……でも、何も見えないところです。あなたの意識だけがふわふわと漂っている。これからしばらくは、意識だけがあなた自身ですよ。あなたは意識だけで自由に動きます。

さあ、それではちょっとどこかへ行ってみようか。あなたは自由にどこへでも旅に行けますよ。まずは……そうですね……宇宙船の中に行ってみましょう。あなたは宇宙船の中にいる……何が見えますか？　目についたものを言ってみてくれるかな？」

「コンピュータ……ボタンがたくさん……メーター……椅子、窓、男が三人……白衣を着ている……」

尾上が淡々と言う。穏やかな表情をしている。順調と言っていいだろう。

「はい、ありがとう。それでは宇宙船から出て、元の、何も見えない場所に戻って下さい。ふわふわと漂って下さい……。

さあ、先ほど私が、あなたはどこにでも旅に行けると言いましたが、実はその旅は二種類に分かれています。一つは、想像の世界への旅です。あなたは今、過去に宇宙船へ入ったことがないにもかかわらず、宇宙船に入った……これは、想像の世界への旅です。あなたが見たボタンも、メーターも、椅子も、白衣を着た人間も、全部想像の世界のものです。

さて、もう一種類の旅に、記憶の世界への旅というものがあります。あなたの記憶をそっくりたどっていく旅です。想像はいりません。記憶の世界では、想像は偽りでしかない。実際にあなたが目にし、耳にし、肌に感じた事実だけがこの世界では許されるんです。

そんなに難しい旅ではないですよ。記憶の世界はあなたがすでに築いてきた世界だから、そこに戻るだけでいいんです。私がちょっとした入口を作ります。そこから記憶の世界に入ればいいんです。

じゃあ、行ってみようか。まず……そうね、先週の金曜日、昼過ぎに私と会ったという記憶をたどってみましょう。

先週の金曜日……昼過ぎ……多摩学院大学の体育館……柔道場前……望月篠子を待っている……これが入口ですよ。体育館の二階。柔道場の前の通路です。さあ、この世界に入ってみて下さい。時間は流れてますよ。もうすぐ望月篠子が現れる。現れたら言って下さい」

「……来た」

「はい。彼女は一人ですか?」

「……もう一人いる。大きな女」

「はい。望月篠子はどんな服装をしていますか?」

「……グレーのジャケット……白いブラウス……黒い、長いスカート……靴は……黒っぽい……よく分からない」

「結構よ。分からないことは分からないでいいの。じゃあ、あなたは彼女を見てどうしましたか?」

「近づいて……声をかけた」

「何と声をかけたの？」

「……あんた、望月篠子？」

「はい、分かりました。いいですよ。では、その場から離れましょうか。望月篠子と会った世界を出て、元の、何もない空間に戻って下さい。ふわふわと漂って下さい……。

なかなか上手に旅ができました。簡単ですね。それでは、もう一度記憶の世界に行ってみましょうか。今度は去年の十二月十三日……真夜中……高円寺の路地……居酒屋でバイトをしている女の子を待っている……これが入口ですよ。夜の高円寺の路地……あなたは外にいます。あなたが吉住だと思った男が現れる前です。まだ男は現れていない。さあ、この世界に入って時間を流してみましょう。記憶の世界をそのままたどってみましょう。

……どうですか？　少し寒いかな？」

「……寒い」

「あなたは何をしてるの？」

「……道端に立って……煙草を吸ってる」

「あなたは何を考えているの？」

「遅い……」

「何が遅いの？」

「……美咲のバイト……もう終わってもいい時間だ」

記憶の世界には光景とともに、「そのときの意識」もつながって入っている。これに対して私の問いかけに答えるのは「今の意識」である。記憶の旅では「そのときの意識」だけが活動することになるので「今の意識」は消えてしまう。だからこうやって声をかけることで「今の意識」を活動させてやる。そうすれば「今の意識」が「そのときの意識」を客観的に観察できることにもなる。

「あなたはちょっと苛々してるのかな？」

「……してる」

「そう。じゃあ、あなたが吉住だと思った男……帽子をかぶった男が歩いてくるのに気づいたら、私に教えて下さい」

彼が口を開くのを待つ。今度はやや時間がかかっている。

「……来た」

「はい。彼はどれくらい離れたところにいますか？」

「……四十メートルくらい……だんだん近づいてくる」

「彼はどんな歩き方ですか？　ゆっくり、それとも早足ですか？」

「……ゆっくり……道の左側を……ポケットに手を入れて……背中を丸めて歩いている」

「顔は見えますか？」

「……口と顎が見える」

「あとは？」

「……帽子に隠れて見えない」

「今、何メートルくらいまで近づいてきましたか？」

「……二十メートルくらい」

「彼はどんな上着を着てますか？」

「……紺のスタジャン」

「中は？」

「……黒いセーター……か、トレーナー」

「下は何を穿いてますか？」

「……チノパン……黒、いや……少し緑がかった色」

「靴は？」

「……たぶん、スニーカー」

「今、何メートルくらい？」

「……七、八メートル」

「彼の様子に変化はありますか？」

「……ときどき後ろを見る。ちょっと離れたところに男……いや大きな女かもしれない……誰かがこちらを見ていて、それを気にしてる感じ……」

目撃者がいるのか？　いや、いれば警察沙汰になっているだろう。同行者の可能性もある。

「足取りが遅くなった……道を横切って、俺の前で……止まった」

「後ろの人間はまだ見てるの？」

「……分からない」

「それで……どうしました？」

「……男の口が笑ってる……遊び仲間の誰かだと思って……俺は男の帽子のひさしを上げた」

「顔が見えたのね？」

「……見えた」

「どんな顔？　あなたは彼の顔を見てどう思ったの？」

「……知らないやつだったから驚いた……彫りの深い顔……柔道の選手で見たことがある……」

「何秒くらい見たの？」

「……一、二秒」

一瞬だ。尾上は一瞬しか見ていない。見間違いの可能性は大いにある。

「彼はどんな色の帽子をかぶってますか？」

「……赤い……東京ローズの帽子」

「え？」

胃が肺にめり込んだかのように呼吸が詰まった。確か吉住が階段で転倒していたときに持っていたのがその帽子ではなかったか？

「もう一度訊きますよ。彼の帽子は何色でどんなマークが入ってました？」

「……赤色……ＴＲのマーク」

決定的だ。球場近くならまだしも、街でそんな帽子をかぶっている若者など普通は見かけない。

「男はどうしました？」

「……帽子をかぶり直し……通りを見渡した……俺が『何か用か？』と訊くと……また口が笑った……『向こうに行け』と……うっ！」

尾上は突然呻き声を上げて顔を歪めた。

「どうしたの？　尾上さん？　何が見えるの？」

「……何も見えない……畜生……痛え……ああ……」

「何をされたの？　ねえ、尾上さん？」

「……顎を手で突き上げられて……押し倒された……ああ……気分が悪い……痛え……」

尾上が顔に汗をにじませ、荒い息を吐く。相当な衝撃があったのだ。外から声をかけてやっているにもかかわらず、「今の意識」が「そのときの意識」に感化されてしまっている。

「尾上さん、あなたは今、記憶の世界を旅しているのよ。尾上さん、落ち着いて。いったん記憶の世界から出ようか。すぐに出られるはずよ。さあ、戻りましょう。元の、何もない、明るい、穏やかな空間に戻って下さい。記憶の世界を遠くに押しやって……男も……暗い路地も……全部遠ざかっていきます。何もない……穏やかな場所です。いいですか。明るいだけ……ふわふわと漂います。尾上さん、気分はどうですか？」

「……怖い」

「怖くないわよ。すべて終わったことなのよ」

「……怖い」

尾上の閉じた眼から涙が流れる。

催眠へ誘う手段として彼の意識と肉体を分離させたが、それは彼の意識上のことであって実際にはもちろん分離などしていない。感情に伴う身体の変化は素直に現れる。

彼にはつら過ぎるやり方だったか。この記憶を鮮明に取り戻したところで、彼にとってプラスになるものは何もない。屈辱と恐怖を新たにしただけだ。

尾上は心身ともに傷ついている。多額の慰謝料をふんだくることで、彼は彼なりに自尊心を取り戻そうとしているのかもしれない。そのやり方がいいとは言えないが、彼が弱者であることを認めないわけにはいかない。その彼をいたずらに屈辱の世界へと戻してしまった私自身も反省しなければならない。

「尾上さん、それではちょっと飛んでみましょうか。鳥のように……飛んでみて下さい。さあ、前へ、前へ……何もかも振り切って飛んでみましょう。スピードを出して……前へ、前へ……あなたは光の粒子の間を抜けていきます。何もさえぎるものはありません。誰も追いつけないスピードです。あなたは活き活きとして……飛び続けます。怖くはない……爽快な気分です。あなたの先には……光が輝いています。光は遥か遠くにありますが……あなたはその光に向かって高速飛行を続けます。まったく疲れません。後ろには何もありません。とても気分がいい……」

尾上の涙が乾いてくる。表情も安らいできた。

「尾上さん、気分はどう？」

「……いい」

「はい。それでは間もなく……前方に一本の木が見えてきます。背の高いもみの木が……一本だけそびえ立っています。ほかには何も見えないのでよく目立ちます。その木が見えたら……スピードを緩めて……一番上の枝にとまって下さい。スピードを緩め、リラックスして、ふわりと枝に着地して下さい。枝にとまったら……私に声をかけて下さい」

「……とまった」

尾上が静かに呟く。

「はい。あなたが今とまっている木は、間もなく消えていきます。周りには何もなくなります。ただ、あなた自身はふわふわと宙に浮いている。木がなくなっても……何も怖くはありません。ふわふわと宙に漂います。木が消えますよ……消えたら言って下さい」

「……消えた」

「はい。それでは、ふわふわと漂いながら……徐々に下へ降りていきましょう。下にはあなたの肉体があります。あなたの肉体は……意識であるあなたが旅に出ている間に、すっかり瑞々《みずみず》しさを取り戻しました。

さあ、あなたは……肉体のすぐ上までゆっくりと降りていきます。ゆっくりと降りてくる。三メートル……二メートル……一メートル……。もう、あなたの身体はすぐ下にあります。

あなたの旅はこれで終わりますよ。つらい過去も見てきました。しかし……あなたはそれを振り切り、光に向かって飛びましたね。屈辱も恐怖も振り切って、あなた自身も瑞々しさを取り戻しました。さあ、新鮮な気持ちで……ゆっくりと下にある身体へ入っていきましょう。服をまとうような感覚でいいんですよ。肉体は軽く……とても心地いい。もうあなたは……意識だけの存在ではなく、肉体と一つになりました。

これから私がゆっくりと十を数えます。十を数えるうちに、身体に力が通い始めて徐々に動くようになります。意識ははっきりと現実に向いていきます。ここは多摩学院大の体育館の一室です。それがはっきりと理解できるようになります。そして、催眠が解けたあとは……胸を張って、現実に戻りましょう。過去は過去。あなたに大切なのは未来ですよ。

それでは……十数えます。一……二……」

43

花塚ジムは下北沢の駅から歩いて十分余り、住宅街に差しかかる角地にある。四角いビルで、外観はコンクリートの打ちっぱなしになっている。道路に面した側は一階から四階まで大きなガラスが張られているが、三階や四階の様子は外からではよく見えない。道路が狭いのだ。

駐車場が地下にあるらしい。まだサラリーマンの身体が空く時間でもないだろうに、何台かの車が停まっているようだ。

これ以上何かを調べる必要があるのだろうか……。

花塚トレーニングジムの入口を見ながら、不意にそんなことを思った。

怖じ気づいたのか。

いや……。

私は、このジムに入って何になるのか分からないまま、入っていこうとしている。冷静に考えれば当然思い至ることに、ここに来るまで無関心でいた。それにふと気づいただけだ。

ドーピングと傷害事件、どちらが重いのか。そんなことは考えなくても分かる。しかし、私はここに来てしまっている。ドーピングを調べるのが私の仕事で、傷害事件を調べるのは私の仕事ではないからか。それとも心の底では、尾上の件は本当に金で片がつくと思っているのだろうか。尾上の件をどう消化したらいいのか分からない……だから私はとりあえず花塚ジムにやってきているだけなのではないだろうか。

私の力では問題を先送りにしていくしかない。明後日に何らかの答えを出すというのは、どう考えても不可能だ。降ってくる爆弾を抱えるだけ抱える。それに徹するしかない。抱えた爆弾はそのまま明後日、野口と小田島へ渡せばいいのだ。

それでいいんだ。

入口の自動ドアをくぐる。ロビーがあり、奥には受付がある。二十代前半のちょっと化粧の濃い女が頭を下げる。「ＨＡＮＡＴＳＵＫＡ」と文字の入った薄手のブルゾンを着ている。

「いらっしゃいませ」

「あの……体験入会ができると聞いたんですけど」

「こちらのご会員様のご紹介でございますか？」

「いえ、そういうわけじゃないんですが」

「はい、もちろん結構です。それでは、こちらの申し込み用紙にご記入を願います」

名前、望月篠子。年齢、二十七歳。職業、大学研究助手。住所、川崎市多摩区桝形……。別に小細工はいらないだろう。花塚にとって私の住所など、まったく興味がないか、あるいはすでに知っているか、どちらかだ。

「ご利用時間は二時間。浴場のご利用は無料となっております。なお、体験コースはお一人様一度のみのご利用に限らせて頂いております」

二千円を払い、特別会員のフロアが利用できるＢコースを希望する。

「お帰りの際、アンケートをこちらへお返し下さい」

アンケート用紙を受け取ると、更衣室に入ってトレーニングウェアに着替えた。

そう言えば日本に帰ってきてから、ウェイトトレーニングなどまったくやっていない。ちょうどいい。少しばかり身体をいじめてやろうか。

最初に三階を覗く。建物として見たときはそれほど感じなかったが、フロアは意外に広い。バスケットコートが余裕で一面入るくらいの広さだ。窓側にエアロバイクとトレッドミルが十台ずつ並んでいる。中央にはバタフライやレッグプレスなどのマシンが無秩序に置かれてある。多摩学のトレーニング室にもあるようなものだ。

四時を過ぎたところだが、すでに十二、三人の利用者がいる。主婦らしき女性客数人のほかに、明らかにサラリーマンで、それも管理職や役員を務めていてもおかしくないような年代の男性客も多い。仕事の合間にこういうジムで気分転換を図る生活スタイルもあるらしい。客に混じって赤いTシャツを着たインストラクターが二人、黙々と自分の肉体改造に励んでいる。どちらも見た目は二十代の半ばで、花塚正嗣でないことは確かだ。

四階に上がる。フロアが三階より狭いのは、事務所が東側にあるかららしい。三階が東と南に大きな窓があるのに対し、四階は事務所がある分、大きな窓は南側にしかない。その南側には三階と同様、エアロバイクが並んでいる。

フロアの中央はマシン群のスペースとなっているが、その充実ぶりは三階の比ではない。

一見して高価なものと分かるマシンは、どれもウェイトの微調整が可能で、どんな体型の人間にもアジャストできる調節機能もついている。コンピュータとつながった筋力測定機械もあれば、使い方さえ見当のつかないようなマシンもある。五台のベンチプレス台の横には、一個二十キロのウェイトがこんなにいるのかと思うほど、ラックに並んでいる。

事務所はガラス張りではないので中の様子はまったく分からない。ただ、「スタッフルーム」という札が張られたドアが一つ、壁にあるだけである。壁は殺風景だが、高い場所に書の入った扁額がかかっていて雰囲気を出している。「我が道を行く」とは花塚の座右の銘だろうか。

フロアには利用者が四人いる。四人が四人ともタンクトップから太い腕を剥き出しにし、全身から汗を滴らせている。彼らの本職は知らないが、ボディビルダーであることは確かだ。このフロアに限っては、健康的なギャルが会う人会う人に「こんにちは！」と声をかけるという、巷のスポーツジムにありがちな光景は見られそうにない。

客の一人がベンチプレス台でバーベルを上げているところへ、ジムのインストラクターが一人、補助についている。彼も見たところ二十代で、花塚ではない。

こちらから花塚を呼び出すのもおかしい。それ以前の問題として、彼と会ってどうするかも考えていない。

何となくエアロバイクに乗ってみる。

そして漕ぐ。

花塚正嗣。

その男に会って、私は何を話すのだろうか……。

ダイナミックスの井波が死んだ夜、あなたはどこにいましたか？

あなた、杉園信司と吉住新二、どちらかを知ってますか？

あなた、私の部屋に入りましたね？

何だか笑ってしまう。花塚にぽかんと口を開けられ、「は？」などと言われたらどうするつもりだ。

ペダルを漕ぐピッチを上げる。簡単に足の筋肉が張ってくる。息を止めながら一気に全力で漕ぎ、足に乳酸を溜めるだけ溜めてストップする。

汗が額から滴り落ちてくる。息が乱れるのを深呼吸で抑える。タオルで汗を拭いながら、呼吸が落ち着くのを待つ。呼吸が落ち着いたところでもう一度ペダルをゆっくりと漕ぎ始める。筋肉の中で乳酸が溶けていくのを想像しながら漕ぐ。鈍重な爽快感。

「こういう暑い日は一汗かくに限りますね」

途中から私の隣でエアロバイクを漕いでいた中年の男が独り言のように言う。一瞬、独り言かと思ったのは、彼の視線が私のほうではなく窓の景色を見ていたからだ。

「そうですね」

とりあえず、そんな返事をしてみる。

「ここは前のマンションがなければ、もう少し遠くまで見渡せるんですがね」

「ああ……そうですね」

五十がらみの陽に灼けた男だ。黒いTシャツから出ている太い腕を見る限り、彼もボディビルダーなのだろう。トレーニング中に力を入れたときにできる〝気張り皺〟が口元の左右を縦に深く走っている。

「堀内君は今日から来ないのかな……」

男が感情のこもらない口調で言う。私は思わずその横顔に視線を戻した。

花塚正嗣。

オールバックの真っ黒に染めた髪。爬虫類のような眼。口元の深い縦皺。出張った頬骨。太い顎のライン。

これが花塚か。

「来ませんよ」

私も努めて抑揚のない声で言葉を返す。花塚が私の存在を気にしているのであれば、多摩学の学生であることを隠していない絵津子が私とつながっていると疑われるのは不思議でも何でもない。今日まで絵津子の身に何事もなかったのを幸運に思わねばならない。

「そうですか。それは惜しいなあ。よく働いてくれる子だったのに。まあ、ときどき事務所でこそこそと探し物をしていたのはご愛敬でしたがね」

花塚は凍ったような笑顔を作って私に封筒を差し出した。

「これを堀内君に渡してやって下さい。昨日までのバイト代ですから」

私は何も言わずそれを受け取る。花塚が満足そうに頷く。

「それから昨日も驚きましたね。私もいろんなスポーツ選手を知っているつもりですが、佐々木深紅と言えば超一流の女性剣士だ。あなたも大した人間を仲間にお持ちですね」

我々の行動はそろいもそろってバレバレというわけか。

「あの小さな身体でベンチプレスを八十キロ上げるんだから、びっくりしましたよ」

何という馬鹿。花塚とベンチプレスに興じていたのか。

「望月さんも現役の頃はかなり上げたんでしょう。どれくらいでしたか？」

「さあ……」

実際憶えていない。あまりベンチプレスはやらなかったが、百キロを上げた記憶はない。いいところ七、八十キロではなかったか。

「八十キロくらいなら今でも上がるでしょう。どうです？」

「いえ、遠慮しておきます」

私は軽く断った。花塚はさも意外そうに首を傾げる。

「どうしてですか？」

どうしてですか？　笑いを含んだような言い方に挑発的な色がにじんでいる。私を試しているのだ。臆病でなめてもいい相手なのか、警戒しなければならない相手なのか、彼の遊びに付き合うことでそれを見極めるということか。深紅はそれに乗ったわけだ。

「冗談ですよ。もちろんやります」

私が言うと、花塚はまた満足そうに笑みを浮かべながら頷いた。

エアロバイクを降りて、花塚のあとをついていく。大きな男だ。身長は百八十センチ半ばで、体重も百キロ前後はありそうだ。

「こちらへどうぞ」

五台あるベンチプレス台のうち三台には、バーベルが落下しても身体に当たらないようにセーフティガードが付いている。花塚が私を促したのは、セーフティガードの付いていない一台だった。

花塚は手際よく八十キロのバーベルを作った。

「ベンチプレスというのは単純なようでいて、なかなか奥が深く、面白いものなんです。その面白さをあなたにも味わって頂きたい」

ガードが付いている台では味わえない面白さ、というわけか。

「寝なければできませんよ」

花塚が肩をすくめて笑う。芝居がかった仕草。まさに茶番劇だ。

私は手に滑り止めを付けてベンチプレス台の上に仰向けになる。スタンドにかけられたバーベルの下に顔を潜り込ませ、腕を上に伸ばしてバーベルのシャフトを握る。

花塚の顔が見える。冷たい眼。

井波。

思わず、その名前が頭をよぎった。彼も死の直前、こうして花塚の顔を見上げたのだろうか。まさかこの場では井波のような目に遭うことはあるまい。フロアには何人もの人間がいる。すぐ隣でバーベルを上げている者もいる。

花塚は自分の口から井波の名前を出すわけではない。だが、井波について調べていれば、この茶番に込められたメッセージが分かるようになっている。これ以上首を突っ込めば彼のようになるぞという脅しだ。無言のプレッシャーということだ。

馬鹿馬鹿しい。そんなことにいちいち怯んではいられない。

「いいですか？」花塚が低い声で訊く。

「ええ」

バーベルが花塚の手でスタンドから外される。

ものすごい重みが両腕へかかってきた。

「うっ……」

肘関節が曲がってしまい、バーベルのシャフトが首筋の上空を急降下してくる。筋力を総動員して、首の上、十五センチのところで何とか降下を食い止めた。

油断していたわけではないが、筋肉の受け入れ態勢が整っていなかった。八十キロがこんなに重かったとは。あの豆タンク、よくこんな物を持ち上げたものだ。

花塚が冷たい眼で見ている。笑っているのか。よく分からない。

汗が身体中から噴き出す。

早く上げねば。乳酸が溜まってからでは手遅れになる。爆発的な筋肉の収縮が必要だ。
一、二の三で上げよう。一、二の……。
三！

「ほおう」

花塚が感嘆の声を洩らしながら、私が上げたバーベルをスタンドに戻した。

「いや、大したものだ」

言いながら、彼は起きようとする私の上腕を摑んで引っ張った。太い指が大仕事を終えた筋肉に食い込んで痛い。

「ははあ。実に柔らかい筋肉だ。素晴らしい。天性のものですね」

私は花塚の手をやんわりと解く。

「花塚さんは何キロくらい上げるんですか？」

「私ですか？　百五十キロ前後というところですが、それ以外に使い道のない死んだ筋肉ですよ。あなたはさすがに柔道で鍛えているだけあって、筋肉が躍動している」

褒め殺しか何か知らないが、この持ち上げようはどうだ。

「さあ。申し訳ありませんが、私も少しばかり片づけなきゃならない仕事がありますから、このへんで。とても楽しかったですよ」

花塚がそう言って握手を求めてくる。

「花塚さん」

私はその手を無視して言った。

「ちょっとお話しする時間を取ってもらえませんか？」

「無理ですね」花塚はあっさりと言い放った。「その必要もないでしょう」

「あなたには必要ないかもしれませんが、私にはあるんです」

「私はあなたのためを思って言ってるんですよ」

「そんな気遣いこそ必要ありません」

「暗くならないうちに帰ったほうがいいでしょう」

「それは脅しですか？」

「馬鹿馬鹿しい」

彼は首を振って笑う。

「私をそんな野蛮な人間と思わないで下さいよ。脅し？　とんでもない。誰かの言葉を借りるならこれは……」

花塚は心もち顎を突き出しながら私に接近し、見下ろす。

「警告ですよ」

彼はゆっくりと両手を胸の前で回し、右手で私を指差した。

警告。

そしてニヤリと笑う。

「望月さんは4という数字が好きなんですか？」

何の話だ？　分からない。

「いえ」

「そうですか。上のロッカーが空いているのにわざわざ下のロッカーを使っているから、その数字が好きなのかと思いましたよ」

私は自分の顔色が変わるのを止めることができなかった。

花塚を睨みつける。だが彼は口元の縦皺を割って笑みを浮かべているだけだ。

フロアを出て、階段で二階へ駆け降りる。

はったりだろう。ロッカーの鍵は腕時計のように手首に巻けるようになっている。花塚はそれを覗き見て、あんなはったりをかましたのだ。

更衣室に入る。手首から鍵を外し、4番ロッカーの鍵穴に差し込む。下のロッカーを使うのは、高校時代の部室で私が使っていたロッカーが下にあったためで、それ以来の癖になっているのだ。

ロッカーを開ける。

その瞬間、中から雪崩を起こしたように見憶えのあるノートの束が飛び出てきた。日記帳だ。奥にはアルバムもある。

不意に電話の呼び出し音が鳴った。携帯電話。私のだ。バッグを引っ張り出して開け、携帯電話を摑み上げる。「もしもし？」

「もう一度念を押しておこう。君はどうも鈍感なようだから心配だ」

今の今まで聞いていた太い声が受話器から伝わってくる。

「ここにはもう近づくな。警告の次は何だか分かるな？」

「………」

「反則負けだよ。ジ・エンドだ」

「あなた、何を隠してるの？　そんなに私が怖いの？」

クックッという笑いが洩れ聞こえる。

「調子に乗るんじゃねえ。てめえみてえな女の一人や二人、どうにでもできるんだ」

花塚が正体を現した。その醜さが口調からにじみ出ている。

「言っとくけど、私はあなた本人には何の興味もないのよ。何を隠しているか知らないけど、私の仕事の邪魔をしないでほしいわ」

「てめえの仕事？　ドーピングの調査か？　笑わせるな。そもそもお前にそんな調査をする資格があるのか？」

「あるからやってるのよ」

「開き直りか？　毒は毒をもって制すってか？」

どういう意味だ。いかにも私がドーピングに染まっていたかのような言い方で不愉快極まりない。

「何が言いたいの？　あなた、人と会話しててもよく笑われるでしょう？」

「てめえこそおめでたい人間らしいな。都合の悪い記憶はきれいさっぱりか？」

意味が分からない。

「エンドルフィンだよ」

エンドルフィン？

「指定薬物じゃなきゃいいのか？　それでよく正義漢面できるな？」

44

エンドルフィン。

聞いたことがある。何だ？

どこで聞いたんだ？

チャイムが鳴った。

起き上がる気力がない。何だか全身からエネルギーを抜かれてしまったようだ。帰ってから、ずっとこうして天井を見ている。

「おいおい、不用心ですねえ」

声と同時に、一杯荷物を抱えた深紅の姿が目に入ってきた。

「開いてた？」

「開いてたわよ。もう手遅れかと思ったわ」

「そんな、大げさな」

深紅が真上から私の顔をしげしげと覗き込む。

「だらけてるなあ。緊張感が足りないねえ、緊張感が」

彼女はバッグからおもむろに風呂敷に包まれた細長いものを取り出した。刀だ。風呂敷をほどいて鞘から抜いて見せる。刃渡り五十センチほどの小刀である。

「それ、真剣？」

「もちろん。佐々木家の守り刀の一本。元平の名刀ですよ」

刀を手にした深紅は、やけに嬉しそうである。

「この刃文を見てよ。見事な互《ぐ》の目《め》乱れでしょ。ほらほら」

変わった女だ。

「これはこのへんに置いておこうかな」

そう言いながら、彼女は刀を鞘に納めて風呂敷にぱらりと包み、飾り棚の上に置く。飾り棚の中には昨日入れたばかりのメダルやトロフィーが並んでいる。

「そんなところに置いたら埃が付くわよ。中に入れれば？」

「それじゃあ、いざというとき、すぐに取れないでしょ。守り刀は使えてこそ意味があるのよ」

まったく。戦《いくさ》でもやるつもりなのか。呆れてたしなめる気にもならない。

「ねえねえ。お篠、夕飯どうした？　私まだなんだけど。そばでも食べに行こっか」

「食べてきたら？　私はいらないから」

「何だ、何だ？」

深紅が私の額に手を当てる。

「熱なんかないわよ」

「ほう。じゃあ花塚ジムで何かあったんだな？」

鋭い。

「ねえ……」

深紅なら知っているだろう。

「はいはい」

「エンドルフィンって何だっけ？」

「は？　エンドルフィン？」

深紅は真ん丸い眼を瞬きもせずに私に向ける。

「エンドルフィンっていったら体内で生成される麻薬様物質ですよ。脳の下垂体でたくさん作られるから、『脳内麻薬』とも言われてるやつ」

脳内麻薬。そうだった。ランナーズハイ現象の起因物質だ。

「マラソンランナーが走り続けているうちに、つらさや苦しさを超えて、ある種の快感を覚えるような状態……いわゆるランナーズハイは、このエンドルフィンが脳内に分泌されているから起こるのよ」

「人間の体力の限界を一〇〇とすると、筋力に危険なレベルつまり生理的限界は八〇。そして普段のパフォーマンスで頑張って出せる力は六〇程度。その六〇こそ心理的限界。しかしエンドルフィンが働くと心理的限界が消え、八〇あるいは一〇〇に近い力が出せるようになる……」

「その通り」深紅が満足そうに頷く。

大学の講義で出てきたような話だ。だがそれだけでなく、エンドルフィンという言葉には特別な響きを感じる。

柔道……。

私の中でエンドルフィンと柔道が密接に結びついている。なぜだ？　思い出せない。

「それは薬として存在するの？」

「もちろん、研究用としては存在するわよ。動物の下垂体からエンドルフィンを取り出して、そのDNA分子をコピーしていくわけ。バイオテクノロジーってのは、そういうやり方だからね。小規模な生産なら、その技術さえあれば可能なんですよ。ただ、商業ベースに乗せるとなると別問題よね。コストや需要の面があるから」

「禁止薬物では、ない？」

「ドーピングの？　うん。リストにはまだ入ってないね。基本的にヘロインやモルヒネと同じような作用があるんだから、市場に出回ればリストに載るかもよ」

指定薬物じゃなきゃいいのか？　花塚の野太い声が頭の中で反響する。

深紅が虚ろな眼をした私を怪訝そうに見る。「で、エンドルフィンが何か？」

「分からない。分からないのよ……。日記も世界選手権の年だけが抜かれてる……」

「お篠のことなの？」

深紅はとたんに怒ったような顔を見せて、私の前に座った。

「ちょっと。私があれだけ言ったこと、忘れたの？」

大きな声が頭に響く。

「……え？」

「杉園と吉住のドーピング疑惑を調査するにあたって、白か黒かの判断基準をどこに置くか。それは使用薬物がドーピング規定によって禁止されているかどうかというところに置くんだったんでしょ？　お篠もそのつもりだって言ったじゃない。いい？　エンドルフィンは現在、禁止薬物として指定されてないし、ましてやお篠が現役として活躍してた五、六年前でもそれは同じなの。後ろめたさを感じる必要は何もないのよ。たとえもし、この先エンドルフィンが禁止薬物のリストに入ったとしてもね」

そういうことだったのか。

深紅はこんなこともあり得ると考えて、あんな話をしつこく私に聞かせていたのか。

しかし……。

駄目だ。

今の私では、深紅のようにドライに割り切ることはできない。

「ごめん。一人にして」

私は畳の部屋に移って戸を閉めた。そしてまた寝転ぶ。

花塚の言葉がボディブローのように効いていて、力が出ない。

なぜ、こんなに気が滅入ってくるのか。

私に吉住や杉園の調査を担当する資格がないからか。

違う。それは理由の一部であってすべてではない。

あの頃……選手として絶頂にいた頃、私は健康管理に関して所属の監督であった深町先生に指導を仰いでいた。特に練習中や試合の日に飲むドリンク、あるいは疲労回復のためのビタミン剤などは、何の疑いもなく先生から渡されたものをそのまま口に入れていた。そのときに先生からエンドルフィンの話を聞かされたのだろうか。悪魔に魂を売るような真似をする人でないことは確かだが、禁止薬物ではないのだから、あり得ないとも言い切れない。

あの頃、ドーピング問題は遠い世界の話だった。無縁だと思っていた。だが実際には、自分のすぐ近くまで忍び寄ってきていたのかもしれない。

禁止薬物でなければいいのか？　深紅はいいと言うが、それは単に規定の網の目をかいくぐったというだけで、根っこの部分では禁止薬物と少しも変わりないのではないか。もちろん、その頃の私に薬物への注意が欠けていた以上、どこかで禁止薬物を使っていなかったとも言えない。考えたら、きりがなくなってしまう。

問題はそこなのだ。禁止薬物であろうとなかろうと、私の経歴に薬が介在していたと考えたときの、自分に対する嫌悪感。自分がどれだけ世界選手権優勝という栄光に寄りかかってその後の人生を生きていたかということを痛烈に思い知らされる。

柔道がなかったら……。そして世界選手権の金メダルがなかったら……。私という人間は空っぽだ。何もない。柔道こそが私の心の拠りどころであり、世界チャンピオンという実績こそが私の誇りなのだ。見る人が見れば薄っぺらで弱い人間だと思うだろう。だが、それが私の真の姿なのだ。

今までの私はそんな自分に対して何の引け目も感じなかった。感じるわけがない。実力で勝ち取ってきたものだと思っていたからだ。しかし、実力で勝ち取ったと思っていたものが、薬の助けを借りていたのだとしたら……。私の唯一の誇りに薬という不純物が混ざっているとしたら……。

こんなに悲しい話はあるだろうか。私の今までの人生のほとんどすべてを自分自身が認められなくなるのだ。

泣けてくるじゃないか。

こんな人間に吉住や杉園がどうこうと言う資格などあるわけないじゃないか。

どうしようもない人間だ。

先生、先生と言われる歳になっても、こんなふうにめそめそ泣いている。

馬鹿野郎だ。

馬鹿だ。

泣いても始まらないのに……。

思い出そう。

深町先生に直接訊く前に、いっそのこと思い出してみよう。

自己催眠をかけて。

自己催眠は何度もやっているから比較的たやすい。すぐに私の意識は肉体から離れ、記憶の旅へ発つことができるはずだ。

さあ。

リラックスして。何も怖くない。

肉体から離れて、ふわふわと浮かぼう。

世界選手権の年。入口はエンドルフィン……深町先生……。

私は何を聞いたのか？

思い出そう……。

45

答えがまったく見つからない。

明日には調査結果を報告しなければならないのに、責任感も正義感も探求心も失せてしまっている。自分のことで頭が一杯なのだからどうしようもない。

「おはようございます」

教務室の前で、女子職員の三村が私に会釈する。

「おはようございます。深町先生はいらしてます？」

「ええ、今日も早かったですよ」

深町先生は講義とゼミのある月曜と木曜を除けば、いつ学校に出てくるかは分からない。だが出てくれば朝は早い。私はほとんど先生より先に来たことがないくらいだ。

深町研究室の扉を開けて応接室を抜ける。

「おはようございます」努めて自然な口調で言う。

「おはようさん」

深町先生は新聞を広げて読みふけっていた。

「いよいよ、オリンピックの代表が決まるようですね」

私は先生の後ろを通りながら、紙面に目を落とした。

「金曜日に決まるらしい。ほら、ここに書いてありますよ」

「ああ、そうですね」

スポーツ面の隅に小さな見出しで「柔道五輪代表、三日後選出へ」と出ている。全柔連がそう発表したらしい。着々と段取りが踏まれている。

「角田君はどうでしょうね。土日の選考会ではよかったという話だったね」

「ええ。有力だとは思いますけど、何とも分かりません」

「そうだね。もうやるべきことはやったんだから、あとは大人しく待っていたほうがいいでしょう」

「はい。私も今の時期、何と声をかけたらいいかと……。無理に安心させるようなことも言いにくいんですよね。『大丈夫、大丈夫』なんて言って、もし洩れてたらと思うと……」

「今はもう勇気づける言葉は必要ないでしょう。逆に発表が近くなったら『万が一落ちてもね……』って、慰めるくらいの言葉をかけてやりなさいよ。それが何より彼女にとってのお守りになりますよ」

「お守り……ですか」

「そうです」

そうか。お守りというのは元来そういうものなのかもしれない。成功へ導くものではなく、成功しても挫折しても心を支えてくれるもの。あなたは精一杯やったんだから、どういう結果が出ても納得しよう。たとえ選ばれなかったとしても、それを一つのステップとして次につなげよう。そういう言葉こそが、代表に選ばれるか選ばれないかという彼女を守ってやれるのだ。大丈夫、あなたは絶対選ばれるわよ。そんな言葉は前向きなように聞こえても、実は無責任なものでしかない。

「はい、分かりました」

抱えている問題のすべてが解決したわけでもないのに、何だか安心感が込み上げてくる。先生に話せば、何もかも氷解していくような気がする。

エンドルフィン。

昨夜、自己催眠で記憶をたどってみたが、かなり漠然とした記憶しか残っていなかった。時期的には世界選手権の前後から膝を負傷するまでの三、四カ月の間。やはり深町先生の声として記憶に残っている。あまりに漠然としているのは、先生の催眠を受けている中で聞かされているからなのかもしれない。

訊けば分かるのだろうか。嘘でもいい。先生ならきっと私を安心させてくれるはずだ。

「先生……」

深町先生は小さなレンズの老眼鏡を外しながら、顔を上げた。

「私が世界選手権に臨んだ頃のことで、少しお訊きしたいんですけど……」

「ほう」先生はかすかに微笑んだ。「ついこの間のような気もするが、あれからだいぶ経ってるね」

「はい。あの頃、私は先生からビタミン剤やドリンクを頂いてました……」

「うん、そうでした。あれはね、作るほうにとっては本当に気を遣う仕事ですよ。何しろ選手の口に入るものだ。それに効果などというものは正直、目に見えて現れるわけではないですからね。かといって選手のほうは、何らかの結果を期待している。

私は実際のところ、あそこまでやる必要はなかったと思ってますよ。もしあなたが選手にそういうものを作ってあげようとするなら、スポーツの分野で仕事をしている栄養士の意見を聞いたほうがいい。選手の体質も把握して、よく研究してみるのがいいでしょう」

「いえ、私はそういうつもりはありません。ただ先生、一つお訊きしたいのは、私が使っていた栄養剤やドリンクに、何か特別な薬が入っていたかどうかということなんです」

「特別な薬……というと?」

先生は眼をしばたたかせる。

「はい。明らかに競技力を向上させることができる効果を持つ薬、あるいは物質ということです」

「それは、ドーピング問題で言われているようなものかね?」

「ええ、もちろんそういうものも含めて、ですけど」

先生は笑った。苦笑いだ。

「安心しなさい。そんな特別な薬は入れてませんから。私の安月給ではそんなことをやっても続きませんよ」

「そうですね。そうですねっていうのも失礼ですけど……」

先生は笑っている。

何もかも晴れたのか？

分からない。

だが、これ以上質問を重ねたところで、どうしようもないだろう。

この一言で十分じゃないか。

区切りをつけなければいけない。

46

「まいったな……」

尾上についての報告に、野口は大きくため息をつく。

今月に入って市ヶ谷大には週に一回くらいのペースで通っていることになる。おそらく明日も最終報告という形でここに来ることになるのだろう。

「その尾上という男の話には疑うべき余地はないんだね？」

「私はそう思います」

野口が示唆していたような菊原らの謀略という線は、幸か不幸か薄いと言わざるを得ない。

野口の長い黙考が続いた。

「とりあえず今日の段階で言えることは、ドーピング問題を抜きにしても、吉住君を代表として推薦することはできないということです」

「ふむ、分かった。だが、その件の対応については少し時間をくれ」

「それは、尾上の希望通りの対応もあり得るということですか？」

「あり得るとは思いたくないが、君と同じように私一人では決められないということだよ」

野口は確かに偉大で人望があり、温厚な人柄ではあるが、同時に組織を重んじ、封建型の生き方を好む人間でもある。これが菊原であれば、スパッと何らかの決断を下すのかもしれない。

ただ吉住は野口の後輩である。しかも強化部長と強化選手という関係から、さらに言えば野口久という人間のけじめのつけ方として、彼の責任は免れない事態に進むかもしれない。

その面では同情したくなるし、慎重に対処したいという気持ちはよく分かる。

「それで……ドーピングに関しては、吉住から何か疑わしい点は出てきていないのかね？」

彼の口調はあたかも、吉住にはこの際ドーピングでも引っかかってほしいと言っているようなものだった。そうであれば、確かに対策も取りやすくはなるだろう。

「今のところはありません。ただ、吉住君が暴行を働いた動機というのが私には分かりません」

「つまり興奮剤の過剰使用とか、ステロイドの副作用とか、そういう影響の可能性があるということだね？」

「ええ。もっとも、これは何の根拠もない推測ですから、実際には怪しい点は見つからないと言ってもいい状態です」

「では、杉園に関しては何かあると……？」

「いえ、彼に関しても同様でして……」

野口は低く唸りながら腕を組む。自分に言い聞かせるように頷いたりしている。

「そうか……」

あまりの収穫のなさに失望させてしまったか。少し焦りを覚える。

「いや、まったくゼロというわけでもありませんので、明日になったら何か報告できるかもしれません」

言いながら、余計なことを言ってしまったと後悔する。目算など何もないのに。

「というと？」

「え、ええ。前に話した私の友人がいろいろ動いているようですので、その報告によってはということですが……」

我ながら自分の話の無意味さが嫌になる。

「そう言えば、以前君が言っていた下北沢のジムというのは……？」

「ああ……」

私は思わず眼を伏せていた。にわかに、自分が野口久という人間とまともに向き合える分際でない気がしてきた。まだ晴れてはいないのか。

「実はですね、やはり何かありそうなんです。オーナーの花塚自身、私を警戒しているんです」

「警戒？　会ったのかね？」

「ええ。近づくなと言われました」

「ふん……そんなふうではあまり関わり合っていてもしょうがないな」

「ただ、強行突破すれば、何か出てくる気はするんですが……」

「強行突破？　君はどうするつもりなんだね？」

表現がストレート過ぎたか。しかし花塚しか開きそうな扉はない。

「それは……私も具体的には決めかねてますが……真正面から行っても、らちがあきません し……。どうするにせよ、先生方にはご迷惑をかけないようにしますので」

私の微妙な言い回しに、野口は眉をひそめる。

「君がどういう考えを持っているのか知らないが、危ない橋を渡るのだけはやめてくれ。結果的にゼロならゼロでも仕方がない。仕事に対して使命感に燃えたり、あるいは柔道界を守ろうという気概を持つことは確かに重要だ。しかしそれを第一に考えるあまり、君の実直な生き方を台なしにしてしまっては何にもならない。いいね？」

「はい……」

さすがに野口の前では曖昧な言い回しは利かない。私の頭の片隅にある道を見透かされている。

「もちろん、私がここで釘を刺したからといって、君の中だけで処理しようとするのはもっと困る。自分が責任を取れば済むことだとは思わないでくれ。君だけが責任を取るということはあり得ないのだからね」

「はい……」

どうする？

47

私の実直な生き方。

私の生き方が実直なのかどうかは分からない。ただ、確かに今までの私の人生を振り返れば、奇異な道は避けていたように思う。柔道家として柔道を愛し、地味ながらも恥ずかしくはない人生を送ろうと思っていた。それを実直と言うならそうかもしれない。

しかし、それがどれほど重要なものなのか。今の私には、それに何かの価値を見出すことはできない。

むしろ……それを捨てることで、その価値は分かるのかもしれない。

決意が必要だ。

「角田さん」

私は道場の隅でストレッチをしながら、志織を呼び止めた。

「はい」後輩と打ち込みをしていた志織が私に向き直る。

「それが終わったら、私と乱取りやろうか？」

志織は袖で汗を拭いつつ、きょとんとした表情で私を見た。「……はい」

「ちょっと胸を借りさせてもらうわ」

胸を借りる。自嘲気味に言いながら、私はその言葉の極めて自然な響きにはっとした。私と志織との現時点での実力を考えるなら、私が胸を借りるということは、至極当然なことかもしれない。百七十二センチ・七十七キロ対、百六十二センチ・五十五キロという体力差もさることながら、今の彼女には体力をパフォーマンスに生かせるだけの技術がついてきている。

それにもかかわらず、彼女の技を受け切ったり、投げられながらも技の欠点を探し出したりできるのは、考えてみれば不思議なことだ。なぜ、私はそんなことができたのだろうか。そんな余裕や集中力はいつの間に身についたのか。

コーチだから……。

コーチだから教え子である志織の技は受け切れる。何度も相手をして、癖を知っている。

私はコーチなのか？

コーチって何だ？　私はいつからコーチなのだ？　私にそんな資質があるのか？

私は柔道の世界から離れたくないという理由だけでコーチをやっているのではないのか？

「お願いします！」

「お願いします！」

組手争いなどない。志織と真正面から組む。

岩のようだ。こんな感覚はなかった。

私の中で何かが壊れようとしている。

今まで築き上げてきたものが壊れようとしている。

壊さなければ、前へ進めないのだ。

花塚ジムへもう一度乗り込むには、私の築き上げてきたものは障害にしかならない。築き上げてきたものを守るためには、築き上げてきたものを壊さなければならないのだ。

柔道から離れる決意が必要だ。

「先生……」

「はい」

「手加減はしませんよ」

「もちろん」

岩は一瞬にして重いうねりに変わり、私の身体を浮かせる。

何の技だ？

分からない。

いい技だ。

分からなくてもいい。

ああ。

壊れていく……。

48

串田研究室を覗く。深紅の姿はなく、絵津子が一人で何かの資料を整理しているところだ。

「練習は終わりですか？」

私に気づいた絵津子が訊く。

「うん。ちょっと今日は早引け」

「明日は報告の日ですもんね」

「まあね」

私は手に持っていた封筒を絵津子に差し出した。「はい」

「何ですか？」

「バイト代。花塚からよ」

「へえ。せしめてきたんですか。ありがとうございます」

せしめてきたというほどの活躍はしていない。思わず苦笑する。

絵津子が整理しているのは柔道雑誌のコピーらしい。かなりの枚数に上っている。

「だいぶ取ってきたのね。どこで？」

「中央図書館です」

コピーを手持ち無沙汰にめくってみる。特に中身を見ようということでもない。それより絵津子に頼みたいことがある。

「ねえ、堀内さん。前に花塚ジムでさあ……」

私の手が止まる。相撲取りの写真が目に入った。コピーが途中で柔道から相撲の雑誌記事に変わっているのだ。

「堀内さん、相撲が好きなの？」

「いいえ。深紅先生の指示で取ってきたんですよ。望月先生は聞いてないんですか？」

「聞いてない」

確かに深紅は昨夜、私のマンションに泊まりはしたが、ろくに口を利かなかったのだ。

「私も詳しくは聞いてませんけど、これを見てだいたい分かりましたよ」

「分かったって何が？」

「何がって、私たちが調べてることですよ」

「ちょっと見せて」

私はコピー用紙を自分のほうに向ける。

深紅は何を発見したというのだ。

紙を繰る。

杉園。

杉園。杉園。杉園。

杉園の記事ばかりだ。柔道雑誌から大阪の新聞の縮刷版まで、大倭学園高校の特集を集めてきている。杉園の高校時代。そこに何がある？

相撲記事のコピーを繰る。相撲雑誌、スポーツ新聞などの記事で、量的には柔道関係のものより多い。

千里山。

千里山の記事がほとんどだ。その他といっても夏山部屋の記事である。夏山部屋は千里山の所属する相撲部屋。そして千里山は、杉園と大倭学園の柔道部で汗を流した仲間……。

「どういうこと？」

考えるのがもどかしい。答えを知ってるなら早く教えてほしい。

「ふふふ……」

深紅が芝居じみた笑い声を上げながら部屋に入ってきた。

「そこまで見て、まだ分からないのね？」

分からない。だいたい深紅や絵津子は一昨日まで花塚ジムをマークしていたのではないか。なぜそこから杉園と千里山に話が飛ぶのだ？

「じゃあ、これを見てごらん」

深紅がコピーの山から一枚を抜く。大倭学園金鷲旗優勝メンバーの集合写真だ。

「これが杉園。隣が千里山こと仲井達樹ね」

彼女は後列に仲よく並んで立っている二人を指した。杉園はまだ子供の顔だ。野ギツネのような顔は、今よりもいくぶんほっそりしている。

「それから、これは角田さんが取ってきた二人のインタビュー記事ね。この写真」

『我ら新風の業師とならん』という大見出しの横で、二人が肩を組んで笑っている。

「どう？　この違い」

「違いって言われても……まあ、少し肉が付いたかな」

「少し？」

深紅が笑いながら言う。そして絵津子に舌を出してみせる。どうやら私は、深紅の思うつぼに嵌まっているらしい。

「もったいぶらないで教えなさいよ」

「こっちのほうを見るのよ」

深紅は杉園の隣に立っている男を指差した。

「千里山？」

「そう。太ったなんて言わないでね。そりゃ相撲取りは太らなきゃどうしようもないんだから。背の高さを見てよ」

千里山の身長？

「この肩を組んだ写真。同じくらいの背丈でしょ。どちらかが背伸びしているわけじゃないのよ。一番最近の資料でいうと、杉園の身長、百七十六・五センチに対して千里山は百七十五・三センチ」

「ふん。それで？」

「じゃあ、この高三の金鷲旗優勝時の写真はどう？　千里山……仲井の背丈は明らかに杉園と比べて低いと思わない？」

確かに仲井の頭のてっぺんは、杉園の額あたりの高さにしかきていない。

「高三の夏のデータによると、杉園が百七十六・二センチ。それに対して仲井は百六十八・七センチなのよ」

「ふんふん」

「どう思う？」

「え？」

「この仲井の急激な身長の伸びよ」

「でも急激っていったって男の子なんだし、三年で七センチくらいならおかしくないんじゃない？」

「おかしいのよ。じゃあ、仲井の中三、高一、高二の身長の推移を教えてあげようか。仲井は杉園と違って中学時代から全国区だったから、全部載ってたわよ」

深紅はホワイトボードに縦軸と横軸を引き、横軸に中三、高一、高二、高三、現在と記した。

「中三、百六十二・八センチ。高一、百六十六・六センチ。高二、百六十八・五センチ。高三、百六十八・七センチ。つまり仲井は高一から高二あたりを最後に、第二次性徴期を終えているわけよ。ところが現在の身長は百七十五・三センチ。この伸びは何？」

そうか……。

「ただ、ある薬が介在していれば、この現象も可能になる……ということですよ」

「成長ホルモンね」

「そうよ」深紅がペンで私を指す。「いい？　仲井は高校卒業と同時に夏山部屋に入門した。仲井は百七十センチに満たない身長でありながら、角界を進路として選んだってことよ。新弟子検査の身長制限はどれだけか知ってる？」

「百七十？」

「百七十三よ。アマチュア相撲で実績を残した者以外はその制限を避けて通れない。頭にシリコンを入れたりするのも今は禁止されている。この状況の中で彼は親方に勧められて入門し、約半年後に百七十三センチジャストで新弟子検査をパスしてるわけ。

　この成り行きを見れば、仲井本人、もしくは夏山親方に身長を伸ばす秘策があったと十分考えられる。完全に骨の固まった青年ではないだけに、あと四、五センチくらいなら伸ばせると。それも牛乳を毎日飲むとかじゃなく、もっと確実な方法でよ」

「つまり仲井は相撲の道を志し始めた頃からHGHを入手して、身長を伸ばすことに成功したと。その効果を耳にした親友の杉園が、そのHGHは筋肉増強にも効果があり、しかもドーピング検査での検出が難しい薬物であることを知ったと」

「そう。そんないい薬の入手経路が身近にあったなら、ちょっと試してみようと思っても不思議ではない……」

「でも、せめて千里山か夏山親方がどこから薬を入手したか摑まなきゃ、まったくの空想でしかないわよ」

「もちろんよ。この説は資料をぼうっと見てて思いついたわけじゃないのよ。『五時十五分の謎』よ」

「五時十五分の謎？」

何だそれは。そんな謎は初めて聞いた。

「堀内さんがジムでバイトをしていたとき、花塚は五時過ぎになると決まって社長室に引っ込んでしまうという話だったわね」

そう言えばそんなことを絵津子が報告していた気もする。

「この時間に何があるのか？　ちょうど一昨日の日曜日まで行われていたものよ」

「もしかして……相撲？」

「そうです。大相撲夏場所。大相撲中継の五時から五時半頃といえば、中入り後。前頭の中位から上位陣が土俵に上がる時間帯よ。千里山は前頭五枚目」

「千里山の取組を見てたってこと？」

「それしか考えられないでしょう」

深紅はやけに自信ありげだ。

「それだけ？」

私が言うと、彼女はニヤリと笑った。

「これはどう？」

深紅がまたコピーの山から一枚を抜いて私の前に置く。千里山が化粧回しをして直立不動で写っている写真だ。

「相撲雑誌のコピーなんだけど。この桜の花びらをデザインにあしらった化粧回しね。右下にある小さなローマ字の刺繡《ししゅう》が見えるかな」

「これローマ字なの？　うーん、分からないなあ……」

一見、何かの模様とさえ思える凝ったデザインの刺繡なのだ。しかも小さい。

「この一番左はちょっと大きいから分かるでしょ？」

「……H？」

「そうよね。これがそのコピーを二倍に拡大したやつ。文字がいくつあるか数えてみて」

「一、二……九つ」

「H・A・N・A・T・S・U・K・A。ハナツカ。九つよね？」

HANATSUKA……確かにそんなふうに見えなくもない。

「ちょっと待って。化粧回しって安くないんでしょ？」

「百万は下らないって言うわよね。これを贈る人間はタニマチと呼ばれるバリバリの後援者よ。そういう人間は私生活を含めて力士や部屋との結びつきが強いわけ。有力後援者なら力士の結婚問題にまで口出しするくらいだし。こういう関係のもとでは相撲にプラスになるという理由で薬が供給されても不思議じゃないし、そういう動きがあっても決して表沙汰にはならないということよ」

「じゃあ訊くけど、日曜日にあなたはジムで八十キロのバーベルを上げて花塚に褒められていたのよね？　彼が化粧回しを贈るくらいの後援者なら、千秋楽の日は国技館で観戦したり、部屋で力士の活躍を祝ったりするもんじゃないの？」

「それは二つの理由が考えられるわね。一つは部屋頭であり、ただ一人の関取である千里山が今場所、初の負け越しを喫したために打ち上げムードが盛り上がらなかった。もう一つは花塚自身の都合で自粛した」

「自粛？」

「柔道界のドーピング問題。通販業者井波の死。そして外では全柔連の望月篠子が動き、中には引き込み役の堀内絵津子がいると。こういう状況の中じゃ、夏山部屋の打ち上げに出ていくのは得策ではないと判断してもおかしくないわよ」

「つまり、花塚が私に対して威嚇してみせるのも、千里山―杉園というラインを探られたくなかったからということね？」

「うん。まあ一つの理由でしょう」

「一つの理由……？」

何だかすっきりしない言い方ではないか。まだ「はっきりしない問題」とやらが残っているということか。深紅はもったいぶる癖はあるが元来話したがり屋である。言葉を濁しているときは、だいたい自信がない証拠であることが多い。

「それより、今言った話はほとんど資料からの発見だからね。お篠が納得して上に報告するためにも、実際花塚が千里山とつながっているという裏づけが必要でしょう。私がもうちょっと早く気づけば、堀内さんからバイト仲間を通じてそのへんの事情を探れたんだろうけど」

裏づけ……それはやはり、雑誌のコピーを凝視したところで手には入らない。

「望月先生、さっき私に何か言いかけませんでした？」

絵津子が言う。眼が笑っている。

「ああ……」

結局、それしか道はないのだ。

「堀内さん、花塚ジムの合鍵作ったって言ってたよね？」

「はい」

返事と同時に出した彼女の手には、すでに鍵が握られていた。

49

下北沢駅の階段を人波に逆らわず降りていく。

この街は新宿からも渋谷からもほど近いこぢんまりとした繁華街で、駅周辺には狭い道の左右に居酒屋やショットバー、ファーストフードショップ、牛丼屋など、学生好みの店が立ち並ぶ。

小さな駅前広場には帰りを惜しむ若者たちが群れている。私はその間を縫って本多劇場の方面に向かう道を歩き始める。

十時半。絵津子の話によるなら、もうジムには誰もいない時間だ。

昨日歩いた道を今また歩く。妙に気分がざわざわと波立ってくる。ため息とも深呼吸ともつかない息を何度も吐く。

持ってきたものは鍵と、薄い手袋、ペンライト、携帯電話、筆記具くらいのものだ。手ぶらであることが、かえって落ち着かない。

髪の毛を落とさないように帽子をかぶり、女性会員が履き潰して捨てたのを絵津子が拾ってきたというトレーニングシューズを履いてきた。服装は黒のサマーセーターに黒のストレートジーンズという黒ずくめで、深紅に言われるまでもなく、まるっきり盗賊だ。

本多劇場を過ぎ、人影がまばらになる。なおも歩いていくと、花塚ジムの建物が遠くにちらりと見えてくる。ビルの外壁が街の放つ明かりに照らし出されて、白く浮かんでいる。

人けのないところで立ち止まり、携帯電話を出す。メモを見ながら野口の携帯の番号を押す。メモを破りながら呼び出し音を聞いていると、すぐにつながった。

「もしもし……」

「もしもし、野口先生でしょうか？」

「……望月君か。どうした？」

こんな時間、不意に電話しても、野口は野口だ。もし寝転がってテレビを見ていたとしても、そんな気配は決して口調に出さない。

「一応約束してましたので電話しました」

「……何をするんだ？」

「今、花塚ジムの前にいます。明かりが消えてますので、ちょっと中に入ってみようと思います」

「望月君……」

「先生。申し訳ありませんが、ご忠告は遠慮申し上げます。すべて私の意思で、私のためにやることです」

「私は言ったはずだよ。仕事と心中するのは立派でも何でもない。大切なのは人間として道を誤らないことだ。君にこの仕事を預けたことを私に後悔させないでくれ」

「すみません。問題そのものが私の受けた仕事を超えているんです。私の問題なんです。柔道界に……」

胸に熱いものが込み上げてくる。

「柔道界に恋々とするつもりはありませんので……失礼します」

電話を切る。でたらめの番号にかけては切るといったことを何度か繰り返し、ポケットに仕舞う。

間を置かず、電話が震えて着信を知らせた。

「もしもし。私だけど」

深紅だった。

「今、電話してた？」

「うん。野口さんにね。連絡だけしとこうと思って」

「ふーん。来るの？」

「来るわけないでしょ」

自分より頼りになる人間がいることが気に入らないらしい。困ったものだ。

「やっぱり私も行ったほうがいいんじゃない？」

「結構だってば」まったく、もう。出かけるときからこればかりだ。「あのねえ、〝はじめてのおつかい〟じゃないんだから。こっちからかける以外は電話してこないで」

電話を切り、ついでに電源もオフにする。このまま電源を入れておいたら、次に野口から電話がかかり、それを切ったらまた深紅からかかってくるだろう。侵入どころではない。

ゆっくり歩き、後ろの通行人をやり過ごす。花塚ジムの前に立ち、近くに誰もいないのを確認して地下の駐車場に入る。車は一台も停まっていない。花塚が所有しているというベンツももちろんない。

駐車場の奥に通用口がある。絵津子が作った合鍵はここのものだ。手袋を嵌め、鍵を鍵穴に差し込む。回すと、かなり大きな音を立てながら錠が外れた。

ドアを開ける。と同時に非常ベルの音が鳴った。中に入り、ペンライトを点け、絵津子に教えてもらった通りにスイッチを入れてセキュリティシステムを解除する。非常ベルの音はすぐに止んだ。

通路を抜けて階段を上がっていく。

ペンライトの明かりだけというのが、これほど歩きづらいとは思わなかった。自分の部屋で試した限りでは使える感触があったのだが、やはり勝手知ったる場所とそうでない場所では違うということか。しかし、強い光を使って外に洩れてしまうのも困るから致し方ない。

各フロアに人けがないのを確認しながら時間をかけて四階まで昇る。子供の頃にやった肝試しでも感じなかったほどの薄気味悪さだ。手のひらに汗をかいているのが分かる。

四階にももちろん人の気配はない。

フロアのトレーニングマシンをライトで照らしてみる。金属でできた構築物たちが無機的な世界を作っている。床にドライアイスでも漂わせればSF映画の舞台になりそうな空間である。

静かだ。

呼吸するのもはばかられるほど静かだ。

足元を注意深く照らしながら歩く。壁伝いに進むが、ダンベルなどのラックがあり、引っついて歩くことはできない。頭の上も気になる。何が降ってくるわけでもないが、見えないという理由だけで不安になるものだ。上を照らすと、昨日も見た扁額が目に入ってきた。不思議にホッとする。夜道に迷って民家の明かりを見つけたような感じだ。

ようやく事務所のドアに到達した。ここの合鍵も絵津子からもらっている。このドアは開けたところで、セキュリティシステムとはつながっていない。事務所の奥にある社長室はもともと応接室的なものだったらしく、特に鍵が付いているわけではないという。とりあえずここの鍵を開ければ、社長室に入るという第一段階の仕事はクリアできることになる。

鍵を差し込んで回すと、安っぽい解錠の音が鳴った。

ドアをゆっくりと開ける。

静かだ。

事務所の広さは十四、五畳といったところで、机が四つとソファが一つある。机の上はトレーニング関係の雑誌やスポーツ新聞、漫画雑誌、出前弁当のチラシなどが散らばっている。机の一つに大きなパソコンが一台置かれ、書類らしきものはその周辺に固まっている。

トレーニング機器のカタログや取り扱い説明書が、パソコンの後ろにある棚に並んでいる。トレーニング学の専門書、スポーツリハビリの入門書、医学書やコンピュータ関係のムックなど、読む者がいるかどうかは知らないが、スポーツジムらしいものもそろっている。

同じ棚にある「会員名簿」とラベルが張られた薄手のファイルを開いてみる。だが、絵津子がコピーしたものと同じものが挟まっているだけだ。一般会員のリストもあるが、ざっと見たところでは知った名前はない。このスタッフルームにはこれ以上の重要書類は置いていないだろう。

奥の社長室のドアを開けて入る。

社長室は事務所と同じくらいの広さだ。革張りのソファ一対と小さなローテーブルが手前にあり、奥に大きな木製の机がデンと置かれてある。机の上は整然としている。その横にはスチール製の本棚があり、何やら書類が一杯詰まっている。

壁をぐるりと照らしてみる。ボディビルの表彰状。トロフィー。黒光りした身体で白い歯を見せながらポーズを取っている花塚自身の写真も飾ってある。その横には海の中のイルカを描いたリトグラフが額に納まっている。変に不似合いで、絵が可哀想だ。

机の手前、壁に寄せて低い台があり、二十インチ程度のテレビが載っている。ソファに座るとちょうどいい角度で見られる位置だ。

花塚の机に歩み寄る。机の上には電話と、何も書かれていないメモ用紙のほか、本立てに数冊の本が挟まっている。ボディビル関係の本や雑誌ばかりだ。

机の周辺は狭くて歩きづらい。懐中電灯を持ってくればよかった。机にロボットアームのような形をしたスタンドが付いている。これだけでも点けたいところだ。窓はソファの近くにあるが、ブラインドがかけられている。外に光が洩れる心配はなさそうだ。

スタンドのスイッチを入れる。とたんに眩しいほどの明かりが周囲に広がった。これなら、かなり動きやすい。

本棚を探ってみよう。絵津子がこの棚から無作為に抜いたのが登記簿だったという。それ以上じっくりとは探っていないらしいから、何が発見できても不思議ではない。

端から書類を抜き出してチェックする。ボディビル協会の会報。スポーツジムの業界新聞を綴《つづ》ったファイル。特別会員の詳しいプロフィールをまとめたファイルもある。じっくりと見たいところだが、それほどの時間はない。深紅を連れてくるべきだったと、今になって後悔してきた。とにかく井波に関係する書類や千里山に関係する書類を探せばいいと高を括っていたのが間違いだった。手際よく見ていかないと、収穫ゼロという結果だってあり得る。

手袋を脱ぎ、ポケットにねじ込んだ。こんなものを嵌めていては、時間がいくらあっても足りない。

請求書を綴ったファイルがある。経理関係は花塚本人の仕事らしい。薬を扱っているから他人には任せられないのだろう。

請求書の数はそれほど多くない。決算の関係か、四月以降の分しかないからだ。甲田商会。トップスポーツ・コーポレーション。そしてダイナミックス。あとは会計事務所やビル清掃会社、セコム、ダスキンといったところだ。甲田商会とトップスポーツ・コーポレーションは、トレーニング機器の卸売やメンテナンスの会社らしい。

ダイナミックスの四月分の請求書は九十二万四千六百円。品目はプロテイン、アミノ酸食品、ビタミン剤など当たり障りのないものが連なっているが、この中にタンパク同化剤や成長ホルモンが含まれていることは、ほぼ間違いのないところだ。このほかに、直接ダイナミックスに購入を申し込む者もいただろうから、毎月かなりの数量の薬がダイナミックスから吐き出されていたことが分かる。

花塚サイドからの注文票は残っていないのか。

会計事務所が作ったと思われる営業報告書や損益計算書などもあるが、数字の羅列に頭の回転がついていけない。いかに自分が体育会系の人間であるかということを思い知らされる。

「○月△日、夏山部屋の千里山にHGHを渡す」などという分かりやすいメモはないのか。

ああ、疲れた。

ひとまず本棚は中断して、机の引き出しを探ってみよう。というより、椅子に座りたい。

黒い革張りの椅子は大きく、背もたれに身体を預けると否が応でもふんぞり返る格好となる。しばし背筋を伸ばして、仕事を再開した。

右側にある三つの引き出しのうち、一番上の引き出しには印鑑や請求書、領収書、従業員の賃金台帳が入っている。二番目の引き出しには文房具が適当に入れられている。

三番目の大きな引き出しに手をかける。引いてみると案外重い。

引き出しはゆっくり動いた。

小箱がぎっしりと詰まっている。

箱には外国語の文字が印刷されている。英語やフランス語ではない。ドイツ語やロシア語の類だ。もちろん読めない。

薬物の箱であることは想像に難くない。中身も入っている。会員から頼まれているものか、あるいは井波の事務所から持ち出したものか。とりあえず薬品名らしき文字をメモ用紙に丸写しする。

最後に正面の平べったい引き出しを開けた。

数枚の紙がホッチキスで袋綴じにされている書類が奥のほうに見えた。取り出してみる。表書きには小さく「報告書」とだけワープロ文字で打たれている。その表紙を開く。「報告概要」と印字されたその下にある名前に目が留まった。

望月篠子。

私の身上調査報告書だ。どこかの興信所に依頼したものらしい。身上調査といっても、私の経歴などは大まかなことしか書いていない。詳細に報告されているのは私の生活場所に関してである。

マンションの住所、地図、見取り図、隣人の職業及び生活習慣。大学の住所、キャンパスの見取り図と研究室棟の見取り図。総合体育館の柔道場、コーチ室についてもその位置が図を使って説明されている。それぞれに何通りもの道順、車を停められそうな場所、注意事項なども書き込まれている。

手書きのメモもところどころにある。「金、17：00より体育館にて合宿。一時帰宅可能性あり」「鍵試し済」「新聞6〜6：30、ドア横ポスト」など……。

背筋が寒くなる。ここまで用意周到だったとは。住居侵入など序の口だったのかもしれない。普段の生活のどこかで突然襲撃されても不思議ではなかった。

なぜこれほどまでに私を警戒するのか？　陸上選手のドーピング事件で、花塚は何か大きなダメージを受けたとでもいうのか。これ以上ドーピング問題でジムの名前が表に出てしまうと、ジムの死活問題に関わるのか。

はっきり言ってピンとこない。ジムは十分軌道に乗っているはずだ。スポーツ選手への薬物提供などはサイドビジネスの一つにしか過ぎず、いつ切り捨てても一向に構わないものではないのか。現に井波が抹殺された以上、当面は薬物の輸入販売を手がける者もいないのだ。

やはり花塚—千里山—杉園というラインを摑まれたくないということか。千里山か、杉園か、どちらであるかは分からない。ただ、このラインのどこかに、逆さに生えた鱗があるのではないか。

ふと手書きで記されたメモの一つに目が留まった。

「井波文書、小田島→望月」

井波文書、小田島から私。井波がＩＪＦの理事に送った告発書のことか。しかし、なぜ……どうしてあの文書が小田島から私に届けられたことがここに書かれているのだ？

盗聴……深町研究室が盗聴されていたのか？　だが、花塚ジムという存在は、確かあの日の午前中に初めて深紅の口から聞いたはずだ。そんなに早く花塚に警戒されるのは腑に落ちない。

そうすると何が考えられる？

一つ考えられるとしたら、杉園が私の動きに通じていて、花塚に先手、先手と打たせていたということだ。果たしてそんなことがあり得るのか。

文書の存在を知っているのは、深紅や志織、絵津子のほかでは、野口、若尾がいる。若尾は菊原に報告しているだろうから、菊原も含まれる。警視庁の小松崎も存在を知っているが、小田島から私に渡っているということは知らない。直接にしろ間接にしろ、故意にしろ過失にしろ、どこかから杉園あるいは花塚に情報が洩れている可能性がある。

花塚が私を警戒し始めたのは、私が絵津子をジムに送り込んだことを機会にして動物的な勘で危険を察知し、逆調査した結果ではないかと今までは思っていた。

違うのだ。花塚―千里山―杉園というラインにまだ誰かが絡んでいるのではないか？

若尾昌平。

若尾はなぜ、私のところまで足を運んで調査の進行具合を調べに来たのか？　菊原の代理とばかり思っていたが、本当にそうだったのか？　若尾が来れば、情報は当然若尾自身も得ることができる。しかし、菊原が来ていれば、若尾に情報が回るとは限らない。若尾―杉園の間には同じ関武閥、強化チームの担当コーチと選手という関係以上に、何かがあるのか？

分からない。

若尾が関わっているという証拠はどこにもない。それどころか、杉園が薬物に手を染めているというのも、かなり強引な推測である。このままでは、とても野口には報告できない。

目をつぶるつもりはない。杉園が薬物を使っている証拠を摑んだなら、ためらうことなく告発しよう。そこまでの確証はなくとも、彼が花塚とつながっているなら、その旨をそのまま報告しよう。花塚という男との交際は、それだけで柔道界を危機に陥れる行為だ。この薬箱の山がそれを物語っている。スポーツでも武道でもいいが、これが柔道の進むべき道とは到底思えない。

覚悟はできている。悪い流れがあるなら、私が爆弾となってそれを止める。多少の犠牲は仕方がない。職を捨てる気になれば、それくらいの割り切りはできる。

だが、このままでは踏み切れない。何もないところで自爆するほど愚かでありたくもない。

まったく無関係な人間を犠牲にするのも耐えられない。何か探し出さねば。

引き出しの左隅に郵便物が固まっている。カーディーラーからのＤＭ、アルバイト情報誌からの広告出稿依頼、ボディビル協会の会合案内……。結婚式の招待状のような厚手のボール紙が入った封筒もある。差出人は……。

夏山部屋。

指先が硬直して封筒を落としてしまった。慌てて拾い、もう一度見る。

確かに夏山部屋からだ。真っ白の封筒。中から二つ折になった白いボール紙を取り出して開く。金色に縁取られている。


謹啓　初夏の候、皆々様には益々ご健勝のこととお慶び申し上げます。当部屋におきましても夏場所を控え、飛躍の気持ち新たに、日々精進しているところでございます。

さてこの度、恒例となりました夏場所前の小宴を催して、ご挨拶申し上げるとともに、皆々様からの激励を承りたく存じます。ご多用中の折、誠に恐縮でございますが、ご出席下さいます様ご案内申し上げます。

敬具

ゴールデンウィーク中に都心の一流ホテルが取られている。会費は記されていないが、それ相応の金を包んでいかねばならないのだろう。

　差出人は親方名だ。そこまでは印刷されていて、横に手書きの文章が添えられている。

「大変立派な化粧回しを有り難う御座いました。観戦日を教えて下さい。」

最後にサインがある。まぎれもなく千里山と書かれている。

とうとう出てきた。

トンネルの向こう側とこちら側がつながった。

しかし、深紅のやつ……。

五時過ぎに花塚が社長室に消えるという話だけで、このコネクションを読むとは……。

当たってるじゃないか。

病巣が見つかったのだ。

この招待状を見ても、花塚と千里山の関係は金と薬を間に挟んだだけのビジネスライクなものではないことが分かる。まさにタニマチと力士のそれだ。花塚にとって千里山に薬や化粧回しを融通するのは道楽の一つと言っていいのかもしれない。

　もう一枚、別の封筒が目につく。

　青い封筒の中央には「花塚正嗣殿」と崩れた文字が殴り書かれている。その下にはダイナミックスの名と住所が印刷されている。

中の便箋を開く。

前略　先日貴兄から受けた話、小生は今でも当惑するばかりでございます。裏切られたとの気持ち、時間が経つにつれ強くなっております。

七年前、彼《か》の世界から出入りを禁じられて此の方、小生は陽の当たらぬ道を歩いて来ました。仕事の上でもジムから離れ、貴兄とも距離を取って、小生なりに気を遣ってきたつもりであります。

それもこれも、貴兄の力を信じて、いつの日か復権できると確信してきたからこそであります。貴兄とは昵懇の間柄である片山氏が会長に就かれたことで、小生も遠くない将来にもう一度表舞台に立てるのではと期待しておりました。だからこそ、先日の話は到底納得できるものではないのです。胸を張って生きることこそ小生の本望であります。肉体を鍛えている者なら、そう思うのは至極当然ではありませんか。そのあたりをもう一度汲み取って頂きたいのであります。

草々

追伸　もう必要ではないのかもしれませんが、ＩＪＦ―Ｉの入手に目処が立ちました。それから、なぜ貴兄がＨＧＨからＩＪＦ―Ｉへの移行を急いでいたのかも分かりました。千里山に渡していたとばかり思ってましたが、柔道選手にも分け与えていたのですね。

でも、いささか手遅れかもしれません。杉園という青年に恨みはありませんが、匿名の告発書を出しておきました。すでに検査も入ったようです。あとは彼の運次第でしょう。ＨＧＨを検出する機器を入れた検査機関もあるそうですね。

貴兄の良友にも伝わるといいんですが。小生も〝警告〟だけで終わらせるつもりはありません。意味は分かりますね。すべては貴兄次第です。


日付は五月の連休明けだ。抜き打ち検査が入ってから幾日も経っていない。

そして、「井波充」というサイン。

井波は花塚を脅しにかかっていたようだ。彼は何かの問題を起こし、ボディビル界から追放されていた。そして復権を望んでいた。しかし花塚の対応はつれなかった。そこであの手この手を使って、花塚に揺さぶりをかけていたのだ。

その結果、井波は花塚の返り討ちに遭った……ということか。

杉園。

こうダイレクトに名前が出てくると、どう受け止めていいのか戸惑ってしまう。しかし、彼の名が出てくるのは時間の問題だった。

花塚はドーピング検査機関がＨＧＨを検出する方法を確立したという情報を得ていて、次のオリンピックに検出機器が導入されるのは間違いないと見ていたのだろう。ＩＪＦ―Ｉという薬に切り替えようとしていたわけだ……。

「……！」

不意に前方から何かがバサバサと音を立てて飛んできた。

鳥？

一瞬そう思っただけでまったく何なのか分からないまま、それは机の上に落ちた。思わずのけ反る。

ノートだ。

私の日記帳。

前を見る。スタンドの光が逆光となってよく見えないが、ドアの近くに人が立っている。

「君は……」

花塚の声。彼はドアを閉め、ゆっくりとソファに腰を下ろした。

「人の忠告にまったく耳を貸さないんだな」

花塚は私にもはっきりと聞こえるほどのため息をついた。

「そういうのを自殺行為と言うんだ」

にわかに恐怖心が芽生える。花塚はドアのすぐそばに座っている。出口はふさがれたも同然だ。その意味は決して軽くない。花塚も今度は警告で終わらせるつもりはないかもしれない。

どうする?

小さな震えが全身に伝播《でんぱ》する。

努めてそれを隠す。

花塚は黙っている。

「花塚さん。あなた、大変なことをしましたね」

「井波さんは長年の盟友じゃなかったんですか?」

花塚は爽やかさのかけらもない、引きつったような笑い声を上げた。

「馬鹿な。あまりにもみじめだから面倒を見てやってただけだ。それを身のほども知らずに

……。元はと言えば、あいつが短気を起こして会長の副島をぶっ飛ばしやがったんだ。自分

で坂道を転げ落ちていきやがったんだよ。まるでガキのやることだ。

復権? 笑わせるな。ボディビルはオリンピック種目に名乗りを上げようとしている時代

だぞ。薬で金を稼いでいる人間がどの面《つら》下げて協会に出入りできるんだ」

「あなたはどうなの? 彼をスケープゴートにするつもり?」

花塚の鼻から失笑が洩れる。悠然とソファにもたれて足を組む。

「世の中には光と闇がある。光は前に出た者だけが浴びることができる。後ろの者はその影の中だ。光を浴びたければ、前の者を引きずり倒し、後ろの者を絶えず踏みつけていなければならない。それが人生というものだろう」

「醜い人生ね」

「お前も同じだろう。人を叩き潰した数だけ称賛されてきた。人より前に出て光を浴びたいという欲望の典型だよ。ただ、光を浴びている人間は慎重なのが普通だ。お前のように破滅志向のやつは珍しい」

「あなたこそ間違いなく破滅に向かってるわよ」

「俺はお前や井波のような子供じゃない。何事にも後始末を忘れない大人だ。破滅などしない」

花塚はそう言って笑った。

私は日記帳を摑み、井波の手紙をそこに挿んだ。

それを見て花塚が弾かれたように立ち上がる。

私はスタンドのアームを捻って、明かりを花塚に向けた。花塚が眩しそうに顔を背けた。

スタンドのスイッチを切る。

一瞬にして視界のすべてが暗闇に変わった。

「ククク……」花塚の笑い声が響く。「面白い。実に面白いゲームだ……」

私は静かに立ち、壁に背中を寄せる。

「俺は井波を殺《や》ったという実感がない。ただあいつにバーベルを渡しただけだからだ。こういう真っ暗闇もいいねえ。何をしようと実感は湧かないだろう」

突然、私のすぐそばで、何かが壁に激しくぶち当たった。さらにそれが床に落ち、砕け散る音が続く。私が座っていた場所を狙って、花塚が灰皿か何かを投げつけてきたらしい。

私は壁を背にして、衣擦れの音を立てないようにゆっくりと動く。

「望月篠子……お前はスポットライトを浴びてきた女だ。この暗闇が怖いだろう。人は暗闇が怖いから光を欲しがる。光を浴びない人生はみじめなもんだ。ただ残念ながら、そんな人生を送る人間は多い。闇の片隅にはそれこそ無数の人間たちが巣くって蠢いている。井波もその一人だった。闇が怖くなくなる方法を一つ教えよう。それは、絶望することだよ。フフフ……」

花塚はドアの近くから動いていないようだ。出口を制すれば、私に打つ手がないと思っているのかもしれない。

動くのをやめる。持久戦だ。おそらく花塚との距離は三メートルあるかないか。彼が電気をつけたら、先手を取って一撃繰り出そう。それ以外はじっとしているほうがいい。彼が動くのを待つのだ。

「大相撲はいい。肉体の華やかさ。光の世界だ。ボディビルとも一味違う。愛敬がある。江戸時代、相撲取りは殿様のお抱えという身だった。力士の面倒を見てやるというのは最高の遊びだよ。

金はあってもいいが、なくても別に構わない。薬で喜んでくれる。それだけで光の世界の男が『ごっつぁんです』と頭を下げ、横に座って酌をしてくれるんだ」

花塚が動き始めたような気配を感じる。だが足音はせず、どこにいるかはよく分からない。

「杉園君は……」

恐ろしく近い場所から声が出た。五十センチと離れていない。思わず呼吸を止める。

「……実にいい才能を持っていると思わないか？」

ゆっくりと、数センチ単位で声が離れていく。机のほうに向かっている。私は声と反対側へ静かに歩む。

「彼は光と闇が何たるかを知っている。光の世界にいられるのは一人。自分か吉住新二か。いくら素晴らしい才能でも闇の中では輝かない。彼はそのあたり、とてもフランクな考え方で対処している」

立ち止まる。壁がどこにあるのか分からなくなった。後ろに手を伸ばしても、触れるものは何もない。

「ドーピングの何が悪いっ！」

花塚が突如として吼《ほ》えた。

「なあ。君は世間を知らなさ過ぎる。スポーツ選手のほとんどは、実際のところドーピングなど悪いことだとは思っていない。スポーツというのは人間の限界に挑戦する文化だ。科学的に、医学的に、肉体の能力を極限まで上げていく。そうすることによってスポーツはこの先も進化し続けていくのさ。的外れな正義感はスポーツにとって障害にしかならない」

「柔道は違うわ！」

私は思わず叫んでいた。

「決してそんな流れには乗らない。柔道はそんなやり方で進化などしない」

花塚が乾いた笑い声を静かに上げた。

「柔道だろうとほかのスポーツだろうと、選手の目的は所詮勝つこと以外にはない。違うか？　だから勝つための手段だって変わりゃしないのさ」

「違う。柔道では勝つことなんて小さな目的に過ぎないわよ」

「じゃあ何だ!?」

「己を完成し、世を補益すること……それが柔道家の究竟《きゅうきょう》の目的なのよ」

「嘉納治五郎か。高邁な心がけでそりゃ結構なことだ。だがな、理想が高ければ高いほど、弱い人間はそれに押し潰される」

花塚の声がじわりと近づいてくる。

足元がおぼつかない。ここはどこだ？　花塚はどこから話しているのだ？

「己の完成に薬を使う……それを君はアンフェアだと言う。しかし、フェアかアンフェアか、そんな一元的な見方にとらわれるのも愚かだと思わないか？　君もそれでは苦しいだけだろう。エンドルフィン……それもいいじゃないか」

平衡感覚が狂う。

倒れそうだ。

一瞬の静寂。そしてそれを破るように、スチール棚を思い切り蹴り上げたらしい音が上がった。

私は見えない圧力に襲われ、腰から崩れていく。後ろ向きに倒れ、尻を床に、背中を柔らかい凹凸に打ちつけた。ソファだ。私の体重を横から受けて、ソファは鈍い音を立てながら床をずれた。

足音が近づいてくる。花塚が来るのだ。

私は床に尻もちをついたまま、足音のするほうへキックする。一回目は空を切っただけだったが、二回目はかかとに重みを感じた。花塚の膝あたりを捉えたはずだ。

花塚が上から倒れ込んできた。顔の前をブロックしていた私の肘が花塚の身体のどこかに当たった。かなり強い手応えだ。

「ううっ……」

花塚が呻きながら横転する。テーブルにぶつかる音が続く。

私は立ち上がってドアを探す。

どこにドアがあるか分からない。足がもつれる。何かにつまずいて体勢を崩した。転ぶまいと前に出した手が壁にぶち当たり、派手な音を立てた。壁じゃない。窓のブラインドだ。向きを変えたところに花塚が身体ごと突っ込んできた。私は窓ガラスと彼の身体に挟まれ、ブラインドが再び悲鳴を上げた。

花塚の肩が私のみぞおちを突き上げる。押し返しても動かない。ものすごい圧力で逃れようがない。肘を彼の肩口へ打ち下ろす。反対に、花塚の拳が私の左脇腹を抉《えぐ》る。

「ぐうっ……」

身がよじれるほどの激痛が走った。負けずに膝を振り上げ、花塚の胸を蹴り上げる。しかし、力が入らない。

両足が床から浮き上がる。身体が花塚の肩に乗ってしまっている。

「ふんぬっ！」

花塚が馬力に任せて上体を起こす。私は彼の肩を軸に一回転し、背中から床に叩きつけられた。衝撃で呼吸が寸断される。

立ち上がる間もなく、すぐに左足を摑まれた。

反対の足で花塚の腕を蹴る。二回、三回と蹴りながら、左足を必死に動かして振りほどく。ほどけたところで海老のように身体をくねらせて逃げる。ひとまず彼から離れたほうがいい。

「フフフフ……ファファハハハッ」

花塚が愉快そうに笑う。

「こんなに楽しいゲームは初めてだ。フフフフッ」

私は壁にもたれながら立ち上がった。位置を悟られないように、息を潜める。まだ呼吸は上がっていない。

「さあ、どうした？　もう終わりか？　お前が始めたゲームだろう」

声は遠くない。二、三歩前に出て、花塚の膝を狙った蹴りを飛ばす。しかし、当たっていない。もう一度……当たらない。花塚が風切り音を聞いて、反応する。私はまた後ろに退がって壁に身を寄せる。花塚の動きが止まる。

「フフフッ。怖いか？　俺はここにいるぞ」

駄目だ。こういう状況では膝を攻めるのが一番有効なのだろうが、的が小さ過ぎる。花塚のようにタックルにいくのもいいかもしれないが、捕まったら危ない。脇腹に受けたようなパンチを三、四発続けられたら、もう終わりだ。

しかし……。

花塚も怖いはずだ。こう動き回ると空間認識もままならないだろう。タックルすれば倒せる確率は高い。それしか方法はない。

花塚の呼吸音からもう一度方向を測る。上体を屈めて顎を引く。

中途半端はいけない。

吹っ飛ばしてやる。

右腕を前に固めて、右肩から思い切り突っ込んでいく。

肩には当たらなかった。頭のてっぺんから首にかけて重い衝撃が走った。花塚の腹部に頭突きを見舞った格好だ。

「ごふっ！」

同時に足を摑んで刈ると、花塚は地響きを立てて崩れ落ちた。上から胸か腹あたりに肘を落とし、さらに両拳で何度も殴りつける。

「貴様っ！」

花塚は怒声を上げながら私の首を鷲摑みにした。そして爆発的なパワーで起き上がる。

「おらあぁっ！」

腕に力を込めて私を捻り倒そうとする。首筋がちぎられるような激痛。私はその力に屈しながら腰を折り、尻を床に落とす。足を畳みながら無抵抗のふりをしてエネルギーを貯め、花塚の襟を引っ張り込みながら一気に右足を彼の腹に突き上げる。まともに巴投げを食らった花塚は、私の頭越しにもんどり打った。

素早く身体をねじって、花塚が倒れたほうに向き直る。身体を起こそうとする彼の服を引っ張り、背中に回り込んだ。両手でシャツの襟を引いて頸動脈を絞める。

「うおおおっ！」

花塚が私を背負ったまま立ち上がり、手負いの獣のように暴れ始めた。私の手に爪を立てて引っかく。私の髪を摑み、力任せに引っ張る。背中から壁にぶつかり、私を押し潰そうとする。

それらを全部受け切って、私は絞め続ける。頸動脈に加えて、気道も締めつける。

花塚が私を壁に押し込みながら、ガクッと腰を落としてよろめいた。

そのままゆっくりと倒れる。

抵抗がはっきりと鈍くなってきた。

勝負がつきそうだ。

冷静になって、このあとどうするかを考えねば。

落ちるまで絞めるのは危険かもしれない。自然に意識を取り戻してくれればいいが、そうでなければ介抱する者が現れるまで時間があり過ぎる。警察の厄介にはなりたくない。彼の意識が朦朧《もうろう》としているあたりで、さっさとやめて逃げるのが一番かもしれない。

手を離してみる。

反撃はない。弱い呻き声が聞こえる。

私は立ち上がり、壁を伝って電気のスイッチを探し、明かりを点けた。

花塚は死にかけの昆虫のように手足をもぞもぞと動かしている。四つん這いになって、口からゴボッと未消化物を吐いた。手には私の髪の毛がこびりついている。

まったくひどい目に遭った。私の手には無数の傷がつき、血がにじんでミミズ腫れもできている。

日記帳と帽子を床から拾い上げ、ドアを開ける。事務所を通り、フロアに出た。

かなり暗い。何歩か進んで足を止める。事務所は社長室の明かりが洩れていて何とか歩けたが、ここから先は厳しい。広さが社長室の比ではないので、電気のスイッチもどこにあるのか分からない。ペンライトもポケットに入っていない。格闘の際に落としてしまったらしい。

戻ってペンライトを取ってこよう。そのほうが結果的には早く出られるだろう。

再び事務所を通り、社長室に戻る。

入口のローテーブルに懐中電灯が置いてある。花塚のものらしい。これを借りるか。

その瞬間……不意に首筋あたりに空気の乱れを感じた。

倒れていたはずの花塚がいない。

後ろを振り返る。

花塚が眼を剝いて立っていた。

笑っている。

腹筋を固める前に、花塚の拳が私のみぞおちを抉った。

「ぐっ……」

痛みと不快感が神経を駆け巡る。膝を折った私の身体を花塚は強引に引き上げ、再度拳を腹部へねじ込んだ。

ああ……。

不覚だ。

力が入らない。

まいった……。

50

部屋が明るい。

天井がとても明るい。

壁も見える。

扁額がかかっている。「我が道を行く」。

私も我が道を行って帰り道がなくなった。

花塚が私のそばで、何やら物音を立てながら動いている。ガチャガチャと金属音が響いて騒がしい。

私は台の上に腹と足を縛りつけられている。ベンチプレスの台だ。

ズン。

頭のそばに何かが置かれた。真上に花塚の顔が見える。白い歯が光っている。左右の気張り皺が深い陰影を作っている。

「さあ、二回戦だ」

花塚は覗き込むようにして、顔を私に近づける。そしてゆっくりと私の周りを歩く。

「一回戦は君が決めたルールで闘わせてもらった。なかなか楽しかったよ。そのお返しといってはなんだが、二回戦は私がルールを決めようと思う。私のルールも簡単だ。今から私がこのバーベルを君の頭の上に上げる。正確に言うなら首の上だな。そして力を抜く。それだけだ。あとは君がバーベルを受け取ろうと、あるいは受け取りを拒否しようと自由だ。ゲームをいつ終了させるかも君自身が決めることができる」

井波と同じ目に遭わせようというわけか。

どうする？

どこかに逃げ道はないのか？

「君が先ほど少々手を抜いてくれたように、私もいくらか手心を加えようと思う。君が思うほど、私はアンフェアな人間ではない」

彼は私の足元で立ち止まり、腕組みをして見下ろしてくる。陶酔しているような眼だ。

「井波に渡したバーベルは百六十キロだった。しかし、この重さを君に贈るのではアンフェアとなってしまう。ゲームが成立しない。そこで君には百二十キロのバーベルを用意した」

百二十キロ。私がどうにかコントロールできる重さが昨日ここで上げた八十キロだ。それを見越しての百二十キロということか。いったいどんな重さなのだ？

「いくつか注意しておこう。まず、バーベルをスタンドにかけようとは思わないことだ。君は今、本来ベンチプレスをするために寝る位置より、微妙に足側へずれている。スタンドにかけるには、首の上にあるバーベルを頭のほうに水平移動させなければならない。この四十センチ程度バーベルを水平移動させるだけで、腕にかかる負荷の質がまったく変わってしまう。言うまでもなく、首の上では腕を垂直に立てることができるから、負荷を受け止めやすい。だが頭の上に移動させると、腕を傾けることになり、負荷に負けてしまう可能性が高い。それから腕を曲げて堪えようとも思わないことだ。曲げたらもう伸ばせない。首の上に乗ってしまったバーベルを上げることは不可能だと考えておいたほうがいい」

水平移動も駄目。垂直移動も駄目。ただひたすら上げていろと言うのか。

「昨日の八十キロが君の心理的限界とするなら、この百二十キロは、その限界を取り払うことによってクリアできるだろう。君の大好きなエンドルフィンを使えばね」

花塚は私の頭側へ回り込んだ。

「さあ、始めよう。私としても、何秒も持ち上げられるものじゃない。すぐに受け取ってくれ。死にたくなければだ」

不本意だが花塚のゲームとやらに参加しないわけにはいかない。どうなるかは分からない。手のひらに汗がにじむ。

「ふんっ」

花塚の太い腕に支えられて、私の頭上にバーベルが現れた。私の手袋が花塚の手に嵌められているのが見える。

バーベルはちょうど首の真上で静止する。花塚の腕もその重さに震えている。

私は両腕を伸ばして、バーベルのシャフトを摑んだ。

強烈な重みが腕にのしかかってくる。花塚が手のひらを広げて私に見せた。

「がっふっ……」

言葉にならない声が出る。頭から胸のあたりにかけて灼けるような熱さが湧き、汗が噴き出してくる。

重い。

尋常じゃない。味わったことのない重さだ。体力を超えた分は痛みとなって、骨をキリキリと刺激する。汗にまみれた腕には無数の血管が浮き上がり、震えが止まらない。腕どころか嚙み締めた歯もギシギシと鳴り、足さえも自分の意思とは関係なく悶え始めた。

足元に花塚が立ち、冷たい眼で見ている。

「では……健闘を祈る」

彼は白い歯を見せたのを最後に、私の視界から消えた。

足音も聞こえなくなった。
出ていったのか？
私一人なのか？
もうこの先は何も起こらないのか？
すべては私がこのバーベルをどうするかに懸かっているのか？
どうやらそうらしい。
いいだろう。一人でいい。こんなむごたらしい死の瞬間など、人に見られたくはない。
どうせなら……。
耐えられるだけ耐えてやる。
一秒でも長く……。
ああ……。
つらい。
地獄だ。
どうにもならない。
バーベルのシャフトが揺れている。
苦しい。

本当に死ぬのか？

何とか、怪我をする程度で済ませられないものか。

首は即死だ。顔も弱い。潰れて呼吸できなくなるのがオチだ。

胸はどうだ？　骨折くらいで済まないか。しかし胸に落ちたところで、それをどかすことができないだろう。肺に肋骨が突き刺さって、血を吐きながら死ぬというところか。

ああ。

もう腕に感覚がなくなってきている。血が通わなくなって、痺れ始めている。

かなりの時間が経ったはずだ。一分か、三分か、五分か。

もういいだろう。よくやったんじゃないか。

高校の頃の部活のしごきでも、こんなに耐えたことはなかったじゃないか。

もういいよ。

もう十分やった。

ゲームを終わらせよう。

殺されるのでなく。

自分の意思で。

ああ。

誰かが……。

誰かが来た。

誰だ？

必死に声を出して呼ぶ。

顔が見える。私の足元で立ち止まる。

「だ……れくふぁっ……」

「望月君……？」

野口……久？

確かに……野口だ。

ああ。

助かるかもしれない。

連絡しておいてよかった。

「望月君……いったいどうしたんだ……？」

野口は呆然と私を見ている。

「た……す……け……て……」

私は蚊の鳴くような声を喉から絞り出す。

早く。

早く助けてくれ。

野口がハンカチを出し、汗を拭う。ゆっくりと私の頭のほうへ回り込み、瞬きもせず表情を強張らせている。

「百二十キロ……？」

彼の声も震えている。手を出そうとするが、そこで止まってしまう。

ためらっている。

なぜためらうのだ。早くしてくれ。もう限界なんだ。

「どうして、こんな重いものを……」

野口は呟く。

絶望感のこもった声で……。

ああ。

彼一人では持てないのだ。

かつての金メダリストも年老いてしまった。腰を痛めた過去もある。彼自身それを自覚していて、下手に手を出して私の顔の上にバーベルを落としてしまうことを恐れているのだ。

ああ。

腕にまったく感覚がない。地獄の釜に腕だけ突っ込んでいるようだ。

お願いだから何とかしてほしい。見殺しにしないでくれ。

野口が深呼吸を繰り返す。バーベルのシャフトに向かって手が伸びる。弱々しく震えてさえいる野口の手……。

早く……。

「待ちなさい！」

高く大きな声が突然フロアに響いた。

幻聴か？

違う。幻聴にしては存在感のあり過ぎる声。野口が思わず手を引き、顔を上げた。

幻聴でなければ、彼女の声だ。あの世話焼きの女。

やはり……。

深紅が私の視界に現れた。何と木刀を肩に担いでいる。これは現実なのか？　白昼夢でも見ているようだ。

「どきなさい」深紅は木刀を野口に向けて言い放った。「彼女の命はあなたごときの手に委ねられるほど軽いものじゃないわよ」

何を偉そうに言っているのだ？　だいたい、深紅一人でどうしようというんだ……？

深紅の迫力に気圧されたように野口が後ずさりし、私の視界から消えていく。代わって彼女が私の頭のほうへ回る。

木刀の先を軽くバーベルのシャフトの中央に当てたかと思うと、そこからゆっくりと振りかぶった。流れるような所作で、急速に気力がこもってきているのが分かる。

何をする？

深紅の身体が沈んで私の視界から消えた。

「ちぃぇぇぇぇぇっ……！」

高音の気合が物質の分子を揺らさんばかりに響く。

木刀が閃光となって私の視界を縦へ走っていく。

「すとおおうっ！」

深紅の腕が私の頭上で伸びる。静電気ほどの小さな衝撃とともに、バーベルが手から抜けていく。

木刀にシャフトを突かれたバーベルは、私の身体の上を滑走するように飛んだ。足の向こう側へ消えていく。

轟音。

床の振動が背中にビリビリと伝わる。

取り残された私の両腕が、何かの暗示から解けたように弛緩した。感覚はまったくない。

ああ。

助かったのだ。

地獄から生還したのだ。

深紅が私の頭上で大きく息をついた。そして私の身体を縛っていたロープを解き、肩を掴んで引っ張り起こす。一撃のために相当の体力を費やしたらしく呼吸が荒い。しかし彼女はものの数秒でそれを鎮めていった。

「よかった……」壁際で立ち尽くしていた野口が息と一緒に言葉を吐き出した。一歩、二歩と私に歩み寄る。「望月君、大丈夫か？」

「……はい」安堵感と極度の疲労と失態を見せた気まずさで、ただ頭を下げることしかできない。「すみませんでした。軽率な行動でご心配を……」

弱々しい声を出す私に、野口は手を振る。

「いや、いいんだ。大事にならずによかった」

本当によかった。

本当に死ぬところだったのだ。まだ震えが止まらない。

「野口さん……」

そう呼んだのは深紅だった。奇妙な静寂が訪れたところで彼女は野口を見上げた。

「あれはあなたの字ですね?」

深紅は木刀をゆっくり振りながら一点で止める。その先には壁にかかった扁額がある。

まさか……。いきなり何を言い出すのだ。

野口は表情をなくして深紅を見ている。凍りついたような顔の上を、ただ汗だけが流れている。

「私はあなたの筆跡を二箇所で見ています」深紅が構わず続ける。「一つはだいぶ前のことなので参考にはなりませんが、市ヶ谷大の柔道場で見たことがあります。それから二つ目は柔道雑誌に連載されているあなたの半生記……あのタイトルはあなたの自筆ですね?　両方とも『求道』という字ですが」

彼女は一枚の紙を出して広げる。雑誌のコピー。「求道」という文字。

「この『道』という字。そしてあそこに飾られている書、『我が道を行く』の『道』という字。筆遣いはもちろん、墨継ぎも同じです。なかなか雄渾《ゆうこん》で味のある書風ですねえ。私は日曜日に一時間ほどここにお邪魔しましたが、あの書はしっかり目に焼きつきましたよ」

野口は腕で顔の汗を拭う。そして首を振る。

「確かに似た字だが、私の書がこんなところにあること自体、信じられない。そもそも書いた憶えがない」

「落款を見れば分かりますよ。野口さん。落款を見れば、たやすく分かることです」

深紅は木刀を担ぎ、フロアをゆっくりと歩く。

野口は大木のように動かない。

「まあ、書なんてものは、どういうルートで誰のもとに行くのか分からないなどと言ってしまえばそれまでなんですが……ただ、野口さん……」

彼女は柔道界の巨人を正面から見据えた。

「あなた、先ほど望月篠子を殺そうとしましたね？」

野口が？

深紅は何を言ってるのだ。私を殺そうとしたのは花塚で、野口は……。

「馬鹿な！」野口が叫ぶ。

「じゃあなぜ助けなかったんですか？」

「だからその方法がなかった。下手をすれば彼女の上にバーベルを落としてしまう。だから手を出せなかったんだ」

「あなたは」深紅は一際大きな声を出した。「何もしないことで彼女を殺そうとしたんじゃないんですか？」

「何を……」そう言ったまま野口は絶句した。

「少なくともあなたは、助けるべきか否かでためらっていたんじゃない。殺すべきか否かでためらっていたんでしょう」

「馬鹿な！」

「あなたは彼女が死んだのかどうかを確認するために、ここに来たんでしょう」

「……違う」

野口は一転してかすれた声を喉から絞り出した。

「野口さん？」深紅が人を食ったような口調で呼びかける。「あなたは先ほど下の駐車場で花塚と何やら言葉を交わしていたじゃないですか」

私は思わず野口を見た。彼は何か言おうと唇を動かしている。

だが、否定の言葉は出なかった。

「先生……」

野口が私を見る。いや、私のほうに眼を向けたものの、視線は私を捉えていない。まるで私の顔が磁石の反対極であるかのように、彼の視線は私を避けてその周りをさまよう。

「さて……」深紅が冷静に続ける。「あなたが花塚と顔見知りであり、ご自身の書を贈る仲である以上、今回の事件もあなたと無関係ではないでしょう。今回の事件……すなわち井波が殺され、望月篠子が殺されかけた件ですが……」

「私はまったく関わっていない」野口の声が震える。

「そうかもしれません。あなたが直接手を下したわけでもなければ、花塚に指示したわけでもない。しかし、野口久という人間の栄光、品位、沽券……そういうものが花塚を動かしたのではないですか？」

「馬鹿馬鹿しい。私など、それほどの人間ではない」野口がかぶりを振る。

「それは確かに本音でしょう。しかし現実にあなたは柔道界の至宝と言われ、そう言われるに相応しい名士であることを強いられている。そんな生き方をしていれば、裏に隠したい話の一つや二つも出てくるでしょう。例えば花塚正嗣という男との関係……」

「……ただの従弟だ」野口は眼を閉じて静かに言う。

「そう。あなたの母上の旧姓が花塚。従弟ですね。しかしその花塚がただのボディビルダーならともかく、ドーピング規定の禁止薬物を平気で扱っている人間であるとするなら、これは隠したくなる……」

そんな……花塚と血縁関係にあるというだけで、野口の品位が汚れるというのか？　それはおかしい。

「ちょっと変ですねえ……」

深紅は自分で言ったことを打ち消す。野口に揺さぶりをかけているのだ。

「花塚は裏で井波と組み筋肉増強剤などを扱っていても、表ではボディビル界でそれなりの地位を得ています。薬物にしても、見方によっては井波個人のビジネスであって、花塚が積極的に関わっていると決めつけられるものでもないでしょう。別に血縁関係をアピールする必要はないかもしれませんが、かといってわざわざ隠す必要もない。

　そういう問題ではないんですね。井波はそんなことを世間にバラすとあなたや花塚に『警告』したわけじゃない」

　警告。

　IJFに送った告発書の「警告」という言葉は、あの文書が野口にまで渡ることを見越してのメッセージだったというのか。

「選手が薬物に手を染めているという情報を流して、これは『警告』だと井波は言ってますね。『警告』の意味の分からない人は、どの選手が薬物を使っているかという問題に興味がいく。その中で『警告』の意味が分かる人は、もっと重要な問題が露見する危機であることに気づかされると。井波が何を求めていたのか知りませんが……」

「ボディビル界での復権よ」私が答える。「彼は問題を起こして追放同然だった」

「なるほどね。それで花塚に助力を求めて断られた。そんなところでしょう」

深紅は淡々と言う。

「野口さん……井波は花塚を動かすには切り札を出すしかないと考えたんですよ。花塚の尊敬するあなたを巻き込んで……あの文章の流れの中で、『警告』という一語のみで表現できる事実を井波は摑んでいた。つまり……」

杉園の告発は警告にしか過ぎない。つまり井波が摑んでいたのは……。

「野口久自身がドーピングに関わっていたという事実ですよ」

野口が……？

ああ。

信じられない。

目の前にいる伝説の男が陽炎《かげろう》のように揺らいで見える。

野口は……野口久は私にとって柔道の一部だった。

具現者だった。

七歳のとき……夏休みも終わりというある日の夕方、私は町道場の玄関広間にあるテレビで野口の引退会見を見ていた。堂々とした会見だった。終了と同時に、道場の先生が拍手を始めた。私も拍手をした。みんな拍手をしていた。彼は日本国民に惜しまれながら競技生活に幕を下ろした。以来、私が歩き続けてきた道は、その到達点に野口久という偉大な男がいる道だった。

その男が……。

野口は無表情のまま、眼を充血させている。

信じたくない。

「もちろん」深紅が言う。「幼少の頃から柔道の申し子と言われ、数々の大会を制し、二大会連続でオリンピック優勝を遂げたあなたの選手成績は素晴らしいとしか言いようがない。それはおそらく本物の実力、努力の賜物《たまもの》でしょうし、後世まで称賛されるべきものでしょう。あなたは柔道が柔道であった時代に大いなる活躍をした。

しかし、名選手必ずしも名コーチならず。コーチとしての野口久はどうでしたか？

今から十四、五年前、あなたは強化部の男子ヘッドコーチに就任しました。だが前途には暗雲が立ち込めていた……なぜならちょうどその年、ポスト野口として日本男子柔道を支えてきた菊原一昭が引退していったからです。そしてポスト菊原は……いなかった。

この頃の柔道雑誌を見ると、盛んに『日本柔道の危機』と書かれています。あなたはその救世主として投入されたわけですが、いかんせん選手に人材がそろわない。強化部で育てるしかなかったんです。

あなたがヘッドコーチに就任してからオリンピックまでの二年間、雑誌に載っている催事のスケジュール表を見ると、ほぼ一ヵ月に一回という割合で強化合宿が行われています。さらに選手の生活習慣や食事まで徹底管理しました。柔道界では俗に『野口プロジェクト』と呼ばれた強化計画です。

この時代、オリンピックは商業主義の道を選び、大きな変革期の中にいました。マネーは競技選手にも流れ、薬物使用は東欧を中心にスポーツ界で蔓延しました。

そして野口プロジェクトは……この流れに乗ったんです」

深紅は間を置き、野口を見つめた。「そうですね？」

野口は答えない。そしてまた眼を閉じた。

それが答えなのか。

「その頃ちょうど、従弟の花塚正嗣がトレーニングジムを開設しました。花塚は三十代の半ば、井波は三十二、三といったところですか。井波―花塚という薬物の入手ルートがすでに整っていたわけです。花塚が提案したのか、それともあなたが相談したのか……とにかくこの二人が野口プロジェクトを裏から支えた……。

当時のドーピング検査は薬物の検出能力、精確性が低く、ドーピング規定も今以上に整備されていませんでした。例えば筋肉増強剤にしても、人工的ホルモンであるメチルテストステロンならドーピングと分かるが、もともと人間の体内にあるテストステロンを使えば検査には引っかからない。そんなレベルだったんです。

おそらく選手たちが自覚していないところで、薬物は積極的に活用されていったのでしょう。食事管理の一環として適当な説明をしながら服用を指示する……そんなところだと思います。ヘッドコーチから指示されれば、疑問を持つ選手もいないでしょうし……」

やはり……それは可能なのか……。

「さて、野口プロジェクトを経て、オリンピックではどんな結果が待っていたか？

金三個、銀一個、銅一個ですね。前の五輪では菊原の金一個、プラス銅二個だったことを考えても、堂々柔道日本の名誉を挽回した大会となりました。

メダリストたちは、野口プロジェクト以前は国際大会でからっきし結果が残せなかった選手ばかりでしたね。若尾昌平、落合研一、嶋田明英といった二十歳そこそこの若手が大抜擢されて成功した。彼らは三人とも体重の増加を抑え切れず、オリンピックの年になってから階級を上げるという異常な事態でした。伸び盛りと言えばそれまでかもしれませんが、筋肉増強剤の影響と考えれば納得のいく現象ですね。

松永実、江藤章大といった伸び悩みのベテランも大化けした。今、日本柔道の現場で中心となっているこれらのコーチたちは、学閥に関係なくあなたの門下生と言っていいでしょう。本人らがそれを自覚しているかどうかは知りませんが……」

お笑いだ。

ずっと野口を孤高の人間だと思っていた。高邁なゆえに反目を受けていると思っていた。違うのだ。彼らにとって野口とは、自分をメダリストに仕立て上げた名コーチであると同時に、自分を日本柔道再建のためアンドロイドに仕立て上げた恐ろしい男であるのだ。彼らがそこまで見切っていなくとも、また野口が使った手段までは分からなくとも、野口の目が常に選手でなく柔道界に向いていたことには気づいていたのではないか。

コーチが選手のことを駒の一つとして見ることがあったとしても、選手にはそれを気づかせてはならない。だが、野口は辣腕《らつわん》を振るった当時、その点において失敗していたのではないか。それが現在の彼を孤立せしめている原点になっているのではないか……。

「今回のドーピング問題が持ち上がったとき、あなたはまさかそれが花塚ジムにつながっているとは思っていなかったのでしょうね。クロであるのが杉園であるにしろ吉住であるにしろ、一選手の問題でしかない。早急に調査せよという上からの指示に異を唱える必要もない。しかし、告発書の文面が明らかになり、調査担当に指名した望月篠子が陸上選手のドーピング問題で名前の出た花塚ジムをも視野に入れていることを知って、あなたは身の危険を覚えたのですね？

何とかしなければならない。だが、幹部の了解のもとに行われている調査を今さら止めることはできない。かといって黙って見ていれば、ドーピングのクロが判明したときに自分の過去まで掘り起こされる可能性がある。井波もどう動くか不気味だ……。

あなたと花塚がどう相談してどんな結論が導かれたのかは分かりません。しかし、結果的に井波は消され、篠子には種々の妨害工作が行われた……」

深紅は喋るのをやめ、一つ深い息をついた。

野口は静かに眼を開けると、私に視線を落とした。

「望月君……悪かった」

小さな声で言う。

私は彼から目を背けた。居たたまれない。

「だがね……私は決して自分のエゴで動いていたのではない。私には他人を傷つけてでも、あるいは自分自身を壊してでも守らねばならないものがあった……」

自分を壊してでも守らねばならないもの……。

「柔道だよ」

野口はかすれて震える声でその言葉を吐き出した。

深紅が首を振る。

「ここにいる望月篠子は日本の女子柔道で一時代を築いた人間です。彼女もあなたと同じように、日本柔道を守るためなら自己を破壊することもいとわない。ただあなたと違うところは、自分の手を汚した以上、この世界にはいられないと思ってしまう純粋な考えの持ち主であるということです。

野口さん。その彼女を見殺しにしてまで守らなきゃいけない柔道っていうのは何ですか?」

深紅は待ったが、野口から答えが出ることはなかった。

「伝統、歴史……それらを守ることは大切なことでしょう。けれど、あなたが守ってきたのは、見てくれ、イメージ、上っ面……それだけですよ。あなたがそれらを守ろうとすればするほど、根幹は反対に腐食していくんです。柔道から『道』が消えていくんです」

彼女はまったく感覚のない私の腕を引っ張った。

「行こう」

野口が膝から床に崩れた。手をついてうなだれている。

「望月君……すまなかった」

野口の土下座。見たくない光景だった。

目を逸らそうとするところに、不意に野口が上着の内ポケットに手を入れて何かを取り出した。

ナイフ。

彼はそれを自分の喉へ持っていく。

「やめてっ！」

私は叫んだ。

深紅が弾かれたように身体を反転させる。片膝をついて床を滑りながら野口に詰め寄る。

そのまま彼女は木刀を振り抜いた。

骨が砕けたような鈍い音がした。

ナイフが飛び、床に転がった。

「うっ……」

野口が手首を押さえ、低い呻き声を洩らす。

深紅が静かに立ち上がる。

「野口さん。あなたの命はあなたごときの手に委ねられるほど軽いものじゃない。それは安易ですよ」

深紅はナイフを拾い、私を引っ張って歩き始める。私ももう野口を見ようとはしない。

フロアを出て階段を降りながら……。

涙がこぼれて仕方がなかった。

柔道が土下座をしていた。

柔道が自害しようとしていた。

腕が上がらず、ただ涙を流し続けている私の頬を深紅がハンカチで拭ってくれる。

「人っていうのはね、一方で良いことをしながら、その一方で悪さをするものなのよ」

深紅が言う。

涙でにじむ向こうに彼女の神妙な顔が見える。

「深紅……それ……」

「ん？」

「鬼平の言葉でしょ」

「バレた？」

馬鹿。

深紅に引っ張られるまま、階段を地下まで降りていく。

地下通路では、花塚がなぜか壁にもたれて座り込んでいた。

左肩を手で押さえて低く唸りながら、虚ろな眼をこちらに向けている。

「あれ？　まだそんなところにいたの？　あんた早く病院に行ったほうがいいわよ」

通り際、深紅は彼にそう言って、私にぺろりと舌を出した。

「馬鹿……」

私が呟く。

「誰が馬鹿だって？」

私の一言に彼女が絡んでくる。

「夜中に木刀持って下北沢を歩く女よ」

そう言ってやると、深紅は鼻筋に皺を寄せて変な顔をした。

「それを言うなら、夜中にすごい形相でバーベル上げてる女でしょ」

「馬鹿……」

まったく……。

不覚にも笑ってしまいそうになったじゃないか……。

51

「こんにちは」

取り立てて清潔には見えないが、よく陽が射し込んでいる病室だ。

深町先生は窓際のベッドにいた。身体を起こして本を読んでいる。

「おうおう。望月君、申し訳ない」

先生は私を見て、照れくさそうに笑った。

「お身体、どうなんですか？　突然倒れられたっていうからびっくりしましたよ」

「いや、なに、大したことはないんです。ちょっと血圧が高くなってたようでね」

「大したことありますよ。先生は糖尿があるんですから、血圧一つでも気をつけないと」

「いやいや、本当に大丈夫です。まあ、二、三日も休めば出られるでしょう」

「そうですか。それなら一安心ですけど」

駅と大学の間にあり、私のマンションからもほど近いところにあるこの病院には、私自身も一昨日来たばかりだ。両腕の関節という関節、筋肉という筋肉が炎症を起こしてしまっていて、包帯でグルグル巻きにされた。さすがに恥ずかしいので長袖のシャツで隠している。今日になってようやく関節が少し曲がるようになり、軽い荷物なら持てるようにもなった。

近くの花屋でアレンジしてもらった花の入った小さな籠を窓辺に置き、椅子に座らせてもらう。

「発表はありましたか？」先生が訊く。

「発表……ですか？」

「今日なんでしょう？　代表の発表は」

「ああ……いえ、あったかもしれませんが、私にはまだ何も……」

「そうですか……」

調査については一昨日、菊原に報告した時点で私の手を離れた。だから、その後の知らせが私にないのは別に不思議ではない。

ただ、問題は志織が選出されるかどうかだ。選出されるなら私に連絡があってもおかしくはない。監督の新井が受けたとしても、私に伝わらないということはないだろう。

あるいは一昨日、野口が突然強化部長を辞任した混乱で、今日の代表発表はないのかもしれない。

「先生……」

ここの窓からは小田急線を走る電車が見える。まるで鉄道模型のようだ。

「何ですか？」

私は窓から視線を戻す。

「私、強化部のコーチを辞めようと思います」

「……そうですか」

「部のコーチも辞めようと思います」

「ふむ。君は最近疲れていたようだから、少し休めばいい」

「柔道からも離れようと思います」

深町先生は眼を細めて私を見つめる。

「……そうですか。それもいいでしょう。ただ、角田君がもしオリンピックに出ることになれば、それまではついていってあげて下さいよ」

「はい。もちろん、そうします」

先生は大きな肩ごと揺すって何度となく頷いた。

「そうですか。望月君はいいコーチになれると思ってたんだが……」

「ありがとうございます。私もコーチの仕事にはやりがいを感じています。ただ、柔道を離れて勉強し直したいと思うんです」

「いいじゃないですか。同じスポーツ心理学を学ぶにしても、君は研究室にこもるタイプではありませんよ。フィールドはいくらでもあります。いろんなスポーツを覗いて、何でもいい、吸収してきなさい」

「はい」

私は頭を下げる。ネガティブな決断が、先生の言葉一つで希望あるものへと変化していく。

「望月君……」

近頃では珍しい、力のこもった口調で先生が呼んだ。

「コーチというのは素晴らしい仕事ですよ。大変な喜びが得られる。選手がいい結果を残したときです。それはもう、選手本人の喜びの比ではないんですよ。現役時代にスター選手であり、コーチとしても優秀な人が皆、そう言うんですよ。現役時代の勝利より、教え子の勝利のほうが嬉しいとね……。

望月君。選手より喜ぶことのできるコーチになって下さい」

返事をするだけでは受け止められないほど、重みのある激励だ。私はただもう一度、深く頭を下げていた。

52

「何を見てるの？」

串田研究室には絵津子一人しかいない。彼女が広げて見ているのは、どうやらアルバイト情報誌らしい。

「あ、望月先生。どこ行ってたんですか？　体育館に連絡してもいないっていうし」

「うん。ちょっと深町先生のお見舞いに行ってたから」

「菊原さんからの電話がこちらにも回ってきましたよ」

「あ、そう」

志織の代表選出が決まったのだろうか。でも、それなら江藤から連絡があるのが筋だろう。やはり彼に最終報告をしたドーピング調査の件だろうか。

「じゃあ、ちょっと休ませてもらおうかな」

「どうぞどうぞ」

私は深紅の椅子に座り、絵津子にお茶をふるまってもらう。

「先生、大学辞めるんですか？」

「え？　何よいきなり」

唐突な質問に狼狽する。

「深紅先生が言ってましたよ」

深紅に話した憶えはない。勘が鋭い上にお喋りなやつだ。

「彼女の勘繰りよ」

「そうですかね？」

「そうですよ」

「フリーのトレーニングコーチになるって言ってましたよ」

「ははは……」

笑ってごまかそう。

「そうなったら私を雇って下さいよ」

「私が堀内さんを？」

「先生はメンタル専門だし、フィジカルな分野ではいろいろサポートできますよ」

「私についてきたって、どこからもお呼びがかからないわよ」

「私が仕事を取ってきますよ」

「ははは……」

本当、笑ってごまかすしかない。

絵津子ほど、風貌と気質が食い違う人間も珍しい。見た目は研究者そのものなのだが、実際の彼女は現場に出たくて仕方がないのだ。

あふれるほどの好奇心とエネルギー、自信、希望が彼女にはある。羨望さえ覚える。

電話が鳴った。絵津子が軽やかに動いて、それを取った。

「はい……ああ、はい」

受話器を押さえて私に差し出してくる。「菊原さんです」

私は少し緊張しながら受話器を受け取る。

「望月です」

「菊原だ」

相変わらずぶっきらぼうな口調だ。

「すいませんでした。何回も電話を頂いたようで……」

「いや、いい。発表の件は聞いてないだろう」

「はい」

菊原からの言葉を待つ。微妙な間があった。

「……吉住が選ばれた」

「……そうですか」

感情のこもらない返事をしたことに我ながら戸惑いを感じる。たまたまそう答えてしまったのか。それともどんな名前が出てこようと興味が薄れていたのか。

いや、吉住という名は一つの衝撃には違いない。

「野口がいきなり辞めやがったゴタゴタの間に上で決まった」

結局のところ、私が果たした役割とは何だったのだろう。

「残念ながらお前の推した川部では世界に通用しないという判断だ。やはり吉住、杉園と比べると一枚も二枚も落ちる。さらに言えば、いきなり川部が代表では不自然極まりない。全柔連は何か隠していると外から勘繰られかねない」

「吉住君の暴行事件は隠し通せませんよ」

「話がついたらしい」

「え？」

「示談が極秘裏に成立した。小田島先生がこの二日間のうちに被害者と会ってきたらしい。望月四段に吹っかけてきたような額じゃなく、常識的なラインであっけなくまとまったという話だ」

催眠を解く前にメンタルケアをしたことが、尾上に微妙な心境の変化を与えてしまったのかもしれない。結果的に良かったのか悪かったのか分からない。催眠後にはいかなる影響も残さないと彼に約束したにもかかわらず、それを破った格好で複雑な気分でもある。

「吉住君の件は通常の暴行事件とは違います。邪推かもしれませんが、ほかにも犯行を重ねている可能性がないとは限りません」

「実は今日、吉住を呼んで確かめた。その少年の件は本人も認めたよ。出場停止期間中で苛々してたということだ。相手方の希望で、面会しての謝罪こそできないが、吉住は反省している。その一件だけだということも確認した。

まあ、望月四段の本意ではないだろう。俺だってそうだ。だがもう、これは決まってしまったことだ。納得しろ」

「そうですか」

　としか言えない。

「ＩＪＦの山田先生のもとへ、週明けに発表されるドーピング調査の情報が入ってきたらしい。名前は明らかにされてないが、男子選手の一人から成長ホルモンが検出されたという内容だ。お前の調査は十分価値があったということだよ。そのうち小田島先生からも一言あるだろう」

「そうですか」

「俺が……」

　菊原の口が急に重くなった。

「俺が強化部長をやることになった」

　気のせいか、ため息混じりだ。

「おめでとうございます」

「ふん……」

　今度ははっきりと鼻で笑ったのが聞こえた。自嘲の笑いだ。

「野口はなぜ辞めたんだ？」

「なぜって……」

「今回の件に何か関係あるのか？」

「いえ。私には見当がつきません」

間があった。喜びがにじみ出てきてもよさそうなものだが、そんな感じではない。

「やつはな……」声が沈んでいる。「個人的な事情で職をなげうったりはしない。誰をも慮《おもんぱか》らない代わりに、自分の都合を優先させることもない。やつがもっとも大切にするのは柔道そのものだ。それを自ら捨てやがった……」

「……残念ですね」

「卑怯だよ。やつは」声が震えている。「卑怯なやつだよ。一度も俺に負けないまま引退しやがって。今度もこれだ。まったく……ふざけやがって……なあ」

「……はい」

野口だけを見て、やってきたのだ。現役時代も、そして指導者になってからも、菊原は野口を越えることが目標であり、柔道家としてのテーマだったのだ。

だが、野口からは何も返ってこなかった。越えるチャンスも与えられず、ただポストだけが残っていた。それが無念なのだろう。

「俺はな……やつが柔道界から去るとすれば、これしか考えられないという理由を一つだけ知っている。ほかには誰も知らないだろう。ただ若尾だけが疑念を抱いて俺に打ち明けてきたよ。

野口はな、一度だけ馬鹿な真似をしやがった。ああいう人間でも間違いを犯す……いや、ああいう人間だからこそ間違いを犯したのかもしれん」

菊原は知っていたのだ。知っていてそれを暴くことはしなかった。日本柔道の名誉失墜を恐れたからか？　違う。たとえ野口が明らかに過ちを犯していようと、それを利用して彼を失脚させたところで菊原自身の本懐を遂げたことにはならないのだろう。

「望月四段。もし何か知ってることがあったとしても胸に仕舞っておけ。侮蔑するにしろ憐れむにしろ、あとはお前の自由だ」

「私は何も知りませんし、人に話すこともありません」

「そうか」

私は野口を越えたいわけでもない。日本柔道の名誉を守りたいというのも、ここには当てはまらない。例えば今後、野口の過去や井波の死とのつながりが巷間に洩れ伝わっていったとしても別に構わない。それで日本柔道の歴史に傷がつくとしても仕方ないだろう。

ただ私は、菊原に言われるまでもなく野口を告発するつもりはない。それをするのは私の仕事ではないし、自発的に告発できるほどの潔癖さは、私にはない。逃げかもしれない。だが、これが現時点での私なりの答えだ。誰に相談するつもりもない。あとはすべて私の心の変化に任せる。

　菊原がため息を一つつく。

「これから代表選出の選手を集めてマスコミに顔見せをすることになってる。まあ、こちらで適当にやるから来てもらう必要はない」

「そうですか」

「望月四段に連絡がつかないんで、角田には新井監督を通して連絡しておいた」

「え？」

「角田志織だ。今こちらに向かってるだろう」

「選ばれたんですか？」

「そういうことだ」

　志織が選ばれた。決定なのだ。

　よしっ。よしっ。よしっ。

　身体が中から熱くなる。ガッツポーズが出かかったが、電気のような痛みにさえぎられた。

「別に意外というわけでもないだろう」

　菊原なりの賛辞らしい。

53

「やったあ！」

私は電話を置くと、絵津子のほうに向き直ってスローモーションのような万歳をした。

「わーい、おめでとう！」

いつの間にか部屋に入ってきていた深紅が、絵津子と一緒に拍手を始める。

「何よ、あんた。何のことか分かってんの？」

「角田さんがオリンピックに出るんでしょ？　それ以外にお篠が万歳することなんてないもんね」

まったく勘のいい女だ。しかも、来たとたんに場に溶け込んで一緒に喜んでいる。結末を見ただけでドラマ全部を見た気になれる得な性格なのだ。

「それでは皆さん、万歳三唱を」

深紅が調子に乗って言う。

「万歳！　万歳！　万歳！」

「ち、ちょっと……」

速過ぎてついていけない。

「それでは三本締めといきましょうか。皆さん、お手を拝借……」

「あのね……」

手が動かないんだけど。

「よおっ！」

深紅と絵津子が軽快に手を叩き、あっという間に締めてしまった。

「ありがとうございましたあ！」

「ちょっと何よ。私は見てるだけじゃない」

「お篠の代わりにやってあげたんじゃないの」

深紅はまったく意に介していない。

「でも、身近な人がオリンピックに出られるっていうのは嬉しいですね」と絵津子。

「いやいや、これはお篠の喜びに比べたら小さなもんよ。何てったって」

「教え子ですもんねえ」

「そうそう。お篠の努力の賜物だよねえ」

「いえいえ、私なんか、ねえ」

くすぐったいというか、照れくさいというか……。

「望月先生の教えがあればこそですよ」

「そんなことないって」

「いやあ、本当言うと、私は難しいと思ってたんだよね」深紅が笑いながらも、しみじみと言う。「クレペリンとか見ると、結構精神的に不安定だったでしょ。よくお篠が立て直してきたよね。ナイス・ピーキングよ」

何だかわざとらしいねぎらいではあるが、それでも胸が一杯になってくる。

電話が鳴り、絵津子が取った。

「はい、深町研究室……あ、はい……もしもし……どうも、どうも……うん、おめでとう」

絵津子が私を見てにっこりと笑う。

「今、望月先生がいるから。ちょっと待って」

私はぎこちなく手を伸ばして絵津子から受話器を受け取った。

「もしもし」

「先生。角田です」

まいった。志織の声を聞いたとたん、熱いものが込み上げてきた。

「先生……」

「うん」

「選ばれました」

「うん……おめでとう。よかったね。頑張ってよかったね」

「はい……ありがとうございます」

志織の声も感極まっている。

最高だ。

この三週間、鬱屈していたものがすべて吹き飛んでいく。

54

「じゃあ、お先に失礼します」

絵津子がかばんを背負って研究室を出ていこうとする。

「あれ、うちに来ないの？」

今夜、私のマンションで志織の代表選出を祝う鍋パーティを開くと、さっきまで盛り上がっていたばかりなのに、何事もなかったかのように帰ろうとしている。

「すいません。バイトの面接が一つあるんで、終わってから行きます」

「あ……そう。マンション分かる？」

「体育寮のちょっと先ですよね。分からなかったら電話します」

「うん。じゃあ待ってるから」

「あ、そうだ」

そう言うなり絵津子はかばんを降ろして、中から一枚の紙を取り出した。

「まあ、吉住の件もクリアできたんで、いいかっていう気はしますけど……」

「何か？」

「この一カ月くらい調べただけでも渋谷と池袋で一件ずつ、謎の通り魔事件が起きてるんですよね」

絵津子が出したのは新聞記事のコピーだった。かなり小さな記事だ。

「渋谷で少年が二人、池袋でイラン人の男が一人。深夜、人通りの少ないところで倒れているところを発見された、とか、頭を強く打って意識不明の重体である、っていうのが共通してるんです。追跡記事がないんで、その後どうなったかは分からないんですけど」

「うーん」私はその内容よりも絵津子の探求心に舌を巻いた。「でも吉住君は一件だけだって言ってるらしいしね。通り魔っていうのも珍しい犯罪じゃないし」

「でも普通通り魔っていったら、カッターとかナイフとか凶器を使いますよね」

と絵津子は食い下がった。

「それ、通り魔っていうより、喧嘩で相手がトンズラしただけじゃないの？」

深紅が軽薄な調子で口を挿む。

「いえいえ、そういう形跡もなさそうなんですよ。渋谷のほうの記事にはですね、『二人は後頭部を地面に打ちつけたと見られるが、ほかに目立った外傷がないため、警察では手口の解明を急ぐとともに、現場での目撃者探しに全力を挙げている』とあるんですよ。

つまりこれは傷害事件といっても、争われた跡がない、一撃必殺の事件ということですよ」

「それじゃあ、お篠のところに来た、尾上とかいう少年のパターンと同じじゃない」

「ですよね」絵津子が自分の発見を自賛するように応える。

「そうかねえ」私はあまり気乗りしない。

「まあ、別にいいんじゃない、もう。お篠の手を離れているわけだし」

確かに不毛な話題だ。絵津子には頭が下がるが、何百万部と売っている新聞のベタ記事を見せられて、吉住と関係があるかもと言われてもピンとこないのが率直な感想である。

「はい、没収、没収」深紅は絵津子から紙を取り上げ、机の引き出しに仕舞った。「さっさと面接に行ってきなさい」

「はあい」

絵津子は不満げな様子ながらも、かばんを背負い直して大人しく出ていった。深紅が私に舌を出しておどける。

「まいった、まいった」

「すごいねえ、堀内さんは。好奇心というか執着心というか……」私も息をつく。

「突き詰めたい性格なのよ。彼女の長所であり短所ね」

「短所？　いいじゃない、あれで。妥協しない、いいコーチになるわよ」

「コーチ？　駄目よ、あれじゃあ」深紅が顔をしかめて首を振る。「彼女の行動は全部、自分が第一だからね。お祝いパーティより自分の面接を優先させる。そういう子だから」

「面接は先に決まってたんでしょ。それを責めたら可哀想よ」

「いやいや。そういうところに性質が表れるということよ。コーチを目指してるんなら、お篠あたりが自己犠牲の精神を植えつけてやらなきゃ。資質があると思うんだったら、あなた面倒見てやりなさいよ」

　ははあ。やけに絵津子をけなすと思ったら……。

「深紅……あんた」

「ん……？」

「彼女が私のアシスタントをやりたがってる話、聞いてたのね」

深紅はもう一度舌を出した。

「バレた？」

55

シンジは電車に乗っている。

急行に乗ってたかだか三、四十分の駅へ行くのに、座席指定券のいる特急に乗る。急行は会社帰りのサラリーマンがあふれていて、とても乗れたものではない。体温を冷やすスペースがない。肉体的に、精神的に、昂ぶりが沸点を越えたとき、あんな場所では自分がどうなるか、想像もつかない。

かなり昂ぶっている。

おめでたい一日だからか。

バッグに帽子が入っている。

シンジはバッグに手を入れて帽子をもてあそぶ。

そうすると気持ちがざわざわと波立ってくる。

自分が何者であるかを確認することができる。

帽子をかぶりたくなる。
かぶらないのは、隣に男が座っているからだ。
あの男である。
声をかけたらついてきた。
なぜついてきたのかは知らない。別に理由などないのだろう。強いて言えば……。
おめでたい一日だからか。
シンジは愛想の混じった笑みを男に投げかけてみる。と、男は冷笑をシンジに返した。
何だか無性に許せない。
この男の存在が許せない。
この男には畏怖を感じる。それが許せない。
この男はシンジを畏れていない。優位に立ち続けている。
この男がいる限り、栄光を全身に浴びることができない。
それが許せない。
この前はうまくいかなかった。
だが、いつかは抹殺しなければならない。
——なぜそんなことをする必要があるのだ。

この手で。それ以外の方法に意味はない。

そう思えばこそ、今日この男に声をかけたのかもしれない。

いや、そうなのだ。

いつかは、ではない。

今夜、一人……。

ぶちのめすのだ。

——理由を……理由を教えてほしい。

56

大学から下る桝形の坂道を深紅と肩を並べて歩く。日は暮れて、残光が細い一本道をほのかに浮き上がらせている。

「どう？　オリンピック選手を育て上げた実感は」

深紅がいたずらっぽい笑みを浮かべて訊く。

「私なんて何にもしてないわよ」

「そんなこと言わないでさ。さっきまでの喜びようはどこに行ったのよ。あんた御難続きだったんだから、今日くらい胸を張りなさいよ」

「うん……」

三日前のことがあってから、深紅はしきりに私を励ましてくれる。それほど私は元気がないように見えるらしい。確かに私の脳裏からは、野口が土下座して喉にナイフを当てる姿が焼きついて離れないのだ。

そしてその姿に、自分の影を探してしまう。

日記帳は結局、私の手に戻らなかった。今後も取り戻すチャンスはないだろう。

「まあ、そんなに深く考え込まないことよ」深紅が私の心を見透かしているように言う。

深く考え込んでいるつもりはないが、晴天に一筋の雲がかかっているような状態ではある。

「でもねえ……」

「何？」

「コーチがその気になれば、選手の関知しない中でドーピングを行うことができるってことがね……」

「ショック？」

「うーん……」

「そりゃお篠みたいにのほほんと生きてれば、気づかないかもね」

ひどいことを言う。

「あんたの場合は深町先生が否定してるんでしょ？　それでいいじゃない」

「そうだけどね……」

確かにそうなのだが、しつこい雲があるのだ。なぜだろう。

「あとは信じるか信じないかの問題だからね。浮気問題で『俺を信じろよ』なんてドラマでやってる、あれと一緒ですよ。人間の過去の行いをすべて明らかにすることなんて不可能。客観的な真実なんて存在しないと言い切ってもいいくらいよ」

「存在しない？」

「そう。真実とはすなわち、百パーセント信じ切る心理状態の対象物でしかないのよ。あなたの内面の極めて主観的な問題なの」

「それは誰の言葉？」

「佐々木深紅の言葉に決まってるじゃない」

「だから分かりにくいのか」言って、私は舌を出してやる。

「可愛くないやつめ」

「ふん。あんたこそね、偉そうなこと言ってる割には、いつまでも人の部屋に居候してるわよね？　いい加減自分のアパートに戻ったら？」

「あれ、いいの？　料理は誰が作るの？」

しまった。腕を痛めてから深紅に家事を任せていたことをすっかり忘れていた。

「撤回します」

あっさり降参すると、深紅はケラケラと笑った。私もつられて笑う。

「じゃあ、ちょっと深町先生に報告してから帰るから」

「あ、そう。食材は？」

「適当に任せる。買ってきて」

「オッケー」

お互いに手を上げて別れる。

極めて主観的な問題か……。

そうかもしれない。自分が揺れていることの自覚がなければ、周りが揺れているように見える。

自分の問題なのだ。

雲が消えていく。

57

シンジは日のとっぷり暮れた道を歩く。
あの男が後ろからついてくる。
特に会話はない。
殺気も感じない。
彼の心理状態が読めない。
やはり今まで餌食《えじき》にしてきた人間たちとは違う。彼は筋肉の鎧《よろい》を身にまとっている。
シンジは少し不安になる。
弱腰だった頃の自分が顔を覗かせそうになる。
マンションに着く。
階段の途中、男が不意に立ち止まった。
挑発的にシンジを見る。
突き落としてみろ。
シンジの胸奥を見透かしている、そんな眼でシンジを射すくめる。

シンジは戸惑い、首を振る。畏怖がじわじわと込み上げてきた。

男は不敵に微笑む。自分の優位を強烈に誇り、選考会でのシンジの衝動を子供の出来心と一蹴する度量に満ちた笑みだ。

シンジはせっかく積み上げてきた自信が揺らぐのを感じる。

許せない。それだけは守らねばならない。

新聞受けから部屋の鍵を出してドアを開ける。

男はためらうことなく、部屋に入っていく。

気に入らない。

自分の優位が永遠に続くと思っている。

このままでいいわけがない。

思い知らせてやる。

——もしかしたら……己の完成のためなのか？

58

深町先生はベッドに横たわっていた。浅い眠りについていたらしい。私の気配に気づいて薄眼を開ける。

「先生、また来ました」

私の言葉に先生は微笑む。

「何かの知らせらしいね」

「はい」

思わず口元がほころんでしまう。馬鹿だ。口を開く前に答えを言ってしまっているようなものだ。

思い出すことがある。

世界選手権で金メダルを取って帰国した私を、先生は今のように温かい笑顔で迎えてくれた。感涙にむせぶ私にたった一言「おめでとう」と言ってくれただけだったが、十分過ぎる祝福だった。

時が移り、私の立場は変わったが、またこうして先生に嬉しい報告ができる。

万感の思いだ。

「先生。角田さんがオリンピックに出ることになりました」

また泣いてしまいそうだ。

「望月君」

鼻にツンとしたものが沁み込んでくる。

深町先生は眼を細めて何度も頷いた。

「おめでとう」

59

シンジは男の背中を見ていた。

彼は部屋に入っても座ろうとはしない。立ったままで、今はメダルを手に取って見ている。オリンピックではないが、世界大会の金メダルだ。それなりに価値はある。デザインも悪くない。重量感も心地いい。だが、今日は冷めた目で見ることができる。もうすぐ世界中が注目する舞台で、あれより価値のあるメダルを手に入れるだろうから。

だから今は、この男が問題だ。

どうぶちのめすのか。

シンジはイメージを描いてみる。

左足を踏み出し、右足を振り上げる。右肘を引き、右足を引き戻すと同時に右腕を上方へ突き上げる。

イメージはスムーズに流れない。

不安になる。

このやり方では通用しないかもしれない。

彼は筋肉の鎧をつけているのだ。

彼の鎧に比べれば、自分のそれはあまりにも女性的だ。

ここはアスファルトの上でもない。

階段があるわけでもない。

何より、彼はこのやり方を知り尽くしている。

一番確実な方法を選ぶべきだ。

方法は問わない。大事なのは彼を越えること。

それが強固な自信へとつながっていくはずだ。

自らの手で倒してこそ、次のステップに進める。堂々と輝ける舞台に立つことができる。

もう彼を手本とする時期は終わったのだ。

ただ、今は磐石な自信が欲しい。

――己の完成なのか。それで己は完成するのか……？

シンジは髪を後ろに流し込みながら、もてあそんでいた帽子を目深にかぶる。

そして台所にあるナイフを手に取る。

ゆっくりと男の背中に近づく。

身体が熱くなる。

男が振り向く……。

60

酒屋の棚に飾られているワインを眺める。

というより、値札を見る。予算の範囲でよさそうな一本を探すだけだ。私の選び方などそんなものである。今日の予算は五千円。私にしては思い切った奮発である。

「すいません。これ下さい」

「はあい」

店の奥さんが愛想のいい声を出す。

「背中のバッグに入れて下さい。手が使えないもので」

「あらあら、いいですよ」

「小さいポケットに五千円札が入ってますから」

「はいはい。お釣り入れておきますね」

無事に買い物を済まし、帰り道に戻る。もう梅雨入りにほど近い季節だが、今夜は空気が乾いていて涼しい。

住宅が並ぶいつもの路地を歩く。

もう七時を過ぎているだろうか。時計を見ていないのでよく分からない。

マンションの階段を上がる。ドアの前に立ち、新聞受けを開ける。これが一苦労だ。筋肉が収縮するごとに、何とも言えぬ不快感が神経をのさばる。それに加え、握力がほとんど麻痺しているので、ちょっと手先を動かすにももどかしくて仕方がない。

余分な労力を使う前にノブを回してみよう。深紅が戻ってきているかもしれない。

ノブはクルリと回った。思った通りだ。部屋の中から明かりが洩れてくる。

「ただい……」

後ろでかすかな足音がした。

同時に、雷が落ちたような衝撃が首筋にかかった。

「うっ……」

首筋にかかった力は、私を半開きのドアの中へねじ込むように押し入れた。上がりかまちでバランスを崩し、左肩を壁に打ちつける。そのまま右肩を引っ張られ、私の身体は半回転した。

　人影が立ちはだかっている。圧倒的な力で襟を掴まれ、壁に押しつけられる。何の抵抗もできないまま、私はただ相手の顔を見た。

　男は帽子をかぶっている。ひさしが影を作り、その顔はモノトーンの世界にあった。

「杉園君……？」

　興奮のためか顔を歪めているが、杉園に間違いない。

　彼は細く鋭い眼を私に向け、無言で腕に力を入れてくる。

「てめえ……」

　ようやく杉園の口から声が出てきた。表情もそうだが、口調からも怒りがにじみ出ている。低く震えた声だ。

「汚ねえ真似しやがって」

「何のこと？」

　私が懸命に出した声はいかにも弱々しかった。

「てめえが俺を落としたんだろう。そして吉住を推した……変だと思ってたんだ。コンディションのチェックなんて言いながら面接したり……こそこそとよ……この嘘つき野郎がっ！」

「誰から聞いたの？」

「誰だっていいだろうっ！」

「私はあなたも吉住君も推さなかった」

今度ははっきりとした声が出た。

杉園は意味が分からないというように私を見る。

「あなた、事情を知らない人からの話を真に受けてきたんでしょう。おおかた松永先生あたりの」

喉を抉るように圧迫していた彼の腕の力が緩む。

「あなた、自分がどうして選から洩れたのか分からないの？」

「何だ？　何だっていうんだ？」

「確かに私は面接を始めとして、あなたや吉住君に関していくつかの調査をしました。その結果、私は二人ではなく、川部君を代表として推しました。だからあなたを落としたというのは当たってるし、吉住君を推したというのは間違ってる。もちろん本来の趣旨を告げずにあなたを面接したことは、騙したことになるのかもしれない。謝ります。だけど、あなたはオリンピックの代表として相応しくないのよ」

杉園が絶句する。

「相応しくないの」

「相応しく……ない……？」

真綿で包《くる》むような言い方は必要ないだろう。はっきり言ってやろう。

「杉園君……あなた、ドーピングしてるでしょう？」

杉園の手が私の襟から離れる。

「し、してねえよ」

声が震えている。

「杉園君……成長ホルモンはもう検出されるのよ。ごまかせないの」

「な……」

「ルール違反なのよ。あなたのやったことは」

「…………」

長い沈黙が続いた。杉園の表情は怒りから失望へと変わり、さらに何かが切れたように絶望の色が浮かんだ。

「ちくしょうっ！」

不意に杉園が拳を振り上げる。

「杉園君！」

私はかすれた声で、しかし精一杯の強さをもって制した。

「あなた、まだ先のある人間でしょう。それほどの才能を台なしにする気？」

杉園は身体をブルブルと震わせて私を睨みつける。呼吸が尋常でないほど荒い。

「オリンピックは一度だけじゃないのよ。あなたは誰にも真似のできない技術を持ってるんでしょう。薬に頼らずにそれを磨く方法を見つけなさいよ。これから四年の間に見つけて、もっともっと強くなりなさいよ」

彼は自律神経がオーバーヒートを起こしたように顔を歪め、汗をひどくかき、喉から短い嗚咽《おえつ》を洩らした。

「ねえ、杉園君。四年後に栄光を摑みなさい。そのときには、実力で勝ち取ったと、胸を張って言いなさい。自分は金メダルに見合うだけの技術を持っていると。金メダルに見合うだけの努力を重ねてきたと。

あなた、今それが言える？　四年は長くないわよ。いくらでもやることはあるでしょう」

杉園は腰を折り、嗚咽を上げながら、顔を両手で引っかくように覆った。威勢のいい、攻撃的な姿はどこにもない。

「止まりたくなかったんだ……」

嗚咽と一緒に言葉を吐き出す。

「高校のときは毎日強くなってた。その日負けても、次は勝てるっていう自信があった。自分の才能が無限だって思ってた……。

だけど……だけどよう……大学へ上がったとたんに、限界が来やがったんだ。あっけないぐらい……俺のスピードが、得意技が、関武の選手に通じねえ。強化選手でもないやつに歯が立たねえんだよ。

どんなに練習しても駄目だった。壁じゃねえんだ。限界なんだ。自分の才能の浅さに気づいて愕然とするんだ……俺なんか……大した才能持っちゃいねえんだ……。

何でもいい。何かにすがりたかった……。

こんなところで止まるのは嫌なんだ……許せねえんだ……」

「杉園君……」私の声も涙が混じって鼻へ抜けていく。「あなただけじゃないのよ。誰もが自分のイメージと実際のパフォーマンスにギャップを感じて苦しんでるの。誰もが思い通りに進歩しない自分に苛立ってるの。誰もが自分の才能の貧しさに悔しい思いを抱いてるのよ。

それをどう乗り越えるかじゃない。競技者の真髄はそれをどう乗り越えるかじゃない。だから、だから薬で安易に乗り越えようとするのは許されないのよ。その時点で負けなのよ」

杉園がゆっくりと顔を上げる。

その顔は薄笑いを浮かべていた。自嘲の笑みか、強がりの作り笑いか。一瞬だけその表情を私に見せると、彼は帽子を目深にかぶり直し、不安定な足取りで外に出ていった。

私は背中を壁につけたまま立ち尽くす。

調査の仕事を引き受けた以上、こんな事態が起こる可能性を考えなかったとは言わない。

だが、この後味の悪さは忍耐の限度を超えている。

疲れた。

心にタールのような粘液がベッタリとついて、拭うことができない。志織を祝うエネルギーも残っているかどうか……。

疲れてしまった。

また、深紅に慰めてもらおう。

重い足を引きずるようにして部屋に上がる。

「深紅……？」

呼んでみるが、当然のことながら返事はない。居るのならとっくに出てきているはずだ。

電気が点いているのは、すでに一度杉園が入ったためか。私がいないのを確認して外で待ち伏せたのだろう。あんなに興奮していたのだ。ドアの鍵が壊されているかもしれない。あとで深紅に見てもらおう。

洋間にバッグを降ろし、大きく息をつく。

床に座ろうとして、再び立ち尽くす。

床に大きな陰ができ、それが光っているのに気づいた。

赤黒く、濡れている。

ふと薄暗い隣の和室に目をやる。

奥から人影が浮かび上がってくる。

彫りの深い顔の男……。

吉住……吉住新二がいる。

なぜ、ここに……？

分からない。

吉住が奥のカーテンにもたれるようにして座っている。

薄眼を開けて、私を見ている。

「吉住君……？」

私はゆっくりと近づく。今までの重さが嘘のように、腰から下の感覚がない。ひどい浮遊感で、頭が揺れる。

吉住は疲れた顔をしている。吉住は……本当に疲れ切ったような表情をして……。

「吉住君……」

絶命している。

腹から下は血に染まり、口からも吐血している。首から私の金メダルをかけている。それも血にまみれている。

「吉住君……」

嘘だろう？

あんまりじゃないか。

こんなことがあっていいわけがない……。

不意に呼吸音が聞こえる。

生きているのか？

違う。横から聞こえてくるのだ。薄闇に隠れるように誰かがいる。ふすまの前に立っている。大きな身体で、頭に帽子をかぶっている。東京ローズの帽子……。

「角田さん……」

志織は肩で息をしていた。服に返り血を浴びていた。手にはナイフを持っていた。

その眼は冷たさを超越した光を放ち、私を捉えている。

「どうして……？」

私はほとんど独り言のように言う。志織に訊くというより、自分に問いかけていた。志織がこうしてここに立っている状況がどうして私に理解できないのか……。

「どうして……？」

志織は一歩前に踏み出し、ナイフを持った右腕をゆっくりと振り上げた。そして、その腕を斜めに振り下ろす。

私は反射的に身体を捻った。耳元で空気が切り裂かれる。

そのままもつれる足を懸命に動かして洋間に転がり込んだ。腹筋を使って上体を起こす。

志織があっという間に迫ってくる。

後ろは壁で、もう退がれない。

志織が仁王立ちになり、私を見下ろす。

「……してやる……」

志織は小さく呟くと、再びナイフを振り上げた。私は動きの悪い両手を無理やり顔の前にかざす。それしかなかった。

真っ赤なナイフが私の左の手のひらから右の手のひらへ走っていく。チカッという鋭い痛みがあとを追うように神経を抜けていく。ナイフは宙でUターンし、再び私の手のひらを捉える。

「ぶちのめしてやるっ！」

志織が眼をひん剝き、ヒステリックに叫んだ。

手のひらから鮮血が飛び散る。手首を伝って肘に流れ落ちていく。

痛い。

「痛い……」

志織は何度も何度も私の手のひらを切りつける。

「痛い……痛い……」

私はただ、子供のように怯えて泣く。

痛い……。

「やめなさいっ！」

志織の後方から聞こえた高い声に、彼女は手を止めた。そして振り向く。

深紅が上がりかまちに立っている。

彼女は部屋に上がって吉住の姿を一瞥すると、志織に近づきながら手を差し出した。

「そのナイフを渡しなさい」

強い眼で志織を睨みつける。

志織に反応はない。ナイフを持つ右手だけが不気味に揺れている。その刃先は深紅に向けられている。

二人は一尋《ひとひろ》の空間を挟んで対峙した。

私の心拍が時を刻む。

志織が先に動いた。右腕が風切り音を立てて回る。

彼女がナイフを振り抜いたとき、深紅は頭が天井に当たりそうなほどの跳躍で横に飛んでいた。そして床に降り立ったその手には、飾り棚の上にあった日本刀が握られていた。

風呂敷がはらりと床に落ちる。

深紅は隙のない動作で刀を鞘から抜き、右胸の前に立てて構えた。

「やめてっ！」

私が叫ぶ。

真剣の刃は蛍光灯の光を反射し、めまいを起こしそうな輝きを放った。

「ふんうあああっ！」

まるでヒグマが威嚇するような声を上げながら、志織が右腕を振り上げる。その動きを合図に、深紅の刀が光の筋に変わった。

「ちぇすとおおうっ！」

「やめてえっ！」

私の制止の声も空しく、深紅はひとっ飛びで間合いを詰めた。志織の顔面を切っ先が小さく回る。志織が力任せにナイフを振り回したときには、深紅はもう後ろに退がっていた。

帽子が飛ぶ。

深紅の小太刀が志織の帽子のつばを捉え、跳ね飛んだ帽子は志織と深紅と私の間をひらひらと舞った。

深紅が片膝をつき、刀を斜めに振り払った。

光の橋が空中に架かる。半分だけ光の橋に乗った志織の帽子は、真っ二つに割れて床に落ちた。

ズン、と志織が両膝をついて崩れた。

彼女の眉間に一本の細い切り傷がついている。

その傷から一筋の血がゆっくりと流れていく。

それだけだった。

志織は呆然と、戦意を喪失したように、あるいは夢魔から解き放たれたように、ただ真っ二つになった帽子を見ている。

「……どうして？」

私は涙声で訊く。

「どうして……どうして？」

誰も答えなくても訊く。自分に訊く。どうして私は何も分からないのだ。
どうして志織がこんなふうになるまで放っておいてしまったのだ。
どうして何も気づいてやれなかったのだ。
どうして……？
どうして……？

61

——望月君。
どうして私は教え子がこんなふうになるまで……今まで私は何をやっていたのだ……。
——望月君。
私は志織のことを何も分かっていなかった。何も……。
——望月君。
先生……？　深町先生ですか……？
——そうだよ、望月君。君はどこにいるんですか？
私の部屋です。角田さんが……角田さんが吉住君を……。

――望月君。そこを離れて、もっとこちらへ来てくれないかね。私の声がはっきりと聞こえるくらいに。

でも、先生……。

――もういいじゃないか、望月君。どうしてそんな世界に行く必要があるんですか？

私……何も分かってあげていなかったんです。彼女の大切な時期に、私は自分のことで精一杯でした。彼女は何でもいいからすがりたかったんです。

――君はいつも角田君のことを心に懸けていたじゃないですか。

何も見ていなかったんです。私が本気でぶつかったから彼女の力を引き出すことができたんだと思ってました。喜んでました。だけど違ったんです。彼女は私などには頼らずに、自分で勝利の道を探してたんです……。

先生、聞いて下さい……私、小松崎さんからすべて教えてもらいました。

――いいですよ。何でも話してごらんなさい。

角田さんがどん底で苦しんでいたとき、私は自分の都合を優先して留学していました。彼女は私がいるからこの大学を選んだのに、私はそんなこと気にも留めていませんでした。

そんなとき彼女は、怪我から復活して杉園君を破った吉住君に感銘を受けたんです。彼のすごみの秘密、勝つための秘訣を教えてもらおうと思ったんです。

——吉住君は角田君の見ているところで、その秘訣を実践してみせたんですね。

はい……通り魔のように狙い澄まして人を襲うんです。殺すのもいとわずにやるんです。帽子をかぶって……襲うんです。

——そのうち何もしていないときでも、その帽子を手にするだけで興奮が甦る……殺傷本能が刺激されて、試合前にはこれ以上ない興奮剤となるわけだ……。

彼女はその方法を選んでしまったんです。吉住君のようになりたいと思っているうちに結果がついてくるようになりました。それで今度は吉住君を越えたいと思うようになったんです。彼を越えれば、もっと強くなれると……。

角田さんは彼を倒しました。でも……そこには何もなかった。もしかしたら、あの子は人を倒すことによって己の完成を目指していたのかもしれません。私はそう思うんです。

——己を完成し、世を補益するというのはね、目的であって手段ではない。柔道に勝つためにに己を完成するということはあり得ないんです。ましてや人を倒すことでそれが叶うなんてことはない。あくまで柔道そのものが己を完成するための手段なんです。それ以外の何物でもないんですよ。

先生……私はまだ、角田さんがあんなことをしたというのが信じられません。自分の記憶をたどりながら、あの子が私の知らないところでどんなふうに過ちを重ねていったのか考えてました。そうすれば彼女の気持ちが少しでも分かるんじゃないかと……。でも、そこには角田さんが出てこないんです。吉住君に同化しようとする影法師のような人間……シンジという誰でもない人間がいるだけなんです。

——角田君がやったことはね、ほかの誰がやったことでもない。彼女自身の行為なんですよ。シンジという他人でもなければ、彼女自身が別の人格を持っているわけでもない。角田志織という人間が攻撃心を究極まで研ぎ澄ませようとした結果なんです。それを真っ向から受け止めてあげなさい。それが一番大事なことですよ。

先生……私は真っ向から受け止められるか、自信がありません。夢であったらどんなにいいかと思うんです。逃げてしまいたいんです。怖いんです……。

——望月君。私もね、君をコーチしていて悔やんでも悔やみ切れないことがありましたよ。逃げてしまいたいと思ったことがあったんです。

そう……君が世界選手権を制して、さあ今度はオリンピックだというときでしたよ。催眠状態の君に暗示を与えていた中でね、あるとき私はエンドルフィンという物質の話をしたんです。

エンドルフィン……。

——そう。君はまだまだ限界まで力を出していない。もっと力を出せるはずだ、と……人間の脳内にはエンドルフィンという麻薬物質があって、それにより恐怖心や不快感を消すことができる。君はメンタルの中でエンドルフィンを作りなさい。限界への挑戦を快感に変えなさい、と……そんな話をしたんです。科学的な話に対して君は反応がよかった。だからそんなことを持ち出して話をしました。

しかしその結果、君は迎えた福岡国際で膝を壊してしまった。あの大会、君が身体に過度の負担をかけた動きをしていたことは、はたから見ても明らかでした。私は暗示の効果があったと喜んでいた。君が負傷する寸前までね……。

望月君。君の身体を壊し、オリンピックの夢を奪ってしまったのはこの私ですよ。もう悔しくて悔しくてね。自分が思い上がった非力で矮小《わいしょう》な人間に思えて仕方がありませんでした。君が先生、先生と慕ってくれるのも、正直言ってつらかった。そっぽを向いてくれたほうがどんなにいいかと……私はその程度の人間なんだと……そう思ってましたよ。

望月君……。

ずっと謝りたかった……。

本当に……すまなかった……。

先生……私は先生のせいだなんて思ってないし、そんなことで恨んだりはしていません。

やめて下さい。

――ありがとう。望月君、ありがとう……。

私はね、つくづくこう思いますよ。つまりね、どんなに我々が自分自身のことを小さな存在だと思っていても、我々が使う言葉、表情、態度というのは、必ず選手に影響を与えてるんです。それがコーチなんですよ。どんな親でも子供にとってはかけがえのない親であるようにね。

望月君。君が柔道を離れようと何をしようと、それは君の自由ですよ。でも、角田さんが罪を償い社会に出てくるまで、いや、そのあともずっと、君は彼女にとってのコーチであり続けるんです。

先生……私……できるかもしれません……角田さんに会いたくなりました。

――それでいい。君のコーチ人生は始まったばかりですよ……。

さあ、そろそろ戻ってきませんか。君はこの病室でもう三日間もそうしたままだそうじゃないか。佐々木さんも心配してますよ。

深紅もいるんですか？

――お篠……また当分ご飯作ってあげるからさ。心配しないで帰ってきなさいよ。

うん……。

——望月君。私が導いてあげるから戻りましょう。

はい。

——さあ……長い旅は終わりですよ。お疲れさん。君の身体も下で待っているよ。君を優しく包んであげようとしてお待ちかねだ。

さあ、望月君……ゆっくりと降りていこうか……ふわふわと……。

エピローグ

何とも明るい窓を見ながら、私は現実の世界へ戻ってきたことを自覚した。

深町先生は私と目を合わせると、安心したような面持ちでそのまま静かに病室を出ていった。

質素な個室には深紅だけが残っていた。何事もなかったかのように、カップそばをすすっている。その音だけが部屋に響く。

今日の深紅はウズラの卵のような玉を耳からぶら下げている。私がベッドに横になったままそのイヤリングを見ていると、彼女は例の流し目を送ってきた。

「お篠のお母さん、買い物に行ってるわよ。もうすぐ帰ってくると思うけど」

母が田舎から来てるのか。

そりゃ来るだろうな。心配をかけてしまった。

それにしても相変わらず、そばを美味そうに食べる女だ。

「あんたは変わらないねえ」

私が呟いた言葉に、彼女は笑った。

「三日でどう変われっていうのよ」

確かに三日は三日かもしれないが、私はこの三日であの三週間余りをまた生きてきた。あの三週間で野口が変わり、吉住が変わり、志織が変わった。私も変わった。

でもこの女は何も変わっていない、ように見える。

羨ましい限りだ。

「私はもう完成してるのよ」

深紅がうそぶく。

ふと、そうかもしれないとも思う。

変わらないものと言えば……。

「オリンピックも何変わりなくやってくるんだろうね」

窓からの陽射しがもうすぐ夏であることを予感させてくれる。

「そりゃそうよ」深紅がからりと言う。「やがて川部智康や羽田典佳が待ち望む夏が来るんですよ」

そうか。この夏を心待ちにしている者もいるのだ。

そう考えると、いい夏が来るような気がしてくる。

「ねえ、お篠。オリンピックって花に例えると何だろうね」

深紅にしては、らしくないことを訊いてきた。私は少し考えて答えた。

「そうね……ひまわりかな」

栄光を追い求める人間たちの祭典は、陽光に向かって花びらを広げるひまわりの群れのようだと思う。

「オリンピックが終わったらさ……」

深紅は窓の外を眩しそうに見ながら言った。

「吉住のお墓にひまわりを手向《たむ》けに行ってやろうよ」

吉住は確かにひまわりだった。

「そうだね」

そして、志織も……彼女にも一輪、渡してあげたい。

〈参考文献〉

『日本人のメンタル・トレーニング』スキージャーナル　長田一臣
『快楽物質　エンドルフィン』青土社　ジョエル・デイビス　安田宏訳
『スポーツ科学・読本』宝島社
『性格心理学新講座4』金子書房　責任編集安香宏
『大学教授になる方法』青弓社　鷲田小彌太
『柔道』成美堂出版　斉藤仁
『柔道のルールと審判法』大修館書店　竹内善徳監修
雑誌「コーチング・クリニック」「近代柔道」（ともにベースボール・マガジン社）
　また、ドーピングに関する各種新聞記事を「月刊切り抜き　体育・スポーツ」より参考にさせて頂きました。

解説

法月綸太郎

ソルトレークの冬季オリンピックで、トップアスリートの薬物汚染という問題があらためて世界の注目を集めたことは、まだ記憶に新しい。クラシカルスキーの金メダリストがドーピングでメダルを剝奪されたり、IOCの決定を不服としたロシアが出場ボイコットを検討するなど、スポーツと薬物をめぐる議論はますます混迷の度を深めているようだ。

今回文庫化の運びとなった『栄光一途』は、そうしたスポーツ界のドーピング問題に真正面から切り込んで、第四回新潮ミステリー倶楽部賞の栄冠に輝いた新鋭・雫井脩介のデビュー作。舞台となるのは、ニッポンのお家芸、柔道の世界である。

ヒロイン望月篠子は、全日本柔道連盟の若き女子コーチ。世界選手権で金メダルを獲りながら、五輪を目前に負傷、リハビリの甲斐なく現役を引退した経験を持つ。海外留学から帰国したばかりの篠子は、ある日全柔連の幹部から呼び出され、極秘裏にドーピング疑惑の調査を行うよう命じられる。

薬物使用の嫌疑をかけられているのは、男子八十一キロ級の五輪代表を争う二人のライバル選手。アキレス腱の負傷から驚異的な回復を果たし、柔道一筋の風格を漂わせる吉住新二と、スピードとセンスに秀でた万能選手タイプで、最近メキメキと頭角を現している杉園信司——静と動、対照的な性格を示す二人のシンジのいずれがクロなのか？　日本柔道界のクリーンなイメージを守るため、国際柔道連盟の抜き打ち検査の結果が出る前に、ドーピング選手を突き止めなければならない。タイムリミットは三週間。

曲がったことが嫌いな篠子は、スポーツ科学に詳しい友人・佐々木深紅と女子学生の堀内絵津子、それに自らの教え子で五輪代表候補の角田志織に協力を求め、素人探偵団を結成する。ちょうどその頃、夜の街では柔道の使い手による不可解な通り魔事件が頻発していた……。

デビュー直後のインタビュー（「小説すばる」二〇〇〇年四月号に掲載）によれば、作者は子供の頃からミステリーが好きで、中学生の時には、横溝正史やクリスティーをよく読んでいたそうだ。その後しばらくミステリーから遠ざかるが、社会人になってから通勤時間に本を読むようになり、最初に手に取ったのが岡嶋二人の『99％の誘拐』。そのハイレベルぶりに衝撃を受けて、日本の現代ミステリーにのめり込んでいったという。

雫井氏がミステリーの魅力を再発見したきっかけが、岡嶋二人の小説だったというのは、非常にうなずける発言である。岡嶋二人といえば、競馬やボクシング、スキーといったスポーツを好んで題材に取り上げ、従来の国産推理小説とは一味ちがった、スタイリッシュな作風で読者を魅了した作家にほかならないからだ。

本書を彩る軽快なタッチは、岡嶋二人のスタイルを強く意識したものだろう。殺人事件をメインに据えずに読者を惹きつける謎作りのうまさや、個性的な四人の女性のチームワーク、ユーモラスな会話を通じて事件を解明していくプロセスなど、指を折り出したらきりがない。明朗で媚びないヒロインの一人称は、読んでいて心地いいし、鬼平マニアで姉御肌の深紅とのやりとりが小気味よく描かれて、今後もシリーズとしていっそうの活躍が期待できそうなキャラクターになっている。

柔道シーンの卓抜さはいうまでもない。中でも圧巻なのは、中盤のオリンピック代表選考会の場面で、対戦シーンの切れのいいアクション描写には、並み居る選考委員が舌を巻いたほどである。雫井氏は中学時代に柔道経験があり、ジャッキー・チェンの映画に心酔しているそうだが、それだけではない、活字ならでは見せ方のツボを体得した書きぶりで読者を酔わせてくれる。

ところで、柔道とドーピングという今日的なテーマを選択した理由について、作者は同じインタビューの中で、次のように答えている。

「最初は清貧なイメージで売る日本柔道に薬物汚染という、単純なイメージ的ギャップを狙った着想からスタートしました。ただよくよく調べてみると、ドーピングというのはミステリーの題材としてポピュラーな殺人とは違って善悪がはっきりしていない、議論しつくされていない問題なんです。一方で柔道はスポーツなのか武道なのかという問題がある。どちらも曖昧さを残して存在しているわけです。この曖昧さの中で主人公が翻弄されるというドラマが必然的にでき上がっていきました」

この発言が興味深いのは、テーマの選択に、東野圭吾的なアプローチの仕方がうかがえるからだ。岡嶋二人とともに、一九八〇年代以降のミステリー・シーンをリードした東野圭吾の作風について、ここで詳述する余裕はないけれど、そもそもスポーツ科学とドーピングが主題のミステリーといえば、『鳥人計画』や『美しき凶器』といった東野作品を忘れることはできない。当然、雫井氏もこれらの作品を読んでいるだろうし、本書がその二番煎じにならないことを、まず第一に心がけていたはずである。『鳥人計画』(八九年)以後の東野作品では、テクノロジーの導入によって肉体や記憶の変化を被り、現実と虚構(オリジナルとコピー)のはざまに立たされた登場人物たちの人間性を探ることに、大きな関心が向けられている。一方、雫井氏の作風には、そうした東野圭吾的テーマを踏襲しつつ、独自の方向性を探っているようなところがある。

同じドーピングといっても、理系出身の東野氏の興味が、どちらかといえばテクノロジーそのものへ向かっているのに対して、本書での雫井氏の関心は、もっとメンタルな領域への傾斜が強いようだ。このことは、デビュー作に限らず、醜形恐怖や整形という題材を取り上げながら、人体改造テーマを変奏した第二作『虚貌』に関しても、同じことが当てはまるはずである。しかし理系と文系の差という見方は、ありきたりなものだ。雫井脩介という作家に固有なテーマは、もう少し別のところに潜んでいるのではないか。

代表選考会のシーンが唐突に断ち切られた後、本書のストーリーは急激に加速する。あれよあれよという間に、予想外の出来事が立て続けに起こり、柔道界の暗部と選手たちの意外な素顔が明らかになっていくのは、ミステリーのツボを押さえた運びだが、ここらへんはやや劇画調の展開になるので、好みが分かれるところかもしれない。

それはそれとして、もっと気になるのは、中盤を過ぎてから、小説のトーンが微妙に変わってくることである。具体的に言うと、ヒロインも含めた主要登場人物のイメージが結末に近づくにつれて、曖昧になっていく。

といっても、キャラクター造型が甘いという意味ではない。プロット構成上の要請もあるかもしれないが、それ以上に何か得体の知れない、突き放されたような読後感が残るのだ。なんというか、登場人物たちの五臓六腑はそのままで、ただ表面の皮だけが、ゴム手袋を裏返しにするみたいに、内と外をつるりと入れ替えてしまったような感覚——。

これはかなり気持ちの悪い幕引きである。精神と身体を結びつける回路がどこかでショートして、ドーピングの是非とか、偽りの「仮面」に隠された選手の「素顔」といったような作品の前提を、なし崩しにしかねない危うさがあるからだ。テーマと直結した曖昧さの中で翻弄されるのは、主人公だけではない。本書のテーマそのものが、曖昧さの中で宙吊りにされ、どこか底が抜けてしまったような据わりの悪さを感じさせる。

本書の親本には、巻末に選考委員による選評が載っていて、それを読むと、どの委員も着想の面白さと新人離れした筆力を十分に認めながら、妙に煮えきらない留保付きの感想に終始している。中盤までのトーンが後半も維持されていたら、もっとちがった評価を受けたのではないか——そう思う反面、どこまで意図したものかは別として、そうした据わりの悪い部分にこそ、雫井脩介という作家の本質が現れているような気もする。

以下は蛇足だが、雫井氏の第二作『虚貌』を読むと、本書に見られる奇妙な齟齬感が、いっそうエスカレートしているのがわかる。二十年前に起こった凶悪な放火殺人事件の共犯者が次々と殺害され、がんで余命いくばくもない老刑事が執念の捜査を繰り広げるという骨太のストーリー。東野圭吾の作品を引き合いに出すなら『白夜行』のような路線で、デビュー作とは文体も構成も一変しているが、すでに述べたように、テーマの選択を見れば、作者の関心が一貫していることは明らかだ。

ところがこの長編、社会派の犯罪小説という見かけ通りの作品ではない。読んでいる途中でなんかヘンだな、と思ったのはたしかだが、最終的に明かされる犯人像は、ほとんど荒唐無稽の域に達している。んなアホな、と叫んで白目をむく読者もいるかもしれない。「モーリス・ルブラン・ミーツ・松本清張」というか、「非情のライセンス」を見ていたつもりが、いつのまにか「江戸川乱歩の美女シリーズ」になっていた——みたいな仰天の怪作なのだ。古風な復讐劇を力ずくで現代に蘇らせたという意味では、映画化されて話題になったジャン＝クリストフ・グランジェの『クリムゾン・リバー』と相通じるものがあるけれど、この玉砕覚悟のミスマッチ感は、やはりただごとではない。

けっして万人受けするような試みではないと思うが、この先、雫井脩介という作家が自分の道を突き進んでいくとしたら、何かとんでもない地平が開けるのではないか、と予感させる作品である。「最強」を目指すためなら、どんな手段も選ばない。それもまたひとつの「道」なのではなかろうか。

――作家

この作品は二〇〇〇年一月新潮社より刊行されたものです。

栄光一途《えいこういっと》

雫井脩介《しずくいしゅうすけ》

平成14年4月25日　初版発行
令和元年5月30日　12版発行

発行人——石原正康
編集人——菊地朱雅子
発行所——株式会社幻冬舎
〒151-0051東京都渋谷区千駄ヶ谷4-9-7
電話　03(5411)6222(営業)
　　　03(5411)6211(編集)
振替00120-8-767643
印刷・製本—図書印刷株式会社
装丁者——高橋雅之

検印廃止

幻冬舎文庫

ISBN4-344-40221-9　C0193　し-11-1

幻冬舎ホームページアドレス　https://www.gentosha.co.jp/
この本に関するご意見・ご感想をメールでお寄せいただく場合は、
comment@gentosha.co.jpまで。